小学館文庫

ヒロシマ・ボーイ

平原 直美 著
芹澤 恵 訳

小学館

ヒロシマ・ボーイ

＊主な登場人物＊

マス・アライ…………………………… 元庭師の帰米二世。カリフォルニア在住。
ジェニシー……………………………… マスの妻。
ハルオ・ムカイ………………………… マスの親友。
アヤコ・ムカイ………………………… ハルオの姉。
セア……………………………………… アヤコを〝センセイ〟と呼ぶフィリピン人。
タツオ…………………………………… 養護老人ホームのスタッフ。
イケダ・トシユキ……………………… 〈千羽鶴子どもの家〉の施設長。
ゴウハタ・ブンペイ…………………… イノ島の地区長。
コンドウ・キセキ……………………… ゴウハタの義姉。
ソラ……………………………………… 赤いTシャツの少年。
タニ・レイ……………………………… ソラの母親。
ヒデキ…………………………………… ソラの父親。
チバ・ケンタ…………………………… イノ島に住む少年。
スズキ・ゴロウ………………………… 広島県警の刑事。

ヒバクシャに

第一章

関西国際空港に降り立ったマス・アライは、税関をまえに不安に駆られていた。スーツケースにしのばせてきた親友のハルオ・ムカイの遺灰を見とがめられやしないだろうか。ハルオの遺灰は、さんざん使ってくたびれかけたビニール袋に入れて口を園芸用の緑の紐《ひも》でくくったうえに、マスの履きふるした靴下に詰め込んであった。妻のジェニシーが膝の手術をしたばかりで回復期病棟で療養中でなければ、こんなことにはなっていなかったにちがいない。たとえば、スーツケースにしても、今マスが引きずっているような車輪《キャスター》がひとつ壊れてしまっているのではなく、もっとちゃんとしたものが用意されていただろうし、何よりもまず、人間の遺灰を飛行機に持ち込む際に踏むべき手続きについて、関係当局に問い合わせをしてくれていたはずだ。ところが、マスにとっては、そうした何もかもがともかく〝メンドクサイ〟のである。いらだたしさの源であり、わずらわしいことこのうえない。A地点からB地点に行かなくてはならないなら、両者を結んでまっすぐな線を引けばよろしい、というのがマスの考え方だった。そのことについてああでもないこうでもないと話しあうことなんぞ、時間の無駄以外のなにものでもない。

マスが再婚して六年になる。齢《よわい》八十六を目前にした元庭師の爺《じい》さまの身としては、そう、驚くべきことだった。不意討ちをくらったのだ、いわゆる愛というやつに。予期も期待もしていなかったタイミングでぶん殴られ、完全に眼《め》が見えなくなったのである。それに比べれば、チズコとの最初の結婚のほうが、まだしも理にかなっていたと言えそうだった。当時、マスはロサンゼルスに住んでいて、三十をいくつか過ぎて独身だった。いいかげん、身を固めてもいい頃合いだった。広島で暮らしている家族から、一度日本に帰国して結婚相手を見つけてはどうか、と提案され、それに従ったのだった。日本の地を踏んだのは、それが最後だった。つまり、今日までは、という意味だが。

最後に帰国したとき、マスが少年時代を過ごした地方からざっと四百キロと少々離れた関西のこの場所に、こんな空港はなかった。飛行機や空港に詳しいわけではなかったが、関西国際空港はロサンゼルスの国際空港《LAX》に似ていた。少なくとも舞台裏の部分は。もちろん、この職員は男も女も日本人ばかりだし、なかには咳《せき》をしてウィルスを撒《ま》き散らしたりしないよう白いマスクをしている者もいたが、どの職員も鋼鉄《はがね》の眼差《まなざ》しでじいっと見据えてくるところは同じだった。あっという間に相手を裸にしてしまう眼というやつだった。アメリカだろうが日本だろうが、制服を着た当局の人間は、マスがじつは他所者《よそもの》だということを見抜いてしまうのである。

マスの眼のまえにいる税関職員の男は、片方の頬に黒々とした大きなほくろがあった。あのほくろは子どものころからあったのだろうか、とマスは考えるともなく考えた。であれば、成長するにつれてほくろも大きくなっていったのか。子どものころからあの大きさだったなら、きっとずいぶんいじめられたにちがいない。

「アメリカ人ですか?」と税関職員の男は英語で訊《き》いてきた。まるでマスの差し出した、この青い表紙のアメリカ合衆国のパスポートはじつのところ、偽造旅券なのではないか、とでもいうように。

「はい」マスは日本語で答えた。

税関職員の男は、マスの顔をじいっと見つめた。マスのほうは、頬の大きなほくろから眼を離すことができなくなっていた。

「けっこうです」税関職員の男は身振りで、進んでよし、と伝えてよこした。

こうしてマス・アライは、懸念していた最初の関門を無事に通過したのだった。

関西国際空港は人工の島に造られたものだ、とマスは以前に聞いたことがあった。そのことを思い出しただけで、足元が頼りないような気がして、うっすら吐き気がこみあげてきた。飛行機を降りてからの移動手段については、ジェニシーが病院のベッドで携帯電話を駆使して調べあげたことをメモにしたものを持たされていた。そのメモを参照すればいいだけだったが……問題は、ジェニシーの作成したメモは、ミミズののたくったような文字でしたためられていてほぼ判読不可能だということだった。先妻のチズコは広島に滞在していた宣教師仕込みの几帳面《きちょうめん》に整った完璧な文字を書いた。その完璧さを、チズコはアメリカにも持ち込んだのだ。

チズコとマスのあいだに生まれたひとり娘のマリも、今回の旅の助けになればということで、ノートパソコンの画面に電車やバスの時刻表やら人気の観光スポットやらを次から次へと表示してみせた。もちろん、そのときに見せられたものは何ひとつ覚えてはいなかった。おまけにそのときにマリがプリントアウトしてくれたものまで、キッチンのテーブルに忘れてきてしまったのである。いずれにしても今回の旅の目的は観光ではなかった。ささっと来て、ちゃちゃっと片づけ、とっとと帰る——最優先されるべきは、やるべきことを手っ取り早く片づけること。今の時点でわかっているのは、今日の午後、広島駅で出迎えの者と落ちあうことになっている、それだけだった。

壁一面がガラス張りになっているので、青空がよく見えた。マスの足はおのずと戸外《そと》に向かっていた。人工の冷気が満ちた空港ビルから一歩出た瞬間、マスは熱気の壁に激突した。空港の時計で確認した限りでは、現在、日本は午前八時のはずだったが、もわっとした湿気が顔面にへばりつき、耳の穴からも鼻の孔からも入り込み、咽喉《のど》にからみついてきた。七月末は、日本国内を旅するには最も適していない季節だとは聞いていた。そして、あのハルオが夏に死んだというのも、いかにもあの男らしいことではあった。死に際して、できるだけ旧友に負担をかけまいと気を遣ったりはしない、というところが。とはいえ、秋になるまで待つという選択をした場合、今度はハルオの遺灰を受けとるはずのハルオの姉はもちろん、当のマス自身でさえ、それまで生きていられるかどうか、わかったものではない、ということになる。

空港ビルのまえに、バスが何台か、一列に並んで停《と》まっていた。とりあえず、それに乗って南に向かえばよさそうだった。バスの運転手が、マスの車輪《キャスター》が壊れたスーツケースに手を伸ばした。大きな手荷物なのでバスの横っ腹のトランクで預かる、ということのようだったが、マスとしては手元から離したくなかった。スーツケースの持ち手をぐいっと引っ張り返して運転手から取り戻し、バスの車内に持ち込んだ。中央の狭い通路を進むあいだ、スーツケースは壊れた車輪《キャスター》のほうにたびたび傾き、座席に坐《すわ》っている乗客の膝にぶつかっては露骨にいやな顔をされることが繰り返された。ようやく空いている座席が見つかり、スーツケースを上部の吊《つ》り棚に押し込んだ。

座席に腰をおろしたところで、思わず悪態が口をついた。次いで、吊り棚にあげたスーツケースに向かって、声に出さずに毒づいた――いいか、ハルオ、おまえのせいだぞ、おまえのせいで遠路はるばる、こんなとこまでくるはめになったんだからな。

マスにとって今回の旅は、これまでの人生で経験してきたことのなかで、極めつきに〝メンドクサイ〟案件だった。こんなに〝メンドクサイ〟思いをするのは、そう、広島までチズコを迎えにきたとき以来だろう。自宅のガレージをさがせばどこかに、あの難儀なことこのうえなかった旅の記念品、あのとき乗った〈パンアメリカン航空〉の機内でもらったバッグがあるはずだった。数十年分のほこりをかぶり、べとべとしたよごれとガレージに迷い込んだネズミの落とし物にまみれて。

「ちょっと、お客さん、ちょっと……」誰かが日本語で話しかけてきていた。

マスは何度か強く瞬《まばた》きをしながら、自分が今どこにいるのか、記憶をまさぐった。バスに乗っているのに、バスに乗っている気がしなかった。坐っている座席が、ロサンゼルスの地下鉄の座席よりもずっと柔らかくてふかふかしていた。眼のまえにバスの運転手が突っ立っていた。うえの吊り棚にあげたマスのスーツケースをいつの間にかバスの通路に降ろしていた。この男は、いったいどういうわけで、やたらめったら他人の荷物に手を出したがるのか？

バスの乗降口の階段からあやうく転げ落ちそうになりながら歩道に降り立ち、すぐそばの白くて近代的なビルを仰ぎ見た。巨大な加湿器みたいな建物だった。「ちょっと、どこに行くつもりです？」とバスの運転手に言われて、マスはジェニシーがしたためた判読不可能なメモを取り出したが、運転手が指さしたのはバスの車内だった。スーツケースを置き忘れている、ということだった。マスは慌ててスーツケースを取りに戻った。右に左に不安定に揺れるスーツケースを引きずりながら、バスの降車場を突っ切り、簡素な造りの駅舎に入った。壁にずらりと券売機が並んでいた。そのうえの路線図には、マスが聞いたことのない町の名前が連なっていた。日本を離れていたこの五十年とちょっとのあいだに、マスの知っていた日本はどこかに行ってしまった、ということか？

そばを通りかかる人たちは、マスには眼もくれなかった。よもや券売機のまえで突っ立っているこのおいぼれ爺さんが、目的地までの行き方を心得ていない、などとは思ってもいないのだろう。なんせ、マス・アライは見た目はどこからどう見ても、日本人にしか見えないから。券売機の隣に窓口があることに気づいて、マスは最終的にそこに向かった。窓口をのぞくと、鉄道会社の黒い帽子に青い制服姿の若い男が顔を出した。右手に何やら金属でできた道具を握っていた。

「えーと、広島に行きたいです」マスはどうにかこうにか日本語を絞り出した。

「広島だったら、そこの券売機で切符が買えます。でなければ、みどりの窓口に行ってください」

〝ミドリノマドグチ〟？　緑色をした窓《グリーン・ウィンドウ》とはいったい全体なんぞや？

ちょうどそのとき、うしろからやってきたティーンエイジャーの五人組がマスを押しのけるようにして通り過ぎていった。手に手にパスケースに入った通行券のようなものを差し出しながら。おんぼろスーツケースを引っ張って一歩あとずさりながら、マスはアメリカでは感じたことのない心もとなさを感じた。もちろんアメリカにも規則というものはあるにはあるが、そこには必ず規則を守らない者が存在している。そもそも人がたくさん集まれば、見た目もそれぞれちがうし、行動だってひとりひとり異なるものだ。ところが、ここでは誰もが同一のプログラムを組み込まれているのではないか、と思いたくなる。確かにドレッドヘアにサーフボードを抱えた日本人らしくない日本人の姿も見えたが、そんな異端児も人の流れには逆らわずに動いている。それに引きかえ、マスは滑りのいい絹糸にできてしまった結び目、レコードについた傷だった。三歳から十八歳まで日本で暮らしていたとはいえ、生まれたのはアメリカだったし、そのアメリカでこの七十年近くを過ごした身にとって、日本はもう異国でしかなかった。

マスは駅の構内をぐるりとひとまわりしながら、どこに行けばいいのか、手がかりになりそうなものを探した。きょろきょろするうちに、あるものが眼にとまった。案内板に記された日本語の文字――〈みどりの窓口〉。文字どおり緑の窓が描いてあって、おまけに方向表示の矢印まで描きこまれていた。

その矢印の示すほうに向かったところ、〈みどりの窓口〉はただのチケット・カウンターで実際に緑の窓があるわけではなく、ただたんに緑色の目印――列車の座席の背もたれを倒して腰かけている棒きれみたいな人間――が出ているだけだった。それでも職員が何人かいて、ちなみにその人たちも緑色の服は着ていなかったし、緑色の何かを身に着けているわけでもなかったが、一列に並んで待っている客に順番に応対し、それぞれ相談に乗ったり切符を発券したりしているようだった。並んで待っている人のなかに〝ハクジン〟がひとり交じっていた。髪はくしゃくしゃで、足元に見るからに臭ってきそうなバックパックを置いていた。その姿は、義理の息子のロイドであってもおかしくなさそうだった。そう、二十五年ぐらいまえなら。この窓口の職員がこのバックパッカーの相談に乗るのなら、マスの問題解決にもきっと力を貸してくれるにちがいない。

順番がまわってきてカウンターに近づいたが、係員の女は顔もあげなかった。マスのたどたどしい日本語にもまるで動じなかった。常日頃から、世界中のありとあらゆる国からやってくるさまざまな〝ガイジン〟旅行者に対応しているので、眼のまえの相手に対してもなんの予断も持っていないようだった。窓口で過ごしたその輝かしき数分間、マスは本来の自分に戻れた解放感を味わった。見かけで判断されることなく、心おきなく無知な部外者でいられる自由を。そして切符の入った小さな封筒を手に、〈みどりの窓口〉からそとの野生の荒野に送り出されたのだった。

駅のプラットホームでは、列車の到着をどこで待つべきか、正確な立ち位置を知ることからして難題だった。記されている番号はでたらめに並んでいるとしか思えず、いったいどこに並べばいいのか、マスには見当もつかなかった。あの〝ハクジン〟のバックパッカーに近づいていって声をかけるのはきまりが悪かったが、びしっとスーツを着込んだサラリーマンや華やかな恰好《かっこう》のいわゆる〝ＯＬさん〟が、それぞれ新聞やら携帯電話やらに眼を釘《くぎ》づけにしているところに声をかけて露骨に迷惑がられるよりは、いくらかはましに思われた。「えーと、ここで待つのか？」マスは切符を持った手を高くあげて、バックパッカーにも見えるように掲げながら尋ねた。

バックパッカーは、どうやら日本人の老人に声をかけられたと思って気をよくしたようだった。「ここは指定席ですよ」アクセントからしてアメリカ人ではなさそうだった。「あそこに並ぶんです」そう言うと、バックパッカーの男はホームのいちばん端にできている人の列を指さした。

じつを言うと、マスは日本の〝弾丸列車〟に興味津々だった。この超特急が開通したのは、マスがチズコと結婚したあとのことだった。その名のとおり、銃から発射された弾丸並みのスピードで飛ぶように走るのだろうか？　車酔いをするたちではなかったが、これまで経験したことのないことを経験するわけだから、肩に力が入るのも致し方ないだろう。飛行機で降り立ったのが人造の島、お次は時速二百八十キロで突っ走る列車に乗るわけか。

ちょうどそのとき、ホームに列車が入ってきた。先頭車輛《しゃりょう》の突端部分が長く伸びていて、イルカの吻《クチバシ》のような恰好をしていた。どこもかしこもすべすべで、つやつやで、音もほとんどしなかった。マスはまえに進もうとして、あやうくすぐまえに並んでいた年配のご婦人にぶつかりそうになった。見ると、列車が到着したというのに、列に並んだ人たちは誰も動いていなかった。代わりに、ピンクの制服姿で大きなゴミ袋を持ったご婦人方の集団が、一列になってそそくさと車内に入り込んでいったかと思うと、座席をひとつひとつ回転させて向きを変え、ゴミを集め、ヘッドレストの布カバーを新しいものに交換する作業を開始した。

列車の車内を清掃する専門のチームがいるということか。マスは眼を丸くした。清掃作業はものの数分で終わり、列車から降りてきた制服姿の清掃員たちは乗降口のまえに笑顔で整列した。乗客を受け入れる準備が整った、ということだった。乗客たちは全員、この新幹線という乗り物で、この島国の背骨に沿って南下しようという人たちだった。

車内はそれほど混んでいなかったので、マスは窓際の座席を選ぶことができた。ハルオの遺灰の入ったスーツケースは、今度も頭上の吊り棚に押し込んだ。アメリカの列車とはちがって、荷物用の吊り棚があまり高くない位置にあるのが、ありがたかった。

座席に腰をおろして、カシオの腕時計に眼をやった。日本時間に合わせていないので、とんでもない時刻を指していた。あたりを見まわすともなく見まわしてみると、ほとんどの乗客が列車に乗り込むまえに弁当を買い込んでいたようで、座席のまえの折りたたみ式トレイを降ろして、そこにちょこなんと、見るからに品のいい弁当を載せていた。日本語で言うところの〝ベントウ〟は、アメリカで言うならテイクアウト・フードということになるのだろうが、それに支払う料金と便利さという観点からだけでも、常日頃マスが地元の南カリフォルニアで手っ取り早く腹の足しにしている、脂のしみだらけの紙でぞんざいに包んだだけのハンバーガーやらフレンチフライやらとは似ても似つかないものを意味する。

そう、弁当はまずしかるべき容器に入っていて、中身はたとえばカエデの葉の形にカットされたニンジンの酢漬け、完璧な三角形に握られたうえに小粋なノリのスーッを着せられたにぎりめし、美しい焼き色と照りのついた魚の切り身などから成るのである。

マスは思わず唾が湧いてくるのを感じた。飛行機の機内では、もちろん、機内食というやつを食べていた。思っていたより、ましな食事だった。何もかもラップでくるんであって、専用の仕切りや容器に入って出てきた。なんと水までパックに入っていて、プラスティックのカップに注いで飲め、というのだ。

これが日常生活であれば、そのような代物《しろもの》にはまず手は出さないし、食事という名目でそんなものが供されれば、ふざけるな、と突っ返すところだ。ところが、ロサンゼルス国際空港を飛び立ち、太平洋上空に差し掛かったとたん、マスは自分の身にある種の変化が起こったことに気づいた。どこかの紐が引っ張られて、いつもの防御態勢が緩んだというか、身構えた肩から力が抜けたというか……。長年のアメリカ暮らしのなかで、つねに感じていた警戒心が、どこかに影を潜めてしまったのだ。もちろん、カリフォルニアはマスにとってはわが家だし、生まれ故郷でもある。だが、場所によっては、そこがたとえ手入れを頼まれた顧客の庭先であっても、警戒を怠るわけにはいかないのだ。マスにとっては、自分の属する場所でありながら、属していない場所でもあった。日本にいるあいだは、またちがうふうに感じるのかもしれなかった。

カートを押した女の車内販売員が通りかかった。カートには飲み物やら弁当やら土産品《みやげ》やらが山積みになっていた。マスは小さな弁当を選んだ。にぎりめしが三つ入っていて、それぞれにちがう味つけがしてあるものだった。ぼうっとしている頭をすっきりさせるのに、酸っぱい梅干し入りのにぎりめしほど効果的なものはないだろう。

ついでにコーラを注文したところ、手渡された缶はマスの馴染《なじ》んでいるものよりもずいぶんと細くて思わず笑いそうになった。片手でつかむと、親指と人差し指がくっつきそうだった。庭師として働き盛りだったころなら、ほんのひと息で飲み干してしまっていただろう。

新幹線のおもちゃが積んであるのを見つけて、たったひとりの孫息子のタケオに買っていこうか、とちらりと思ったが、タケオはもう子どもではない、と思い直した。そう、タケオは今やハイスクールに通っている。最近では、デジタル画像用の画面がついていないものには見向きもしないのだ。

列車は猛スピードで突き進んでいたが、スピードに共鳴した窓から伝わってくる、ブーンともヒューンともつかない低いうなり以外に、音はほとんど聞こえなかった。車窓から見える田んぼと、ところどころに点在する農家という風景が、なつかしさを呼び起こし、それでぐっと気持ちが安らいだ。これこそマスの覚えている日本だった。アメリカ暮らしの日々のなかで忘れていた日本だった。

今この場にハルオがいないことが、少々残念だった。遺灰になってスーツケースのなかなんぞに収まっていないで、ぴんぴんした姿で隣の座席に坐っていたなら、一緒にこの景色を眺めることもできただろうに。ハルオは生前、娘と一緒に何度か日本に〝故郷帰り《さとがえり》〟していたが、それでもマスの知る限り、死んだら日本の地に埋葬してほしい、などという強い願いは持っていなかったはずだった。

その依頼は――いや、依頼というよりは命令というほうが正しいかもしれないが――ハルオの姉のアヤコからもたらされた。この姉、〝ネエサン〟のことは何かの話のついでに、一度だけ聞いたことがあった。カリフォルニアのフレズノで生まれて子どものときに広島に連れてこられたところまではハルオと同じだったが、その後、アメリカに戻ったハルオとは異なり、アヤコはそのまま日本にとどまった。どういういきさつでそんな話になったのかまではよく覚えていなかったが、アヤコは一度も結婚しなかったと聞いた覚えがある。そして、今やたいへんな高齢で、九十近い歳《とし》のはずだ。にもかかわらず、ハルオの妻のスプーンに毎日電話をかけてくるだけの気力と体力を温存しているらしい。

スプーンはこのところだいぶ腰が曲がり、まん丸のフルーツみたいになっている。そんな身体《からだ》で連日の電話攻撃に応戦などできるわけがなかった。おまけにアヤコには、広島とロサンゼルスには十六時間、いや、十七時間の時差というものがあることがわかっていない……

のか、わかっていてもとんと気にかけないのか……そんなわけで、スプーンのところには連日、午前二時というとんでもない時刻に電話がかかってくる。

今のスプーンには国境をまたいでの旅など無理というもの。とはいえ、ハルオの遺灰を封筒とかコーヒーの空き缶とかに入れて広島に送りつけるわけにもいかない。であるなら、誰かが届けなくてはならない、ということになり、結局のところ、その役目にはマスが最適任であり、おそらくはその役目を全うできそうな唯一の人間でもある、ということになったのである。

マスとしては、きわめて正直に言わせてもらうなら、遺灰をわざわざ日本まで届けること自体、ばかばかしいにもほどがある、と思っていた。自分がハルオの立場だったら、カリフォルニアの風に乗って運ばれ、雑草や芝草や草花のあいだに散らばるもよし、スズメの翼の羽根のあいだに紛れ込むもよし。あれこれ世話をやかれるのも、見せびらかされるのも、断じてごめんこうむりたかった。

その人は、マスの名前を紫の手書きの文字で〈MASAO　ARAI〉と記した紙を掲げて待っていた。〈MASAO　ARAI〉のしたには、日本語でもマスの名前が書いてあった、カタカナで。カタカナはもっぱら海外の人の名前を書くときに使われる。おまけに手書きの文字はやけに子どもっぽく、どうも日本人が書いたものではなさそうだった。さらに言うなら、その紙を掲げている若い娘も、日本人ではなかった。浅黒い肌に、顔全体に比してどう見ても大きすぎる眼。若い男なら惹《ひ》かれるのかもしれないが、マスには痩せっぽちで、華奢《きゃしゃ》で、かよわそうにしか見えなかった。要するに、子どもということだった。

片方に傾《かし》いだスーツケースを引っ張って、マスはプラットホームを歩き、その娘のまえで足を止めた。まだ若い娘だというのに、ずいぶんくたびれた顔をしていた。だいぶまえから待っていたにちがいなかった。

「アライさん、ですか？」とその娘が訊いてきた。

そうだ、という返事の代わりにマスはひと声低くうなった。いや、確かに、ハルオの姉から は、広島駅まで出迎えをよこすと聞いてはいたが……その出迎えというのがまさか、こんな若い娘っこだったとは。

そこから何歩か歩いたところで、マスは不意にあることに思い当たった。そう、ここだったのだ、あれは。もちろん、今いるこの建物のなかで遭遇したという意味ではない。そのとき、マスがいたのがこの場所だった、ということだ。原子と分子の衝突が起こり、駅舎が崩壊し、噴きあがった炎があたりを呑《の》み込み……。

「どうされました？　〝ダイジョウブ〟ですか？」

気がつくと、スーツケースの引き手に覆いかぶさるようにして屈《かが》み込んでしまっていた。娘はマスを助け起こし、マスがふらつかないで立っていられることを確認してから売店の隣の自動販売機のところまで走っていって、ペットボトル入りの冷たい水を買って戻ってきた。冷たい水。それこそまさにマスが必要としていたものだった。ひと口飲んでようやく人心地がついた。

「話をするときには英語を使ったほうがいいですか、それとも日本語のほうがわかりやすいですか？」

なんと答えればいいものやら、マスにはわからなかった。そもそも話をすること自体、愉《たの》しいと思ったことがないうえに、歳を取るのに比例してますますその傾向が強くなっている。おまけに、このごろでは、口に出すことばだけではなく、頭のなかで思い浮かべることばまで、スムーズには出てこなくなってきていた。

「わたしはセアといいます」と娘は言った。続けて次の質問を予想したように先まわりして言った。「フィリピンから来ました」

空港でも列車のホームでも、案内板にはたいてい英語だけではなく中国語や韓国語の表示まで併記されている。これは、かつてマスが育った町で何事かが起こった、ということだった――アメリカで起こったようなことが。そう、〃世界〃というやつが入り込んできたのである。

「長旅でしたよね。お疲れになったでしょう？」

どうやら、この若い娘、少なくとも常識のかけら程度は持ち合わせているようだった。

「きみ、年齢《とし》は?」マスはようやく口を開いた。

「わたしですか?」娘の頬がほんのりと赤くなった。同じ質問を年がら年中されているものと思われた。「二十歳です。ムカイ〝センセイ〟が身元引受人なんです。わたしの母が看護の勉強をしていたときにムカイ〝センセイ〟の生徒だったんです」

「きみのお母さんも日本に?」

セアは首を横に振った。「母はフィリピンに帰国しました。でも、日本が大好きです。特に広島が。わたしにもいつも言ってました、機会があったら、広島に行ってみるといいって」マスが握っていた、半分空になった水のペットボトルを受けとって蓋をしっかり閉めなおすと、〈MASAO　ARAI〉と書いた紙と一緒にキャンバス地のバッグに押し込んだ。

「もう歩けそうですか?」

マスは黙ってうなずき、スーツケースの伸縮可能な引き手をつかんだ。

「ここから島に直行します。ご案内しますね」

セアに連れられて、広島駅からタクシーに乗り込んだ。セアは完璧な日本語で運転手に、宇品《うじな》の港まで行ってほしい、と伝えた。宇品の港ということは、おそらく――マスは旅程を予測した――そこからフェリーに乗ってイノ島に向かうのだろう。

アヤコ・ムカイは目下、イノ島にある養護老人ホームで暮らしているのだ。イノ島には、マスも子どものころ遠足で行ったことがあった。イノ島は〝安芸小富士《あきのこふじ》〟と呼ばれている。広島の小さな富士山、という意味だが、シルエットがいくらか似ていることをのぞけば、本家本元の富士山とは、もちろん、比べものにもならないほんの地ぶくれ程度の小山である。それよりもマスの印象に残ったのは、〝セミ〟しぐれ——蟬《せみ》の大合唱だった。何かがきしんでいるような、うなっているような音が数えきれないぐらい重なって響きあっていて、マス少年にはそれまで聞いたことのないものだった。鼓膜から侵入してくるその圧倒的な大音量に、まだ若くて成長途中だった肋骨《あばらぼね》が揺さぶられているような気さえした。

ところが、広島に原爆が投下された日を境に、イノ島で語り継がれる物語は永遠に変わってしまった。その詳細をマスが知ったのは、原爆投下の数日後、広島市街からやっとのことで帰宅してからのことだった。壊滅状態となって炎に包まれた広島の市《まち》、そこに降り注ぐ黒い雨。逃げ場を求める人たちは、急ごしらえの筏《いかだ》や救命艇に乗り込んで沖に出た。イノ島は、その昔、コレラに罹患した兵士を隔離しておくための収容施設があったところで、その施設がそっくりそのまま残っていた。つまり、過酷な暑さをしのぐための屋根があり、無残に傷ついた身体を横たえることのできる場所がある、ということだった。避難場所を求めてイノ島にやってきた人たちは、一万人にものぼった。そして、悲惨なことに、生きて島を離れることができた人の数は、それよりもはるかに、はるかに少なかった。

そんなこともあって、マスとしては、今回またイノ島を訪れることにはなったが、だからといって愉しみにする気にはなれなかった。とりわけ、こんな夏の真っ盛りとあっては。そもそも、アヤコ・ムカイはどういうわけで、人生の最後の何年間かを、何ヶ月間かを、あるいは何日間かを、〝原爆《ピカドン》〟の傷跡が残るこの地で過ごすことを選んだのか？　マスにはまるで理解できなかった。あのとき、同級生たちが苦しみもだえながらあげていた悲鳴は、太平洋の反対側まで追いかけてきて、真夜中になるとマスのことを責め苛《さいな》みつづけた。被爆者の亡霊がうようよしているところで暮らすことなど、マスには想像もできなかった。

宇品の旅客ターミナルに到着し、ターミナルの建物に入って船の出航時刻を待った。待合室は人の姿もまばらで、静かだった。建物は比較的新しく、天井が高くて海に面した側が一面ガラス張りになっていた。ずっと沖合に浮かんでいる緑濃い小山が、イノ島だった。待合室で三十分ほど待ってから、セアに連れられてマスもそとに出て乗り場に向かった。突堤のあたりで若者が五人か六人ぐらい、走りまわってふざけあっていた。若者といっても子どもに毛が生えた程度で、いささか不良っぽい連中だった。マスの分類でいうところの〝ヨゴレ〟である。そのうち、ふたりが石を拾って海に投げはじめた。残りは大きな声でげらげら笑いながら、身体のいちばん小さな少年から取りあげた野球帽を放り投げあっていた。アメリカ人のあいだでは、アジア人の子どもは行儀がいいという印象が行き渡っているようだが、それはこうした監督する者がそばにいなくて好き放題ができる状況に置かれた坊主どもを見たことがないからだ。とはいえ、他人《ひと》のことを言えた義理ではなかった。昔々のマスやマスの友だち連中のことを思えば。

水平線の向こうから、これから乗り込む予定のフェリーが姿を現したかと思うと、その姿が見る見るうちに大きくなった。見たところ、乗客用の船室に加えてアッパーデッキもあるし、さらに車を乗り入れることができるデッキもあるようだった。「イノ島から宇品への最終便は午後八時に出ます」とセアが言った。「それに乗り遅れると、島からひと晩出られません」そうなった場合の選択肢はほとんどない、イノ島には旅館がひとつしかないから、とのことだった。

突堤でふざけあっていた少年たちは、われ先に走っていって、フェリーから降りてきた係員に群がった。マスはセアと一緒に最後に乗り込んだ。ロサンゼルスを出発するまえに両替しておいた日本円を取り出そうともたもたしているあいだに、セアが大きな硬貨を二枚取り出して係員に手渡した。係員は受け取った硬貨を肩掛けのついた皮革の鞄《かばん》にしまった。係員の鞄は、どことなくアメリカのご婦人たちの古風なハンドバッグに似ていた。セアに払ってもらった船のチケット代を支払おうとすると、セアは首を横に振りながら笑い声をあげた。

「いいんです、どうかお気になさらずに。ムカイ〝センセイ〟からお預かりしてきているので」

ふたりは階段をのぼって乗客用の船室に入った。ずらっと並んだ座席を二本の通路が三つにわけていた。

「わたし、船に弱いんです。イノ島まではすぐなのに、それだけでも船酔いしちゃって。なので、失礼してそとに出ていますね。でも、どうぞ気になさらずに、ここで腰をおろして、ゆっくりなさってください」セアはそう言い置き、客席のあいだの通路を抜けてうしろのドアから小さなデッキに出ていった。フェリーが動きはじめると、セアの焦げ茶色の髪が風にふわりと舞いあがった。そんなふうに髪をなびかせている姿は、広大な大地を見晴るかす若《わか》駒《ごま》を思わせた。

マスは船室のうしろのほうに席を取り、三席分のスペースを独占して座面に脚を伸ばした。座席に脚をあげるというのは、老人としてはたいへんに非日本的なふるまいであることはもちろん承知していたが、かまわなかった。旅はまだ始まったばかりだというのに、長年の酷使でがたのきている老体は、早くも青息吐息なのである。ジーンズのポケットにいくつかキャンディを入れておいたことを思い出して取り出し、ついでにマリに強引に持たされた年代物の小型カメラも引っ張りだした。マリにがみがみ言われたことを思い出した——父さん、日本にいるあいだに写真を撮るのよ。なんたって、五十年ぶりの日本なんだからね、いい？一枚も撮らずに帰ろうものなら、またしても小言を喰《く》らうことになる。娘にがみがみ言わせないために、マスはとりあえずシャッターを切った。何が写っているか、ろくに注意も払わずに、適当にぱちり、ぱちり、ぱちりと三回ばかり……念のために最後にもう一度、ぱちりとやってから、よし、このぐらいで充分だろ？　と胸のうちでつぶやいた。

乗客用のスペースとしてはマスのいる船室がいちばん広く、人の姿はまばらだった。見ると、先ほど突堤で見かけたガキどもが、二列分の座席を占領して、あいもかわらずいちばん身体の小さい子にちょっかいをだしていた。取りあげた野球帽を返しもしないで。その連中が騒いでいるところから通路をへだてたところに、少年がもうひとり坐っていた。ほかの連中とは交わらずにぽつんとひとりだけで。歳のころは十四ぐらいだろうか。マスがその少年に眼をとめたのには、ふたつの理由があった。ひとつめの理由は、その子がうつむいていて、何か思い詰めているような、緊張しているような様子だったからだ。この子もあのやんちゃ坊主どもにちょっかいをかけられたのだろうか？　なんらかのいきさつがあって仲間はずれにされているとか？　ふたつめの理由は、その子が着ていたTシャツだった。まっ赤なTシャツで背中に路面電車のイラストが印刷されていた。その子がいきなり立ちあがって向きを変えたとき、胸に〝San Francisco〟というロゴが入っているのがマスの眼を惹いた。

サンフランシスコは、マスが十九歳のときに、ワトソンヴィルのイチゴ農園の仕事を辞めたあと、しばらくのあいだ暮らしていた市《まち》だった。最初はとある金持ちの〝ハクジン〟に雇われて、住み込みの〝スクールボーイ〟として働いた。〝スクールボーイ〟というのは、日系アメリカ人のあいだで使われていたことばで、英語で言うところのハウスボーイ、つまりは雑用を一手にこなす下働きの若者である。だが、マスのスクールボーイ時代は長くは続かなかった。マスにあてがわれていた狭い部屋に、マスの友人や従兄弟《いとこ》連中が押しかけてきてひと晩泊まっていったことが発覚すると、雇い主はその場でマスに馘首《くび》を申し渡したのだった。

マスはへいちゃらだった。職は失ったものの、そもそもが人に仕える性分ではなかった。おまけにサンフランシスコには賑《にぎ》やかで華やかな〈フィッシャーマンズ・ワーフ〉があるし、サワードウでこしらえるパンもあるし、路面電車もあって、どこまでも愉しみがいのある市《まち》だった。少なくとも所持金が底を尽き、すっからかんになるまでは。

むっつりとうなだれている、このティーンエイジャーの若者が、ほんの何日かであってもサンフランシスコに滞在していたことがあるとは、マスには思えなかった。アメリカは、弱者に優しいとはお世辞にも言えない国だから。

イノ島に着くと、車が迎えに来ていた。セアによれば、フェリーの着いたところが島でいちばん大きな船着場だということだった。これから向かう養護老人ホームには、島の東側にある小さな船着場のほうが近いのだが、そちらにはフェリーのような大型の船は着岸できないらしい。

同乗してきた少年たちは、フェリーからどたどたと駆け降りていくなり、蟹《かに》のように散り散りになって海岸沿いの小さな村の何本かの細い路地に入り込んでいった。ようやく静かになってくれて、マスはほっとした。陽射《ひざ》しはあいかわらず強烈だった。直射日光は着ているものなどあっさり通過して、じりじりと肌を炙《あぶ》った。こんなことなら、いつもかぶっている〈ドジャース〉の帽子を持ってくればよかった、とマスは悔やんだ。野球帽があれば、少なくともこのまぶしさから眼を守ることはできただろう。フェリーの発着所の待合室のまえにコンクリートの〝トリイ〟があって、その奥に小さな神社が見えた。潮風にさらされているからか、社殿の傾斜した屋根は緑青《ろくしょう》で覆われていた。

車で出迎えに来ていたのは、養護老人ホームの職員のタツオという男だった。見た目からは年齢不詳。ゆったりとした仕立ての白いコットンのユニフォームを着て、足元は靴下を履いているのにサンダルという妙な取り合わせだった。マスのスーツケースを車のトランクに積み込んだあと、タツオは同乗者二名が座席におさまり、きちんとシートベルトを締めたことを確認してから車を出した。道路は幅が狭いうえに曲がりくねっていて、対向車とすれちがうのもやっとだった。幸い反対側からやってくる車はほとんどなく、たまにバイクや自転車とすれちがうぐらいだった。

途中で、島に一軒しかないという宿泊施設のまえを通りすぎた。慎《つつ》ましやかな構えの〝リョカン〟で、見るからに〝新鮮な魚介類と地元で採れた野菜を使ったお食事〟を謳《うた》い文句にしていそうだった。車は島の最南端と思われる岬で左折し、ヒマワリとダリアが列をなして植わっている広い花壇を見ながら進んだ。花壇の奥に学校らしき大きな建物が建っていた。

海はちょうど干潮に当たっていて、低くなった海面から牡蠣《かき》の養殖棚に稚貝がみっしりぶら下がっているのが見えていた。広島で過ごした子ども時代に、マスも叔父《おじ》に言われて、大きな白いホタテの貝殻をロープにくくりつける作業を手伝ったことがあった。どうしてそうなるのか、詳しい理由までは知らないが、ホタテの貝殻をつるしておくと、内側のすべすべしたところに牡蠣の幼生が付着するらしい。

「今の時期の牡蠣は食べません」とセアが言った。「牡蠣の季節じゃないから。夏場は牡蠣が産卵すると、バクテリアが繁殖するからだって聞きました」次いで同じことを日本語で言うと、タツオもうなずいた。

「とは言うても、そうなるんはある種の牡蠣だけなんです」とタツオは日本語で言った。

「今じゃ、ここらでも、いろんな種類の牡蠣を養殖しとりますんでね」

牡蠣にも禁漁期があるとは初耳だった。マスはいささかがっかりした。広島名物のひとつである〝カキフライ〟、つまり牡蠣にパン粉をつけて揚げたものを食べるのを、じつはひそかに愉しみにしていたのに。

「タツオさんは牡蠣のことならなんでも知っています。タツオさんの叔父さんがこの島で養殖場をやっているぐらいですから」とセアがつけくわえた。

そうこうするうちに、車は二階建ての建物のまえで停まった。どうやらそこが目的地の養護老人ホームのようだった。

そこがどんな施設であれ、養護老人ホームとか老人介護施設とかその手の名のつく建物に足を踏み入れることになると、マスはいささか怖気《おじけ》づく。目下、何よりも恐れているのが、そういった施設で余生を送ることになるという人生の筋書きだった。だが、ここはこれまで見てきたたいていの施設よりもずっとよさそうだった。少なくとも、眼のまえが海というのは悪くなかった。

施設の出入口の自動ドアを抜けると、日本でよく見かける奥まったかたちの〝ゲンカン〟になっていて、三人はそこで靴を脱ぎ、マスはセアの出してくれたスリッパに履きかえた。ビニールともナイロンともつかない合成素材で作られていて、マスの足にはサイズが大きかった。

「先にムカイ〝センセイ〟のところに挨拶に行きましょう」セアはそう言って、マスのスーツケースの持ち手を握った。「〝センセイ〟はたいていいつも、七時にはお休みになってしまわれるので」

マスはまたしても胃袋がでんぐり返るのを感じた。ハルオの姉のことはあまりよくは知らなかった。ハルオから、広島には兄弟姉妹が何人かいると聞いた覚えはあるし、姉のアヤコのことも一度は話題に出たことがあった、と記憶してはいるのだが……。ハルオはまちがいなく姉の話をしたのに、マスのほうが身を入れて聞いていなかったということも考えられた。じつのところ、ふたりのあいだでそうした事例は枚挙にいとまがないぐらいある。

受付で入館許可を得てから、〝ゲンカン〟の内側のセキュリティ・ドアが開錠されるのを待って、セアの案内で広い廊下を進んだ。

「このスーツケース、キャスターが壊れてますね」とセアが言った。思うように進んでくれない荷物に、いくらかいらいらしているようだった。

そうだよ、とマスは声に出さずに答えた。今さらのご指摘、どうもありがとさん、だった。

セアは、戸口のドアを開け放ってある個室のまえで足を止めた。「ムカイ〝センセイ〟」と部屋のなかの病院仕様のベッドに横になっている人物に向かって声をかけた。「〝オジャマシマス〟――くつろいでいる時間を中断させて申し訳ありません、という意味です」セアと一緒にマスも戸口のところで軽く頭をさげてから部屋に入った。戸口を入ったところの片側は、この個室専用のバスルームになっていた。

「では、あなたがマス・アライね」

部屋に入ってしばらくは、海に面した大きな窓から射し込んでくる陽光のせいで、声の主の姿がよく見えなかった。

逆光にようやく眼が慣れたところで、マスは思わず声をあげそうになった。ハルオの姉はそのぐらいハルオに似ていた。左の頬の、ケロイドになった火傷《やけど》の痕がないだけで、まさに瓜《うり》ふたつだった。

「わたしがアヤコです」ハルオの姉は英語で言った。威厳たっぷりの口調だった。

マスはそこでまた、思わずお辞儀をしてしまった。

「あの子はどこ?」

弟のハルオのことを言っているのだ、とマスは気づいた。しかしながら、その場でスーツケースを開けて、着古した(とはいえ、もちろん、洗濯したての清潔な)下着と一緒に詰めてきた靴下のなかから、ハルオの遺灰を取り出すことなどできようか? 冗談じゃない、とマスは思った。あまりにもばつが悪すぎる。究極の〝ハジ〟というものだ。そんな思いは断じてしたくなかった。

「アライさんには、今日のところはゆっくりしていただいたほうがいいと思います。ここまで長旅でお疲れでしょうし」ありがたいことに、セアが助け舟を出してくれた。

「ここには来訪者が泊まれるよう、予備の部屋があります」とアヤコが言った。「畳のうえに布団を敷いて寝るスタイルだけど、あなた、それでも大丈夫?」

アヤコは、このおれのことをいったいどんな日本人だと思っているのか?

「では、のちほどゆっくりお話ししましょう。セア、この方をお部屋に案内してさしあげて」

マスとしては、下がってよろしい、と言われた気分だった——はてさて、どこから下がるというのか? ここは女王のいる宮殿なんかじゃない、離島にある養護老人ホームの、ただの簡素な個室にすぎない。

廊下に出ると、セアが声をひそめて言った。「〝センセイ〟って、ちょっと怖いですよね?

わたしはもう慣れちゃったけど」

　ということは、少なくとも、アヤコを厳《いか》めしいと感じたのはマスの錯覚だけではない、ということだ。セアに案内されて、マスは来訪者用のゲストルームに向かった。引き戸のついた六畳間、つまり畳六枚分の和室、つまり十平方メートルにも足らないぐらいの部屋で、部屋のなかにもうひとつ引き戸があって、そこを開けると洗面台が備えつけられていた。

　スーツケースを運び込むマスに手を貸したあと、セアは言った。「ほかにお手伝いできることはありませんか？　何か必要なものとか？」

「電話をかけたい。家内に」

「あら、てっきり携帯電話を──いえ、いいんです、そうですよね。よかったら、わたしの携帯電話を使ってください」

　マスは固辞した。電話代がどれほどかかるか、知れたもんじゃない。

「わかりました。それじゃ、一緒に事務所まで来ていただけますか？」

　今度もまたセアの案内で、施設のロビーまで引き返し、受付窓口の横手のドアを開けて事務所に入った。セアは事務所にいたタツオに声をかけ、二言三言ことばを交わしてから、マスを事務所の奥の小部屋に通した。そして、マスに自宅の電話番号を尋ね、マスの代わりに電話をかけ、電話がつながったことを確認してからマスに受話器を渡してよこした。いつもとはちがう呼び出し音が何度か聞こえ、次いでジェニシーの朗らかな声が聞こえてきた。

「もしもし?」

「ああ、もしもし?」

「あら、マス、よかった、無事に着いたのね。ほっとしたわ。マリもわたしも気が気じゃなかったんだから。今、どこなの?」

「イノ島だ」

「疲れたでしょ?」

返事の代わりに、マスはひと声低くうなった。

「で、ハルオのお姉さんという人には会えたの? 感激してくれたんじゃない? だってそうでしょ? 遠路はるばる弟の遺灰を届けてくれたんだから」

マスとしては、そこでハルオの遺灰はまだ靴下に詰め込んだままになっているという事実に言及する気にはなれなかった。「ああ」と短く答えるだけにとどめた。

通話は手短に切りあげることにした。国際電話の料金は、眼の玉が飛び出るほど高額だし、とりあえずは無事に日本に到着して、今のところはまだ生きていることを知らせられれば充分だった。

「あ、そう言えば」とジェニシーが突然、別の話題を持ちだしてきた。「マリから伝言を頼まれていたんだったわ。あなたの姪《めい》って人から電話があったんですって。日本にいるあいだに昔住んでた家を訪ねる予定があるかどうか、知らせてほしいって、そう言ってたそうよ」

「ふむ」のひと言で返事に代えた。昔住んでいた家を訪ねるかどうかは、今は考えたくなかった。それよりも何よりも、今は果たすべき任務を果たしてしまいたかった。今回の旅は、物見遊山でも観光でも帰省でもないのだ。それに生家にはもう誰もいない——少なくとも、マスと面識のある人はもうひとりも残っていなかった。

電話を切って〝ゲンカン〟に出ると、セアが上がり框《かまち》に坐って靴を履いているところだった。

「わたしはそろそろ失礼して、下宿先のアパートメントに戻ります。でも、アライさんの滞在中は毎日必ず、ご不便がないかどうか、うかがいに寄るようにしますからね」とセアは言った。

靴を履きおわったセアが立ちあがったとき、マスは驚いたことに自分がほっとしていないことに気づいた。できることならセアにはこのままここに居残って、仲介役を引き受けてもらいたかった。この島は、マスにとって、はっきり言って知らないことだらけだった。確かに風光明媚《ふうこうめいび》ではあるものの、だからといって諸事万端、平穏無事とは言い切れないだろう。

「そうそう、もうひとつ」とセアがつけくわえる口調で言った。「この施設にも何人か、夕暮れ症候群の人がいます。夜は部屋のなかからちゃんと鍵をかけてくださいね。男性用のトイレはお部屋のすぐ向かいだけど、トイレに行くときも部屋の鍵はかけたほうがいいですよ。そういう人たちが危害を加えてくるようなことは、もちろんありませんけど、ちょっと混乱してわけがわからなくなっちゃっていたりすることがあるんで」

はてさて、いったいなんのことやら……マス自身がいささか混乱してわけがわからなくなっていることに気づいて、セアが解説を加えた。「お年寄りのなかには、陽が沈んで暗くなりはじめると、なんだか不安になってそわそわしちゃう人たちがいるんです。だから夕暮れ症候群って言うんだけど……不思議ですよね、どうして夕暮れ時になると気持ちが落ち着かなくなっちゃうのか。なんだか吸血鬼《ヴァンパイア》っぽいですよね、〝デショ〟?」

年寄りの吸血鬼《ヴァンパイア》というセアの発言で、マスまでなんだか気持ちが落ち着かなくなった。割り当てられた来訪者用の部屋に戻ると、引き戸を閉めてすぐに内側から鍵をかけた。それから、何はともあれ、テレビをつけた。今どきの画面が平らな薄型テレビというやつだったが、画面のサイズはそれほど大きくなかった。映るチャンネルは六つしかなかった。マスは、お笑い番組をやっている局にあわせた。みょうちくりんな恰好をした日本人が、やたらとふかふかしたソファに坐って、愚にもつかないことを次から次へとしゃべりまくっていた。見るにたえない番組だったが、スタジオの観客席からあがる笑い声に気持ちが和らいだ。

スーツケースを開けてパジャマを引っ張り出してから、ビニール袋に入れたハルオの遺灰で膨らんだ靴下を眺めた。ハルオをいつまでも履き古して色も抜けかけた靴下に詰め込んでおくわけにもいかなかった。マスは室内を見まわした。テレビの横の低いテーブルに造花の黄色い薔薇《ばら》を挿した花瓶が載っていた。とりあえず、遺灰の入った袋をその花瓶の隣に置くことにした。

その晩、畳に伸べた布団に入ったものの、マスはなかなか寝つけなかった。ひょっとすると、時差ボケのせいかもしれなかった。カリフォルニアは今、何時ぐらいだろうか？　部屋の明かりをつけて、腕時計で確認した。ロサンゼルスは午前八時だった。こうして無事、目的地に到着したわけだから、いい加減、緊張が解けてもよさそうなものなのに。心のなかのどこかが、何かおかしいと感じているようなのだ。

部屋には洗面台がついているので、とりあえず水を出して顔を洗ってみた。洗面台の端に、セアが広島駅で買ってくれたペットボトル入りの水が置いてあった。飲み残していた水を、マスはひと息で飲みほした。飲みほしてしまってから、じつは咽喉がからからだったことに気がついた。そう言えば、確かにろくに水分を摂っていなかった。布団に戻って眼をつむり、ほんの何分かうとうとしたところで、またしても眼を開けた。今度はトイレに行く必要に迫られていた。

部屋の引き戸の鍵をはずし、廊下に出たところで左右に眼を配った。廊下の隅に明かりがひとつ。ぼんやりと照らされた廊下は、がらんとしていて、やけに広く感じられた。スリッパを履きわすれて出てきてしまったものだから、はだしの足の裏にリノリウムの床が冷たかった。マスは急いでトイレに入り、ドアに鍵をしっかりかけてから、用を足した。今度こそようやく眠りにつけそうだった。

がらんとして人気《ひとけ》のない廊下を突っ切り、そそくさと部屋に戻った。鍵をかけるため、引き戸のほうに向きなおったとき、部屋の布団のあたりで衣擦《きぬず》れの音がした。

見ると、布団の向こう側に、髪を振り乱した老女が突っ立っていた。老女は日本特有の綿入れのチョッキを着込んでいた。〝チャンチャンコ〟という代物である。一瞬、この婆《ばあ》さんは眼玉がないのか、と思ったが、眼窩《がんか》が落ちくぼんでいるうえに瞼《まぶた》がたるんで皺《しわ》くちゃで、眼球がほとんど見えないだけだとわかった。

「気ぃつけんさい。危ないけえ」と老女が言った。「誰ん言うこつも信じちゃあいけんよ」

度肝を抜かれるとは、このことだった。とっさにどう反応すればいいのか、わからなかった。廊下には、助けが必要になったときに職員を呼びだすための非常ボタンが設置してある。助けを呼ぶための最善策を考えながら、マスはそろそろとあとずさり、廊下に出た。非常ボタンのあるところまで行きついたとき、部屋の戸口から老女が出てくるのが見えた。老女はマスがいるのとは反対のほうに、廊下をふらふらと歩きだした。

「〝バカタレ〟」遠ざかっていく老女に向かって、マスは小声で毒づいた。まさに愚か者とし か呼びようがなかった。とんでもなくびっくりさせられたことは事実だが、どう見ても、あの老女が他人に危害を加えるとは思えなかった。であるなら、夜の夜中にベルなんぞを鳴らして職員を呼びつけることもあるまい、とマスは判断した。そう、頭のネジが緩みかけた年寄りひとり満足にあしらえないようでは、マス・アライがひとりの人間として誰の世話にもならず暮らしていける日々も残り少ない、ということなのだ。

それから布団に入ったものの、寝つきが悪くて何度も眼を覚まし、ようやく寝入ったと思いきや、じつになんとも腹立たしいことに、窓から朝陽が射し込んできてまぶしくて寝ていられなくなった。カーテンは生地が薄くて、陽光を遮る役には立たなかった。〝シカタガナイ〟、とマスは胸のうちでつぶやいた。癪《しゃく》に障るが、どうしようもないではないか。腕時計の針は正午を指している――ということは、広島の時刻ではまだ午前四時ということだった。これ以上ごろごろしていても眠れそうにはなかったので、戸外《そと》に出て近所をぐるっとひとまわり散歩してみることにした。

施設のロビーでスリッパから靴に履きかえたあと、事務所に詰めていた職員に手を振って合図して、〝ゲンカン〟の内側に設置してある、ガラスのセキュリティ・ドアを開錠してもらった。コンクリートで舗装された道をくだって、海沿いに進んだ。途中で何軒か、なまこ板をめぐらせた、養殖牡蠣の作業小屋のまえを通り過ぎた。どこも夏のあいだの何ヶ月かは作業を休んでいるようだった。どの小屋の脇にも、ホタテ貝の白い貝殻を縄にくくりつけたものが山になっていた。マスは、マリがハイスクールのころによく着けていた、白い貝殻を連ねたハワイ風のネックレスを思い出した。ホタテ貝の貝殻の山のそばにはたいてい、プラスティックのチューブが入った四角い木箱が積み重ねてあった。ホタテ貝の貝殻を縄につなぐのに使うものだと思われた。

歩いているあいだに、コンクリートの防波堤から釣り糸を垂れている人をひとり見かけた。このあたりではどんな魚が釣れるのだろう、と考えるともなく考えた。マス自身はもっぱら磯釣りを好んだ——少なくともよく釣りをしていたころは磯釣り専門だった。当たりがきたときの手ごたえも、かかった魚を釣りあげるまでの攻防も、短い助走をつけて釣竿《つりざお》を振ったら素早くリールを巻きあげる手順も、何もかも愉しかった。

意外なことに、同じ海なのに、このあたりの潮のにおいは、マスが昔よく釣りをしていたカリフォルニアの海岸線で嗅いでいた太平洋の潮のにおいとはちがった。海の色も茶色く濁っていなくて、濃淡のある緑色をしていた。少し先に、間にあわせに仮設したような、ちゃちな桟橋が見えた。モーター付きの小さなボートが舫《もや》ってあった。ボートのそばに何か浮いていた。海面に浮いているものに、マスは眼を凝らした。

赤い……旗か、あれは？　いや、それだけではなかった。何か別のものもついている。海藻でも絡みついているのか。好奇心に駆られて、マスは桟橋に近づいた。桟橋とは言っても、太い竹を何本かつないで板を渡し、ワイヤで固定してあるだけだった。だいぶ以前に設置されたものなのか、竹は色褪《いろあ》せて灰色っぽくなっていた。

赤い物体は、波のまにまに浮き沈みしていたが、明らかに海の生き物ではなかった。不審に思いながら、もう何歩か近づいたところで、あやうく声をあげそうになった。海面から五センチほどしたたに、黒髪に覆われた頭部が見えたのだ。そういう場合は即座に人を呼びにいくのが筋というものだが、マスにはその海面に浮いている人物から直接、助けてくれと頼まれているような気がしてならなかった。

ワイヤが緩んではずれかけている竹を一本抜きとり、その人を引き寄せた。水中で身体が半回転して仰向《あおむ》けになり、ぱんぱんに膨れあがった顔が現れた。眼は閉じていたが、口は開いていた。唇のあいだを黒っぽい小魚が出たり入ったりしていた。離れたところから赤い旗に見えたのは、その人物が着ていたTシャツだった――胸に〝San Francisco〟というロゴが入っていた。

第二章

朝陽は路面のアスファルトを容赦なく叩《たた》いていた。マスは走りたくなる気持ちをぐっと抑え、転倒したりしないよう慎重に一歩ずつ歩を進めた。養護老人ホームのまえのコンクリートの道に、ロープの切れっ端が落ちていた——と思ったが、太くて長いミミズだった。暑さから逃げられる場所を探して這《は》い出してきたようだった。

「海に少年が浮いている」施設の事務所にいたタツオに日本語で言った。「あれは死んでいるのだと思う」

「死んどる?」タツオはすぐさま行動に移った。事務所に居あわせた、もうひとりの職員に声をかけ、ふたりしてロビーに飛び出すと、〝ゲンカン〟に並べてあったサンダルを突っかけ、猛然と戸外《そと》に走りでていった。マスもふたりのあとを追って戸外《そと》に出た。タツオともうひとりの職員が坂道を駆けおり、あの半分壊れかけた桟橋のほうに向かっていくのが見えた。

養護老人ホームのあるあたりは高台になっていて、問題の桟橋も含めて海岸線を見おろすことができた。ホームの敷地を出たあたりに、いつの間にか何人か人が集まってきていた。この島では、ニュースはあっという間に広まるようだった。たとえ夜が明けたばかり、という時間帯であっても。

「ありゃ男の子じゃ思うんよ」と言う声があがった。

「〈子どもの家〉の子じゃろうか？」

人だかりに交じっていた男が、首を横に振った。歳のころは三十過ぎ、頭髪は真っ黒くて豊かで、中途半端で不揃《ふぞろ》いな顎鬚《あごひげ》を生やしていた。鬚を伸ばしはじめたばかりなのかもしれなかった。「いや、うちの子たちは全員おったけえ。ちがいますよ」

その場に集まっていた村の人たちからも、自分のところの子どもではないという発言がつづいた。高台からではそれなりに距離があって、発見されたのがどんな子か、ろくに見えやしないだろうに。

バイクの音が聞こえてきた。じきにバイク本体も見えてきた。近づいてきたバイクが道端に寄って停まり、乗っていた人がヘルメットを取った。短く刈り込んだ白髪交じりの髪に細いメタルフレームのサングラスをかけた男だった。

「ああ、ゴウハタさんが来よった」〈子どもの家〉の男がそっけなく言った。その口調からして、ゴウハタなる人物はあまり好感を持たれてはいないらしい、とマスにも察しがついた。少なくとも、この〈子どもの家〉の代表者とおぼしき男からは。

「何《なん》があったんじゃ？」ゴウハタなる人物はそう言うと、サングラスをつまみ、かけたまま位置をなおした。その仕種《しぐさ》で、男が指輪をはめているのがわかった。オパールらしき宝石《いし》のついたごつくて太い銀の指輪だった。

　ゴウハタの問いかけに、村の人たちは口々に答えはじめた。

「男の子なんじゃ」

「死んどるんよ」

「この人が見つけたんじゃ」集まっていたうちのひとりが、マスを指さして言った。

「あんたぁ、どちらさんで？」

「アライ、アライ・マス」日本では、姓のほうから名乗ることになっている。生まれたときにつけられる名前よりも、苗字《みょうじ》のほうが重んじられているのだ。

「わしゃゴウハタ・ブンペイいいます。この地域の地区長をやっとります」ゴウハタはそう言うと、マスのことを頭のてっぺんから爪先までじろじろと無遠慮に眺めまわした。そして「日本人でいらっしゃるんですかな？」と訊いてきた。おそらくそれが、ゴウハタなりの最大限の敬意を込めた訊き方なのだろうと思われた。

「こちらさんは、ムカイさんとこのお客さんよ。アメリカから来なさった人」先ほど、マスのことを〝この人〟と指さした人物が言った。マスは仰天した。自分の目下の立場について、ここまで詳しく知られているとは。いやはや。この地では、マス・アライはまったくの他所《よそ》者《もの》だし、今眼のまえにいるのは、これまでただの一度も顔さえ合わせたことがない連中だというのに。

「警察に通報したほうが……」マスは日本語で言いかけた。

「ここにはおらんのよ、警察は」と村の人が言った。

ゴウハタはマスをじろりとにらんだ。この場をおさめるのに、地区長の権威では不足だと指摘されたと受け取り、臍《へそ》を曲げたにちがいない。それでもシャツのポケットから携帯電話を取りだすと、道路の端まで移動してどこかに電話をかけはじめた。

「アライさん、はじめまして。イケダ・トシユキといいます」その機をとらえて、〈子どもの家〉から来た男が、マスに自己紹介をした。マスよりも頭ひとつ分ほど上背があって、髪の毛と同様、眼も真っ黒だった。マスはお辞儀を返した。

「ゴウハタさんの言うことや態度に、むっとしませんでしたか」とトシユキが言った。「あの人はこの島を仕切っとるんは自分じゃって思うとるんです」

「したって、実際そうじゃろが」村の人たちのなかから、そんな声があがった。

「じゃが、あの人はイノの人間じゃあない」今度は別の村人が言った。「イノの人間と所帯を持ったってだけで、もともとは岡山の人間じゃ」

「ほいじゃが、今度、孫娘が京都のどこぞええとこの坊ちゃんと結婚するらしいけえ、したらが今よりもっと偉そうになるんじゃろうのう」

「なんせ、もう隠居の身じゃゆうのに、いまだにあれこれ傍《はた》迷惑なことをしでかしてくれるんですよ」とトシユキは言った。

気がつくと、マスはその若い男の態度がすがすがしくて好ましいと感じていた。しゃべり方から推測するに、当人も少年だった時分には面倒ばかり引き起こす悪たれ、マスの分類でいうところの〝ヨゴレ〟だったのかもしれない。「〈子どもの家〉というのは？」と尋ねてみた。

「正式には、〈千羽鶴子どもの家〉と言《ゆ》います——千羽鶴ってご存じですか？　このあたりだと原爆の死没者に手向けるために折り紙で鶴を千羽折るんです。鶴を千羽だから千羽鶴、そこから取られた名前なんです。いわゆる児童養護施設ですよ。親と死に別れたり、いろいろな事情で親と暮らせん子どもたちを預かっとります。わしも〈千羽鶴子どもの家〉で育ちました。上の学校に進学するんで広島に出たけど、〈子どもの家〉で働こう思うて戻ってきました。子どもらが、曲がりなりにも未来と呼べるもんをつかみ取れるよう、後押ししてやりたい、て思ったですわ」

トシユキの話を聞きながら、マスはなんの気なしに道路の向かい側に眼をやった。昨日フェリーで見かけた少年たちが、自転車を停めて、またがったまままこちらを見ていた。「あの子たちは、おたくの施設の？」とマスは尋ねた。

トシユキがそちらに眼を向けたとたん、少年たちはいっせいに自転車で走り去っていった。

「いやいや、島の反対側にある集落の子らですよ。あの子らが何か？」

マスが答えるまえに、通話を終えたゴウハタが戻ってきた。シャツの胸ポケットから携帯電話がのぞいていた。「今日このあと、本土から警察が来よることになった」と言ったところで、ゴウハタはタツオと養護老人ホームのもうひとりの職員が、ふたりがかりで海から死体を引きあげようとしているのに気づいた。「何しとる？　そのままにしときんさい！」ゴウハタは声を張りあげ、ふたりを怒鳴りつけた。「ほら、ぐずぐずせんと、今すぐそこから離れんさい。そこは現場じゃけぇ、保全ってやつをせんといかんの。荒らしよったら、警察が困るじゃろう」

マスはそれからじきに養護老人ホームに戻った。意外なことに、ロビーのテーブルにアヤコの姿があった。髪を梳《と》かして整えたばかりのようだった。誰かが細心の注意を払って身だしなみを整えてやったにちがいない。その手の雑事を、アヤコ女王陛下が御《お》自らあそばすとは思えなかった。

「おはよう《グッド・モーニング》」とアヤコは英語で挨拶をよこした。ご機嫌《グッド》とは言い難い朝《モーニング》だというのに。それでマスにもはっきりとわかった。何が起こったのか、女王陛下はとっくのとうにご存じなのだ。外出もままならない身であるにもかかわらず。

「〝オハヨウ〟」マスのほうは日本語で朝の挨拶を返した。ついでに、ほんのおざなりながら軽く頭もさげておいた。そのまま御前《ごぜん》から退ける雰囲気ではなかった。好むと好まざるとにかかわらず、テーブルを挟んでアヤコの向かい側の席に坐るしかなさそうだった。そのとき、マスの腹がぐうっと音を立てた。マスは自分がとんでもなく空腹だということに気づいた。朝っぱらからあんな縁起でもない光景を目撃しても、腹はへるということだった。

マスの腹が鳴ったのは、アヤコにも聞こえたにちがいない。「ここの食事は、わたしたちのように、ものを嚥《の》み込むのがむずかしい人向けです。くたくたに煮てあったり、すりつぶしてあったり、食べごたえのないものしか出てきません。ちゃんとしたものが食べたかったら、タツオさんにでも頼んで町に連れてってもらうしかないでしょうね。町まで出ても、レストランなんてありませんよ。でも、少なくとも〝コンビニ〟はありますからね。と言ってもたった一軒だけだけど」〝コンビニ〟がコンビニエンス・ストアを短く縮めた日本語だろうということは、マスにも察しがついた。関西国際空港でのぞいた〝コンビニ〟には、筆記用具もあればハム・サンドウィッチもあり、使い捨ての剃刀《かみそり》まで、それこそありとあらゆるものが商品として並んでいた。

「〝オーライ〟」とマスは答えた。善は急げといきたいところだったが……アヤコがこのまますんなりと解放してくれるとは思えなかった。

「あなた、死体を発見したそうね」

マスはごくりと唾を呑み込んだ。思わず舌打ちが出た。入れ歯でも舌打ちぐらいできるのだ。「ええ、まあ」

「どんな様子だったの？」

マスは眉をひそめた。訊くに事欠いて、悪趣味にもほどがある。アヤコ・ムカイという人物を誤解していたのかもしれない、とマスはちらりと思った。

「子どもですよ。ティーンエイジャーってやつだな」

「で、顔はまだ残ってたの？」

またしても……！　今度は悪趣味どころではなかった。マスはぎょっとした。ハルオの姉さんは、頭のネジが緩みかけているのか。この施設で寝起きしているおかしな婆さん連中に仲間入りしつつあるのか。

「ええ、まあ。見かけたことのある子でね。フェリーで」

「まあ、そうなの？　この島の村の子じゃない？　でなければ、あの〈子どもの家〉の問題児でしょう」

「さあ、どうかな。よくわからない」とマスは言った。

「トシユキ・イケダのところの子どもたちときたら、ほんと、手に負えないのよ」

それから延々と、アヤコは身のまわりにいる人たちのひとりひとりの名前を挙げて、こきおろしつづけた。聞かされているうちに、マスはぼうっとしてきた。もともと賛成できないことを延々と聞かされていると、そのうちに頭がはたらかなくなってきて、いつしか放心状態に陥ってしまうのだが、この放心状態というやつ、八十の坂を越えて九十までの道のりの半ばを過ぎたあたりから、ずいぶん頻繁に陥るようになってきている……ような気がする。

おまけに今は、寝不足で、時差ボケにやられていて、そこにもってきて、そう、精神的なショックも加わっているのだ。そのせいか、マスは腰かけていた椅子からずり落ちかけていた。幸い、そばを通りかかったタツオが気づいて、マスの身体を引っ張りあげて元どおり椅子に坐らせてくれた。「アライさん、少しお休みになったほうが、ええんとちがいますかね」とタツオに言われたのは、まさに渡りに船だった。マスに否やはなかった。まわりの壁どころか足元の床まで、なんだかふわふわと揺れているようだった。

アヤコはいくらかむっとしたようだった。「それなら、どうぞ。だけど、忘れないでくださいよ。弟の遺灰。あとでちゃんと届けてくださいね。今日のうちに」

ゲストルームの引き戸のまえまでたどり着いたときには、マス自身、今にもその場に倒れ込んでしまってもおかしくないと感じていた。タツオに支えられて布団に横になり、次の瞬間にはもう深い眠りに引きずり込まれていた。眠りながら夢を見た。ハマグリやタコのいる海でイルカに乗っている夢だった。娘のマリも一緒だった。前歯が抜けているので、六歳ぐらいだと思われた。「見て、見て、父さん。ほら、すごいでしょ?」イルカに乗ったマリははしゃいでいた。両腕を大きく広げて、手を振りながら、笑い声をあげていた。返事をしてやりたいのに、口を開けても声が出なかった。少しまえから、何かにふくらはぎを突つかれていた。最初のうちは、ちょんちょんと軽く触れてくる程度だったのが、だんだんと当たりが強くなり、しまいにはずきんと痛みを感じるほどになっていた。マスは脚のほうに眼をやった。当たりをかけてきているのは、生き物のようだった。いや、これを生き物と呼んでいいものか……少年の頭部、よく見ると、首からしたは子どもの身体サイズの路面電車で――

そこではっとして、無理やり眼を覚ました。これは夢だ、と自分に言い聞かせた。少年の死体を発見したことで、自覚していた以上の衝撃を受けていたのだと思い知った。今の時刻は……日本時間の正午近くだろう。マスは布団から出て、廊下の向かい側のトイレの隣にある浴室でシャワーを浴びた。浴室は、マスの眼にはいかにも施設の浴室らしく映った。何もかもが実用本位で、あじけないというか殺風景というか、病院のようだった。シャワーは手短にすませた。

その時点で、もはや空腹はごまかしようがなくなっていた。胃袋がすっからかんで、できるものならすぐにでも何か口に入れたかった。ゲストルームの引き戸をきっちり閉めてからロビーに戻って、事務所にいたタツオに手を振った。タツオがうなずくのが見えた。

「アライさん、ちょうど呼びに行こうゆうて思うとったとこじゃった。ちぃと用があるもんで、これから町に出るんです。よければ一緒にどうじゃろ?」

車の右側の運手席についたタツオは、頻繁に瞬きをしていた。一種のチックなのかもしれなかった。子どものころからずっとそうなのだろうか、とマスは思うともなく思った。車内は沈黙が続いた。しばらくしてタツオが口を開いた。「ショックじゃ。ほんまにショックです。この島じゃ、こがなことはこれまで、いっぺんも起こったことがなかったもんで。もちろん、うちの入居者さんが亡くなることはようあります。じゃが、みなさん、それなりのお歳じゃ。子どもじゃあないけん」

「知っている子だったのか？」

答えが返ってくるまで、いくらか間があった。「見たことがあるような気ぃするんじゃけどね。わしが見たのは水のなかじゃったけえ、顔がはっきりとはわからんけん断言はできんです。じゃが、見覚えがあるような気ぃします」

「実はフェリーのなかで見かけた」とマスは言った。そんなことまでどうして、こうも気安く話してしまったのか、マス自身にもわからなかった。タツオはでしゃばらず、気取ったところがないので話しやすいからかもしれなかった。

「ほんまですか？　そりゃ、びっくりじゃ。島に来るときに？」

マスはうなずいた。

「なるほど。じゃけえ、わしも見たことがある、て思ったんかもしらんのう」そこでまた瞬きがつづいた。今度のほうが、もっとせわしなかった。「なんかこう、悩んどるように見えましたか？」

タツオが何を訊こうとしているのか、マスにも理解できた。自殺や自傷行為をしそうに見えたか、ということだ。マスとしては安易な結論に飛びつきたくはなかった。少なくとも、ことばにするのは控えたかった。「その子とは話もしなかったから」と答えるにとどめた。

「なしてこの島に来とったんじゃろうのう」とタツオは言った。「それに陽が暮れたあとまで島に居残ってたんは、どうしてなんじゃろうか。本土の子じゃろうに」

タツオの運転する車は、島の南に向かっていた。海は満ちてきていて、今朝は海面からのぞいていた牡蠣の養殖棚が、今はほとんど海面のしたに隠れて見えなくなっていた。「ひょっとしたら――」とタツオが続けた。「暗くなっとって、まわりがよう見えとらんかったんかもしらんなあ。ほいで、あやまって海に落ちてしまったとか」

マスは黙って肩をすくめた。子どもが生命を落とすというこの理不尽な出来事に、タツオがなんとか理屈をつけ、納得しようとしていることは理解できなくはなかったが、マス自身の経験から言うなら、人生というものは理屈の通らないことだらけなのだ。しばらくして、村でいちばん大きな集落に入った。タツオは、フェリーの発着所のそばの、あの屋根に緑《ろく》青《しょう》がふいた神社の近くに駐車スペースを見つけて車を停めた。そして、そばの〝コンビニ〟を指さし、それぞれ用事をすませて車で落ちあおうと提案し、「車におらんかったら、あそこにおりますけえ」と言って、発着所のガラス張りの待合室を身振りで示した。なるほど、あそこならエアコンが効いているからな、とマスは声に出さずにつぶやいた。

そのあたりの民家のほとんどが、木造のベランダに設置してある、衛星放送受信用のパラボラアンテナをのぞけば、見るからに古めかしい、おんぼろ家屋ばかりだったが、そんななかにあると、〝コンビニ〟の店構えは新しい部類に入りそうだった。広島駅から宇品までの道中でちょくちょく見かけた、チェーン展開をしている〃コンビニ〃の系列店ではなかったが、店の雰囲気や商品の陳列方法に大差はなかった。ここの店も白い壁で、棚が何列か並んでいて、そこにありとあらゆる細々した日用品が並んでいた。

店の出入口の自動ドアに向かおうとしたとき、マスの眼のまえを一匹の猫が横切った。その猫を追って、さらに二匹の猫が飛び出してきた。とっさのことで、マスはあやうく蹴つまずきそうになった。三匹とも、見るもあわれなありさまだった。眼のまわりにたっぷりと目やにがこびりつき、耳には噛《か》まれた傷があって、明らかに野良猫だった。追いかけられているのはトラ猫だった。そう言えば、マリも幼いころにトラ猫を飼っていたことがあった、とマスは思った。追いつ追われつの三匹のなかでは、そのトラ猫がいちばんみすぼらしかった。片眼がつぶれていて、充分な視野が確保できないからか、身のこなしもぎくしゃくしていた。片眼のトラは最終的に、積み重ねてあった古タイヤのなかに飛び込み、ようやく追手をかわした。

そこまで見届けて、マスは〃コンビニ〃の店内に入った。エアコンの冷気が心地よく肌を撫でた。サンドウィッチ的なものをふたつ選んだ。ひとつには豚カツが、もうひとつはヌードルのようなものが挟んであった。ジェニシーに知られたら、きっといい顔はされないだろうが、ここイノ島ではそもそも選択の余地というものがほぼないに等しい。マスはそのサンドウィッチもどきふたつとペットボトル入りの冷えた緑茶を二本、レジに持っていった。

レジを担当していたのは、赤ら顔の皺深い女だった。頭に綿のスカーフを巻いているので、髪の色まではわからなかったが、皺の寄りようからして……四十の坂を越えたのは、もう何十年もまえのことだろう、とマスは当たりをつけた。

じつに愛想のない女だった。「いらっしゃいませ」もなければ、「〝オハヨウ〟」もなし。それどころか、買い物なんぞして余計な手間をかけさせやがって、と言わんばかりの眼つきでマスのことをぎろりとにらみつけてきたのである。よろしい、とマスは思った――にらみ合いなら受けて立つにやぶさかではない。同じぐらい剣呑《けんのん》な眼つきで、マスはにらみかえした。

そのとき、出入口のドアが開いてタツオが店に入ってきた。レジの女にとって、明らかに、誰かさんより歓迎すべき人物が。「あら、〝オハヨウ〟」と女は晴れやかな声を張りあげた――心なしか、ずいぶん機嫌がよさそうに聞こえた。タツオのあとにくっついて、先ほどの片眼のトラ猫がするりと店に入ってきた。おそらく暑さから、あるいはさっきの二匹から、身を隠せる避難所を探しているのかもしれない。

「〝コラッ！〟」レジの女はひと声叫び、箒《ほうき》をつかんだ。そして、ただの脅しではないことをわからせるため、ゴミを掃くときの要領で猫を追いたてた。箒の硬い穂先に叩かれ、甲高くひと鳴きすると、猫はそのまま灼熱《しゃくねつ》の戸外に押し出されていった。

「そとで待っている」とタツオに言って、マスは食べ物の入った袋をぶらさげ、ガラス張りの待合室に移動して、〝朝食〟を食べはじめた。ガラス越しに穏やかな海が見渡せた。そう言えばこれまで、このあたりの海に生き物が暮らしている証拠を一度も目の当たりにしていなかった。太平洋の、日本とは反対側のカリフォルニアでは、どこの海岸でも大海原を愉しげに跳ねていく魚やいたずら好きのアシカの姿を見かけるが、このあたりでは……海のなかに引きずりこまれたものは、たちまち生命のきらめきを失ってしまう、とか？　それはそうと、あの少年はこの島でいったい何をしていてあんなことに……？

　考えるともなく考えていたとき、不意に待合室の裏手で甲高い鳴き声があがった。見ると、神社の脇で、またしてもあの二匹の悪たれ猫どもが片眼のトラ猫をいたぶっていた。トラ猫はコンクリートでできた細長い記念碑と隣家の母屋のあいだに追い詰められ、逃げ場を失っていた。悪たれの黒猫は後ろ脚でぬっと立ちあがり、片眼のトラに向かって歯を剝《む》き、低くうなり挑発している。

　マスは猫がとくべつ好きというわけではなかったが、ハルオは大の猫好きだった。花市場で働いていたときには、そのへんをうろうろしている野良猫を、片っ端から世話してやっていた。見てくれがあわれな猫ほどかわいがり、細君のスプーンが割引クーポンを使って買ってくる餌をせっせと食べさせてやっていた。花市場を退職してからは、スプーンとふたりで自宅の近所の野良猫に餌をやりつづけ、隣人たちからあきれられたり、驚かれたり、迷惑がられたりしていた。癌《がん》を患ってからは、宿なし猫の世話にかまけているわけにもいかなくなり、そのうち、玄関ポーチに居着いてしまった、身体は真っ黒で足先の白い猫だけが残った。

そいつもじつにあわれな見てくれの猫で、確か眼が見えなかったはずだ。

イノ島のこのトラ猫は、左眼がつぶれていて頬にはでな傷痕があって、それもハルオを思い出させた。ハルオの顔と首筋の傷痕はもちろん、失った片眼の代わりに入れた義眼も、原爆のおぞましい置き土産で、どんな工夫をしても完全に隠せるものではなかったが、ハルオはめげなかった。あっぱれとしか言いようのない楽観主義の持ち主だった。その昔、マスはそんなハルオのことを気の弱い意気地なしと決めつけ、相手にしなかったことがあったが、今にしてようやく理解できるようになった。希望を捨てずに生きていくことこそ、何よりも勇気の要ることなのだ。その点でおれはハルオの足元にも及ばない、とマスは改めて思った。

ヌードルの挟まったサンドウィッチもどきを食べおえ、ビニールの包装紙を片手に握り込んで球にしてから、ゴミ箱に放り込んだ。タツオがあの〝コンビニ〟の気難しいレジ係にどんな用があるのか、マスには見当もつかなかったが、それにしてもずいぶん時間がかかっていた。悪たれ猫どもは、またしても片眼のトラに喧嘩《けんか》をしかけていた。それ以上もう黙って見てはいられなかった。

マスは待合室を出ると、強烈な陽射しを真正面から浴びながら神社の右側の奥に直行した。「〝ヤメナサイ〟」と日本語で一喝したところ、黒猫は神社の石塀にひらりと跳びあがり、路地の奥に向かってそそくさと逃げていった。トラ猫は威嚇されていたときのまま、その場を動こうとしなかった。動けないのかもしれなかった。毛並みにつやがなく、ところどころ汚れで毛束ができていて、おそらくここ何日か満足に食べられていないようだった。やめておいたほうがいいのは自覚していたが、〝コンビニ〟のレジ袋に手を突っ込んで豚カツを挟んだサンドウィッチもどきを取り出し、包装紙をはがし、ひとちぎりしてトラ猫に与えた。よほど空腹だったにちがいない、トラ猫は眼にもとまらぬ速さでパンと肉の切れ端にくらいつき、ひと噛みにした。「〝オーライ〟」とマスは言った——それでおしまいだぞ、という意味のつもりだったが……もちろん、それでおしまいにはならなかった。エアコンのきいた待合室に戻るマスのあとをついてくるのだ、トラ猫が。待合室のガラス戸を閉めたものの、猫は戸口のまんまえに坐り込み、みゃあみゃあにゃあにゃあ、それはもうすさまじい勢いで鳴きつづけている。

〝アア、シクジッタ〟、とマスは胸のうちで日本語でつぶやいた——下手なことしちまったよ。またしても、ささやかな善行のつもりでしたことが思いがけない面倒を連れてきた。ドアをほんの少しだけ開けて、その細い隙間から「もう帰れ」と説諭してみたが、トラ猫に帰る場所などないことぐらい百も承知だ。

見ると、タツオが車の横で待っていた。マスに気づいて、タツオは片手をあげた。そろそろ帰りましょう、という合図だった。

「はい、はい」マスはこくこくとうなずくと、その場の勢いに任せて猫の首のうしろをつかんで抱きあげ、〝コンビニ〟のレジ袋に突っ込んだ。

「さっきの人、つっけんどんじゃったろう。気を悪くしたんでなけりゃあええんですが」

「えっ？」目下のマスは、車のトランクに入れた猫のことが気がかりで、タッオの話を聞くどころではなかった。

「コンドウさんのことじゃ、あそこの〝ゴンビニ〟のオーナーの。島のそとから来た者《もん》は、とりあえず気に入らんのです。そうは言《ゆ》うても、この島の人間ともたいがい関わろうっちゅう気がないようじゃがね。ゴウハタさんの奥さんの姉さんに当たる人なんじゃが。ゴウハタさんの奥さんは、原因不明の病気で長いこと寝たきりでね。長患いの末に去年、亡《の》うなったんです」

「ゴウハタ？　ってのは、この地域の地区長だという人の苗字じゃなかったか？」

　タッオは何度か瞬きをした。「昨日この島に来たばかりにしちゃあ、えらい事情通じゃの」そこはかとなく、責めている口調だった。

「あのとき、あの人もいたんだよ。バイクに乗ってやってきたんだ。おれが、その……あの少年を見つけたあとで」とマスは言った。どうして弁解めいた口調になるのか、当のマスにもわからなかった。

「おお、そうじゃった、そうじゃった」とタッオは言った。

　ふたりの会話は、それからまたとだえがちになった。マスのほうは会話を愉しむ余裕がなかったからでもあった。トランクから物音が聞こえてきやしないか、気が気ではなかったのだ。が、猫のほうも、どうやらこの場は静かにしておくべきだと心得ているようで、トランクからは鳴き声も動きまわる物音も聞こえてこなかった。とりあえず、今のところは。

詰めた息を吐きだすこともままならず、マスは窓のそとに眼をやった。イノ島の一部分はジャングルさながらだった。竹が伸び放題で鬱蒼《うっそう》としていて、ところどころに巨木がにょっきり頭をのぞかせていた。日本では楠《クスノキ》と呼ばれている木だった。この島は、今のこの時季でさえなければ、おそらく心地よく滞在できるにちがいない。

車はT字路で停まった。道路の右側に花壇が設けられていた。花が何列も並んで咲いていて、その向こうに薄茶色の用具小屋のような建物が見えた。この路傍の一画を整備し、雑草がはびこったり花が枯れたりしないよう、丹精込めて世話をしている人がいる、ということだった。

「もう十年ぐらい以前《まえ》のことなんじゃが、ここから遺骨が出よったんです」とタツオが言った。「そがなことが今でもあるんです。原爆で亡うなった方のご遺骨がひとん家《ち》の庭先やら建設現場やらで発見されますけえ。じゃが、そんなかでもここは特別じゃけえ、こうして花壇にすることにしたんです。発見当時の写真も残ってますよ、あん小屋の壁に貼っとるんです」

なんと悪趣味なことを。マスには唾棄《だき》すべきことに思われた。庭仕事の道具をしまっておくのが似合いの小屋に、なぜそんなおぞましいものを貼りだしたりするのか？　広島は何もかもを記憶にとどめ、忘れることも、先に進むことも拒んでいるように思われた。

「そんとき出たご遺骨は、本土の平和公園に送られましてのう。今はあちらでみなさんと一緒に眠っとられます」

マスは肩からかけているシートベルトをぎゅっと握り締めた。できるものなら今すぐにでもカリフォルニアに逃げて帰りたかった。ハルオの遺灰をアヤコ女王陛下に引き渡し、とっとと退散したかった。予定では広島であと五日か六日ほど滞在することになっていたが、観光してまわるのも生家を訪ねるのも、正直言ってもうどうでもよかった。どのみち今の生家には、マスの旧知の者はもうひとりも残っていないのだし。しかも、偶然とはいえ、海で少年の死体を見つけてしまった今、つきは確実に落ちていると思われた。この先さらなる悪運がめぐってきそうな気がしてならなかった。そういうときに、強引に賭け金をつりあげるのは、愚の骨頂というもの。風を喰らって一目散に、広島を離れるに限る。

養護老人ホームに帰り着くと、タツオは車を駐車場に停め、マスが荷物を取り出せるようトランクのレバーを引いてから、急用ができたので自分はここで失礼すると言い残して、先に車を降りていった。マスは胸を撫でおろし、猫の無事を確かめるべく、助手席から飛び降りて車の後部にまわった。トランクを開けたとたん、まずサンドウィッチの包装ラップが眼に入った。中身の豚カツはなくなっていた。その横でトラ猫が満足そうな顔をしていた。

「〝アリャ〜〟――あれはおれの夕めしだったんだぞ」猫に小言を垂れてから、マスは猫の首筋をつかんで〝コンビニ〟のレジ袋に入れて、施設の建物の裏手に向かいかけた。

あの桟橋の手前に、立ち入りを禁じるためにセーフティーコーンがふたつ設置されているのが見えた。少年は竹でできた桟橋のうえに引きあげられていた。覆いもなにもかけられていないので、マスのいるところからでも、いくらか距離があるのに、少年の着ているTシャツの赤い色がはっきりと見てとれた。みぞおちの奥のほうから吐き気が突きあげてきた。あまりにも強烈で、思わずその場にへたり込みそうになったが、レジ袋の持ち手を握り締め、タツオの車に手をついて身体を支えながら、そろそろと建物の横の日陰になっている通路を進み、やっとの思いで裏手にまわった。

イノ島のなかでも養護老人ホームのあるこちら側に来てしまうと、猫が人間のおこぼれにあずかれる機会はめっきり少なくなるだろう。だが、つまりは血の気たっぷりの喧嘩っ早い猫に遭遇する機会もめっきり少ない、ということでもある。マスは〝コンビニ〟のレジ袋からトラ猫を出してやった。トラ猫は、猫らしからぬあやうい足取りで弱々しく着地した。その瞬間、マスはそいつの名前を思いついた――「おまえはハルオだ」。新しい名前と新しい居場所にたちまち馴染んだらしく、トラ猫はわき目も振らずすぐそばの草叢《くさむら》に飛び込んでいった。小さなトカゲでもいたのだろう。気がつくと、いつの間にか〝セミ〟の合唱がはじまっていた。蝉の声は言ってみればイノ島の夏のBGMになっているようだった。その単調な調べに、バイクのエンジンの音が加わった。

ゴウハタは桟橋の少し北側でバイクを停め、今朝方したのと同じようにヘルメットを取った。施設の建物からタツオが出てきて、何度も頭をさげながらゴウハタのほうに近づいていくのが見えた。ふたりはそれから二言三言、ことばを交わした。ことばを交わしながら、ふたりはちらりとこちらに眼を向けた。少なくとも、マスにはそう見えた。


一行は赤いラインの入った小型船でやってきた。マスのいるところからでは、何人乗っているのかまではわからなかったが、湾に入ってきたあと、あの竹でできた桟橋の少し北側の船着場にゆっくりと向かう様子からしてそれなりの人数が乗り込んでいるものと思われた。

船がある程度まで近づいてくると、乗り込んでいる警察官の姿が見えるようになった。ほとんどが黒っぽい制服姿で、デッキにぎゅう詰めになっている様子は、さながらオイル・サーディンの缶詰だった。ひとりひとりの姿がはっきりと確認できるようになったところで、マスは人数を数えた。イチ、ニ、サン、シ、ゴウ……船という缶詰には、全部で十二匹の警察官が詰め込まれていた。そのうちのひとりは女のようだった。最後に船を降りた何人かで、船に積んできた機材をあらかた降ろした。船着場の桟橋にはゴウハタが出迎えに出ていた。最前列にいた数人の警察官に向かって、ゴウハタは少なくとも三回、頭をさげた。それからあらかじめ用意してきたと思われる名刺を取り出し、ひとりひとりに両手で差し出して渡すという儀式を繰り返した。

警察官が最初にしたのは、海際の地面の軟らかな場所を選んで白いテントを建てることだった。

その様子を、マスは楠《クスノキ》の木陰のベンチに腰かけて眺めていた。そこにマスがいることは誰にも気づかれていないだろうと思っていたが、そうでもなかったらしい。しばらくしてタツオが呼びにきた。「アライさん、警察の人らがちぃと話を聞かせてほしい言うとります」

警察は養護老人ホームの事務所の奥の部屋に、捜査本部を設置していた。考えてみれば、島のこちら側でほかに本部を設営できそうな場所はなかった。〈千羽鶴子どもの家〉に設営して、捜査のあれこれを子どもたちの眼にさらすのは、どう考えても不適切だろう。とりわけそこで暮らしている子どもたちのなかに、少年の死に関して何らかの有力情報を握っている者がいないとも限らないのだから、というのがタツオから聞かされた説明だった。タツオは顔面を紅潮させ、誰にも聞こえない音楽にあわせてリズムを刻むように、一定の間隔で瞬きを繰り返していた――パチ、パチ、パチ、休止、パチ、パチ、パチ、休止。

マスは事務所の奥の部屋に入った。昨日、電話をかけにきたときには会議用の長テーブルに書類の山ができていた。その山がひとつ残らず片づけられ、三名の刑事が三方からテーブルを囲んでいた。三名がいっせいにマスに眼を向けてきた。マスはテーブルの残る一辺に向けて置かれていた椅子に腰をおろした。

その真正面にヴィデオカメラが設置されていた。その横にもう一名、ヘッドフォンをつけた警官が控えていた。

マスの真向かいに坐っている刑事が、いちばん上位《うえ》の立場にあるようだった。白髪交じりの髪の一本一本がハリネズミの針のように突っ立っていた。マスの手渡したパスポートを丹念に一ページずつ検《あらた》めてから、その刑事は言った。「あなたはアメリカ国籍なんですな？」

マスは黙ってうなずいた。

「今回はどんな目的でイノに？」

「友人の姉に会うために。アヤコ・ムカイという人なんだが、今はここの施設に入所している」マスの左側に坐っている、童顔の刑事は猛烈な勢いでメモを取っていた。今日という日が終わるまでに、アヤコ女王陛下も、まちがいなくこの人たちの公式訪問を受けることになるだろう。

「あの少年だが、まえに見かけたことがあるような気がする。フェリーのなかで」

「そうおっしゃるからには、何か理由がおありになるのでは？」三人の刑事が揃ってマスの顔をじっと見つめてきた。撮影を担当している警察官は、機材をいじって何らかの調整を施している。

「サンフランシスコ。あの子が着ていたTシャツに〈San Francisco〉と書いてなかったか？」

刑事たちはたがいに顔を見あわせた。「そのフェリーで見かけた少年ですが、ほかにご存じのことは？」

「ろくに知りゃしないよ。こっちは他所者だからね」とマスは言った。他所者であることを嬉《うれ》しく思ったのは初めてのことかもしれなかった。

「誰かと一緒でしたか、その子は？」

「フェリーでは、ひとりで坐っていた」とマスは答えた。ひょっとすると、宇品のターミナルの突堤をかけずりまわって大騒ぎしていた傍迷惑な若造どもの仲間なのかもしれないが、自分にはよくわからない、とつけくわえた。常日頃から、〝ウルサイ〟若造どもは、どれほど目障りなことをやらかそうと、どれほど気障りなことを放言しようと、ともかくひたすらその存在自体を無視すると決めている。「こっちは若い女の連れがいた」

そこでまた刑事たちはたがいに顔を見あわせた。〝バカモン〟、マスとしては面と向かってそう怒鳴りつけてやりたかった——おまえさんらが想像しているような筋書きじゃない。

「その人のことは、ムカイさんが知っている。ムカイさんの教え子の娘で、広島駅まで迎えに来てくれたんだ。名前は、セアだ」苗字のほうは思い出せなかった。

「その人なら、少年のことを知っとるかもしれんね」と童顔の刑事が横からことばを挟んだ。

どうだかな、とマスは思ったが、声には出さずにおいた。

「フェリーには、ほかにどんな人が？」向かいの席のリーダー格の刑事が訊いてきた。

「さっき言った少年たちも乗っていた。みんな、あの少年と同じぐらいの年頃だと思う。船が島につくなり、わっと駆けおりて集落に入っていったよ」

「少年たち……」それまでひと言もしゃべっていなかった刑事が、そこで初めて口を開いた。いかにもいまいましげな口調だった。少年とくくられる連中に、これまでさんざっぱら苦い思いをさせられてきているのかもしれなかった。

それからさらに、もうふたつ、みっつほど質問されたものの、いずれも決まりきったもので、訊かれたほうが腰を抜かしそうになるほどの爆弾はなかった。最初のうちは早鐘を打っていたマスの心臓も、今では完全に普段の鼓動に戻っていた。当人の精神状態も、平常心を取り戻したどころか、いささか退屈しかけてさえいた。そう、マス・アライの名前は容疑者リストには載っていない。それだけはまちがいなかった。

即席の取調室からようやく解放されてロビーに出ると、テーブルにセアの姿があった。マスはいささか驚いた。今日は仕事があると聞いていたので。

「聞きましたよ、何があったか」とセアは言った。「たいへんでしたね」見ると、セアは缶入りのアイスコーヒーを飲んでいた。施設のカフェテリアに置いてある自動販売機で買ったものだと思われた。

「いつ島に？」

「えっと、島の向こう側に着くフェリーで来たんです。ちょうどタツオさんが車で通りかかったから、乗せてきてもらいました」

マスは眉間に皺を寄せた。タツオはマスを連れてフェリーの発着所のある集落まで出かけて施設に戻ってきたあと、急な用事ができたと言っていた。セアはどうしてそんな嘘《うそ》まがいのことを言うのか？

「ところで、ムカイ〝センセイ〟が弟さんの遺灰はどうなっているのか、と言っています」

「ああ、すぐに持っていこう」マスはロビーの椅子から立ちあがった。これで任務が完了したら、すぐにも出発するつもりだった。そう、警察がいい顔をしなかろうと、知ったこっちゃない。

広い廊下を歩きながら、マスは口元が小さくほころんでくるのを抑えられなかった。家に帰るなりジェニシーにぎゅっと抱き締められ、ジェニシーならではのあの爽やかで素朴なにおいが鼻孔に忍び込んでくるところを想像していたからだった。マリも家に立ち寄って、制作に加わった最新のドキュメンタリーの予告編をノートパソコンで見せてくれるにちがいない。〈ドジャース〉のグラウンド管理を担当しているマリの夫も、チーム内に流布しているゴシップの最新版を簡略版にして聞かせてくれるだろうし、孫のタケオも最近の柔道の試合で勝ったときの写真を見せてくれるはずだ。そう、カリフォルニアに戻れば、そんなふうに人生はなだらかで単純明快になる――前日とほとんど変わりのない一日が繰り返されることになる。けれども、マスには、その変わりのなさこそが何より貴重に、何よりありがたいものに思えるのだ。なぜなら、人生の一時期、それが当たり前ではなかったときがあったから。

ゲストルームの引き戸を開けた。布団は敷きっぱなしになっていた。部屋を出たときのままだった。ところが、部屋に入って、テレビの横の低いテーブルを見てみると……なくなっていた。黄色い造花を挿した花瓶の隣に置いたはずの、ハルオの遺灰はビニール袋ごと忽然《こつぜん》と消えてしまっていた。

ハルオの遺灰が行方不明になる、などということがあっていいわけがない。

テーブルのしたをのぞきこみ、テレビの裏側も確認してみた。敷きっぱなしの布団からシーツを引きはがし、上掛けと敷布団にくまなく手を這わせた。空振りだった。なんらかの理由で、マス自らスーツケースのなかに戻したということはあるだろうか？　睡眠不足になると、自分でも意味のわからないおかしなことをしでかすことがある。たとえば鍵を冷蔵庫にしまうとか。スーツケースの中身をすべて取り出してすっからかんにしてから、ものが入れられるようになっているところはすべて検《あらた》め、ファスナーつきのポケットもくまなくなかを探った。遺灰を入れたビニール袋は、どこにもなかった。

次いで、部屋全体を調べてみることにした。テーブルに置いておいたものが勝手に部屋の反対側の隅っこや、寝具を入れておく押入れというクロゼットに移動することなど、およそ考えられなかったが、ほかに探す場所が残っていなかった。万が一、どころか億が一ぐらいだと思ったが、脱いだ靴下や下着にまぎれ込んでいる可能性も考えて、もう一度調べてもみた。

そして、すっかり途方に暮れた。くしゃくしゃになったシーツにカバー、スーツケースから取りだした衣類が、畳や布団のうえに無秩序に散乱しているどまんなかに、がっくりと膝をついた。いったいどうしてこんなことになってしまったのか？　マスに課された任務はただひとつ、友人の遺灰の半分を、広島にいる友人の姉に届けること。たったそれだけのことだったのに……なんてざまだ。手酷《てひど》くしくじってしまった。

ゲストルームの木の引き戸を叩く音がした。「アライさん、大丈夫ですか？」こんなとき、若い娘の高い声は拷問にも等しい。

マスはよたよたと腰をあげて戸口まで這いだし、ごくごく細目に引き戸を開けた。「あんまり気分が良くないんだ」とマスはセアに言った。「ムカイ〝センセイ〟に、明日にしますと伝えてもらえないかね」

「何かわたしにお手伝いできることはありませんか？　お医者さんも呼べますけど」

「いや、眠たいだけだ」

「無理もないわ。そりゃ、そうですよ。よくわかります。一日がかりでへとへとになってやっと目的地に到着したかと思ったら、あんな衝撃的な体験をしたんだもの。休むのがいちばんだわ、〝オジサン〟。ゆっくり眠ってくださいね」

マスは軽く頭をさげ、セアが立ち去るのを確認して胸を撫でおろした。引き戸をしっかり閉めてから、深々と溜《た》め息をついた。はてさて、いったいどうしたものか……。とりあえず、まず部屋がこんなふうにしっちゃかめっちゃかでは、まとまる考えもまとまらない、というものだろう。ということで、まだ着ていない衣類を一枚ずつ丁寧にたたみなおしてスーツケースに戻し、ついでに布団も三つ折りにして押入れにしまった。

そこでふと、昨夜の出来事を思い出した。得体の知れない婆さまが部屋に闖入《ちんにゅう》していたことを。どう考えても室内清掃係とは思えなかった。ということは、あの婆さまがハルオの遺灰を持ち去ったとも考えられる。問題は、婆さまがどこの誰だか、皆目わからないことだった。名前もわからなければ、身元を知る手がかりさえないのだ。わかるのは、歳を取った日本人の女だということ。その条件なら、この施設で暮らしている者の八十パーセントぐらいは該当しそうだった。

タツオなら強力な助っ人になってくれそうだったが、マスとしてはここでまた、あの刑事たちと顔をあわせたくなかった。となると、少なくともあと何時間かは待たなくてはならない。島にやってくるのに専用艇をチャーターすることはできても、この島に居座ることはできない。警察官が宿泊できるような場所はないからだ。であるなら、いずれは引きあげていくはずである。辛抱強く待ってさえいれば。

午後六時近くまで待って、マスは部屋の引き戸をそっと開けてみた。一時間ほどまえ、施設の職員がワゴンを何台か押して通りかかったのが、リノリウム張りの廊下をゴムの車輪が転がっていく音でわかった。それ以来、物音は聞こえてきていない。よく聞こえるほうの左耳に意識を集中させて、聞き耳を立てた。テレビの音がした。アナウンサーが日本語で何やらしゃべっている。ほかの物音はとりあえず聞こえなかった。もう事務所に顔を出しても大丈夫そうだった。

受付カウンターにタツオがついていた。事務所内にほかに人の姿はなかった。マスにとっては、まさに願ったりかなったりだった。タツオは書類に印章を押しているところだった。日本でいうところの〝ハンコ〟である。

「みんな、帰ったのか」とマスは尋ねるというよりも、見たままを述べた。警察は捜査本部をとりあえず撤収したようだった。

「ええ、何時間かまえに。遺体も引き取っていきました」

マスは大きくひとつ溜め息をついた。警察の捜査はこれにて終了ということだ。

「何かご用ですか、アライさん？」

「この施設では掃除人を雇っているかい？」

「掃除は施設管理の者に任せとりますが」

「その人は今日、おれの部屋を掃除してくれただろうか？」

タツオは首を横に振った。「ゲストルームには立ち入らんことになっとるんです。何かあったんかのう？　ひょっとして物がのうなったとか？」

マスは返答をためらった。このタツオという男のことを百パーセント信じてもいいものか、まだ確信がもてなかった。たとえばここで打ち明けたことを、そのままぐにアヤコの耳に入れてしまったら？　冗談じゃない、それ以上の屈辱はない。とんだ〝ハジ〟さらしだ。はるばる千キロ近くも旅してきたというのに、果たすべき役目も満足に果たせず、すごすごロサンゼルスに帰ることになるなんて。今回の旅費やら何やらはすべてスプーンが出してくれている。この先、ハルオのかみさんの眼をまともに見られなくなっちまう。

とはいえ、タツオに協力してもらわなければ、万事休す、完全にお手あげである。「年寄りの女が、おれの持ち物を持っていったんじゃないかと思って」意を決して、マスは言った。「真夜中におれの部屋に入り込んでいてね。ああ、昨夜のことなんだが」

「どがな人でしたか？　何を取られたですか？」

あの婆さまの容貌をことばで説明するのに、マスは四苦八苦するはめになった。「ええと、両眼がないように見えると言うか……眼がうんと引っ込んでて。ああ、〝チャンチャンコ〟ってのを着ていた。それから、誰も信じてはいけない、というようなことを言っていた」取られたものについては、触れなかった。

タツオはうなずいた。「〝コンドウさんとこのオバアサン〟かもしれんな。あの〝コンビニ〟のオーナーの母親じゃ。そがなことをようしよる人なんです。じゃが、どうしたもんか……コンドウさんは今朝方、この施設を退所しんさったんですわ。別の施設に移られたんです」

その瞬間、マスの心臓がとまった。少なくとも当人はそう感じた。「なぜだね？　何かあったのか？」

タツオは〝ハンコ〟の先端を拭った。〝ハンコ〟につけたインクで、白いティッシュに朱色の輪ができた。どうやらマスの質問に答えるよりも、眼のまえの仕事に気を取られているようだった。「ええとですね、まあ、その、詳しいことはお教えできんのです」

マスの正直な気持ちとしては、タツオの胸倉をつかんで思い切り揺さぶってやりたくなった。こんなときにプライバシーを持ち出されたら、ふざけるな、としか言いようがない。

そんなマスの苛立《いらだ》ちを、タツオも察したようだった、「したらばコンドウさんがいた部屋んなかを探してみますか」と言ってきた。「何を探しとるんですかね？」

マスは後頭部に手をまわして、首のつけねをぎゅっと揉《も》んだ。自分の失態をことばに出して告白するのは、苦痛以外のなにものでもない。マスは文字どおり重い口を開いた。「遺灰だよ。ムカイさんの弟の遺灰だ。小さな袋に入れてきたんだ」

「なるほど」とタツオは言った。事情は了解した、ということだった。そして事務所から出てくると、廊下の先のほうを顎で示し、先にたって足早に歩きだした。

〝コンドウさんとこのオバアサン〟の居室は施設内の、マスが滞在しているゲストルームとは反対側にあった。途中の部屋に置いてあるベッドがどれも低めで、車椅子を使っている人が多いところをみると、この並びの部屋で寝起きしている人たちは自力で歩ける人のほうが少ないのかもしれない。

たいていの部屋にはベッドが少なくとも二台は入っていたが、〝コンドウさんとこのオバアサン〟の居室は一人部屋で、窓から海が見えた。〝コンドウさんとこのオバアサン〟も、アヤコ・ムカイと同様、一目置かれる人物であるか、あるいは少なくとも一目置かれる人物が親戚のなかにいることはまちがいなかった。

室内はがらんとしていた。ベッドのシーツが皺くちゃになっていていくらか薄汚れていることをのぞけば、人が寝起きしていた痕跡もなかった。タツオはそのシーツをはぐったが、何も出てこなかった。マスもマットレスとベッドフレームのあいだに手を突っ込んでみたが、同じく何も見つからなかった。

タツオははぐったシーツを丸め、もう一度、何もまぎれ込んでいないことを触って確認してから、洗濯物入れに放り込んだ。マスは部屋の隅々まで見てまわった。ティッシュボックスにまで手を突っ込んで調べた。「ここにはなんもありませんのう」タツオは明らかになった事実を口にした。「ゴウハタさんがやってきて、ほんの何時間かで荷造りして、コンドウさんを連れていきよりましたんじゃ。ほんま、急なことで」そこでマスの反応を読み取ったようだった。「そうじゃよ、あのゴウハタさんじゃ。〝コンドウさんとこのオバアサン〟は、あのゴウハタさんの義理の母親じゃけえ」

あの地区長は蜘蛛《くも》だな、とマスは思った。ありとあらゆるところに姿を現し、そのたびに秘密の糸を張りめぐらせていく。

「あそこの一族が、こがなことするんは、別にめずらしゅうもない。〝コンドウさんとこのオバアサン〟は、今年の五月の末に入所しんさったばかりなんじゃが、そんときも夜に連れてこられたんですよ、いきなり。まえもって連絡もなしじゃった」

「どこの施設に移ったのか、教えてはもらえないだろうか？」

タツオは口ごもった。「わしが口を挟んでしもうても、いいんかどうか……」

土下座こそしなかったものの、マスはすがりつかんばかりに懇願した。「誰にも言わん、ぜったいに言わん。あんたにもわかるだろ、おれがどれほど恥さらしなことをしでかしたか」

タツオがうなずいたので、マスはますます気分が沈み込んだ。自分が背負わねばならない〝ハジ〟の大きさを改めて思い知らされた気がした。「電話をかけて確かめることぐらいならできるかもしれん」とタツオは言った。

ふたりして事務所に戻ると、タツオは電話をかけた。相手はどうやら、あの〝コンビニ〟のオーナーのコンドウさんのようだった。タツオは、手続きの関係でこちらから追加で送らなくてはならない書類がある、と言い訳して、〝コンドウさんとこのオバアサン〟の新しい入居先を聞きだしていた。

そして、通話を終えると、パソコンに向かい、コンドウさんが新しく入所した施設の正確な住所を調べた。マスに伝えるべき情報を、タツオはまずは漢字で書き、それを全部もう一度ひらがなでも書いた。ひらがなは日本で使われている二種類の表音文字のうちのひとつで、全部をひらがなで書くということはマスのことを幼稚園児扱いしているに等しい。しかし、まあ、しょせんはその程度かもしれないな、とマスは思った。日本語を書けと言われたら、オールひらがなが関の山というマスの実力を考えれば。

「サンキュー、ネ」とマスは英語で言ってから、日本語でも感謝の気持ちを伝えた。「助かったよ。あんたには大きな借りができた」

「島のこっち側から出る始発の船は、午前八時に到着します」とタツオは言い、今日の正午《ひる》まえに捜査関係者が乗ってきたような小型船が、イノ島と本土の宇品のあいだを一日三往復しているのだ、と説明した。島のこちら側からの便はそれだけだが、反対側の船着場に着く大型フェリーのほうは朝から晩までもっと便数がある、とのことだった。タツオは今夜の最終便で島を離れ、島に戻ってくるのは二日後になる、と言った。その週の火曜日には、イノ島で毎年恒例の原爆慰霊式典が予定されていて、その二日後の八月六日には広島の平和記念公園で大きな式典が開催されることになっているらしい。タツオは最後に緑色の手提げ袋に入ったものをマスに差し出した。「わしが持ってきた弁当です。腹が減っとるでしょう。今日はどうも食欲がのうて。わしよりもアライさんのが要りようじゃろう思うてね」

少年の亡骸《なきがら》は本土に運ばれ、この島にはもうないとわかって、マスはようやく息ができるような心地になった。タツオから渡された手提げ袋をぶらさげて、施設の横手の通用口から戸外《そと》に出た。「ハルオ」と呼んでみた。それからもう一度、今度はもう少し大きな声で——「ハルオ」。陽は急ぎ足で沈もうとしていたが、昼間の暑さが残っていた。灼《や》けつくほどではないものの、お世辞にも快適とは言えなかった。

マスはそばにあったベンチに腰をおろし、足首めがけて寄ってくる蚊をときどきぴしゃりぴしゃりとやりながら、食べごろを過ぎてしまったタツオの弁当にがっついた。骨のないフライドチキン、鶏の〝カラアゲ〟の固くなったのがいくつかに、ひしゃげて変形したにぎりめし、という取り合わせだった。猫のハルオはどこにいったのか、とマスは思った。海岸まで降りていって、迷子のヤドカリでも捕まえているのか？　しばらくして、ようやくにゃあにゃあという声を先触れに、横手の植込みの陰からハルオが姿を現した。ミニチュアサイズの虎よろしく、新しく縄張りとなった場所をわが物顔で堂々とのし歩いている。いきなり連れてこられた場所にしっくりと馴染んで満足そうにしている、片眼の猫のそんな様子に、マスはひとまず胸を撫でおろした。ちょうど間のいいことに、〝カラアゲ〟がまだ残っていた。マスが硬い地面に放った〝カラアゲ〟は、あっという間にハルオの腹のなかに消えていった。

その晩は眼をつむったのとほぼ同時に眠りに引きずり込まれ、眼を覚ましたときには広島時刻の午前八時をまわっていた。〝チクショウ〟、とマスは声に出さずに日本語で悪態をつい一時間後にも便がある。とはいえ、本土行きの船は、一時間後にも便がある。なけなしの自前の歯を急いで磨いてから入れ歯を装着すれば、出かける準備は完了だった。

船着場の桟橋には、陽射しを遮るものが何もないので、マスは少し手前のトタン屋根の日陰に入り、ベンチに腰をおろして連絡船を待つことにした。どうせ誰もいやしないだろうと思っていたが、しばらくして女の声が聞こえてきた。「この島は死人だらけじゃね」

海岸の防波堤のほうから歩いてきたようだった。日傘をさしているので、顔が陰になっていた。歳のころは……三十ぐらいに見えたが、ということは実際の年齢はそれよりも少なくとも五歳はうえ、ということだ。肩先あたりで切り揃えた髪は蜂蜜のようなブロンド、ということはおそらく染めているのだろう。つんと尖《とが》った顎に切れ長の眼。瞼が眼に覆いかぶさっているような独特の眼元をしていて、どことなく爬虫類《はちゅうるい》を思わせる女だった。おまけに女の発言は、潮に運ばれてまたしても死体が流れついた、と解釈できなくもない。マスはぞくりとした。

女は日傘をたたんでトタン屋根のしたに入ってくると、マスの隣に腰をおろした。マスとしては、そしらぬ顔で立ちあがって雑踏にまぎれ込んでしまいたいところだったが、島民の姿もまばらなこの島に、さりげなくまぎれ込んで人目を避けられるほどの雑踏などどこにある？

「暑すぎじゃあ、ほんにもう」女はぼやくように言って、右手で顔をあおぐようにした。こってり塗り重ねた厚化粧が汗で崩れるのを防ごうというのだろうか。「こんなとこで暮らしてる人がいるってのが、信じられん」

「この島の者じゃないよ」とマスは言った。訊かれたわけではなかったが、その程度の個人情報なら見ず知らずの相手に提供してもさしつかえないと判断して。

「ひどいとこだと思いません？」と女は言った。「だから、ソラを来させとうなかったんよ、うちは。あの子の父親にもやめてくれって言うたのに。ちぃとも聞いてくれんかった」

ソラというのは、英語で言うところのスカイ、天空の〝空《そら》〟のことだと思われた。人の名前にしちゃ、いささか風変わりではあるが、とマスは思った——最近の日本ではそういう変わった名前が流行《はや》っているのか？

「ソラっていうのは息子です。昨日、見つかったんです、この島の海で」

そうか、なるほど——女が何を言っているのか、マスにはもちろん即座にわかった。が、返すことばが見つからなかった。

「昨夜、警察から連絡があって。じゃけえ、今朝、宇品発のいちばんの船でこの島に来たんです。見つかった場所を見ておかなくちゃ、て思うて」

「おれが見つけたんだ」とマスは思い切って言った。

「えっ？」

「海でおたくの息子さんを見つけたのは、このおれなんだ」

女の眼にみるみる涙が湧きあがってきた。瞬きをしたひょうしにこぼれた涙が、白粉《おしろい》をはたいた頬に筋を引いた。

「そんときは、まだ……?」

マスは黙って首を横に振った。息絶えてからしばらく経《た》っていたにちがいない。

少年の母親だという若い女は、バッグから布製のケースに入れたティッシュを取り出した。ケースは空っぽで、ティッシュは一枚も残っていなかった。朝から泣きどおしだったのだろう。女は指先で眼尻を押さえた。そうすれば涙がとまる、とでもいうように。「うちはこの島が好かんの、以前《まえまえ》から。できるかぎりここには来たくないの。だからヒデキにもそう言ったんです。ああ、ヒデキいうんはソラの父親です。ソラのこと、この島に連れて来るんは無理やてヒデキにも言うたんです。だって自分の部屋からだって、ろくに出て来んような子やもん。そんな子を船に乗せて島に連れてくなんて乱暴じゃ。乱暴すぎる。じゃけど、うちの言うことなんて聞こうともせんかった。一度やる言いだしたら聞かんのよ、そういう人なの」と女は言った。今度の出来事だけを指しているわけではなさそうだった。少なくともマスには、そんなふうに聞こえた。

「この島に来るとき、息子さんと同じ船だったんだ」とマスは言った。

意外なことに、ソラの母親はマスのそのことばに大した反応を示さず、「誰かと一緒じゃなかったですか?」と話のついでといった調子で訊いてきた。誰が息子に同行していたか、訊くまでもなく把握しているようでもあった。

「いや、ひとりで坐っていた」とマスは答えた。同じフェリーに乗っていたほかの少年たちとかかわりあいがあったのかどうか、マスにはいまだに判断がつかなかった。

　若い母親はひとつ大きな溜め息をつくと、きっぱりと言った。「あの子はあないなこと、自分ではようせんわ。警察がどう考えとるかはわかってます。うちのことをどう思うとるかも。母親失格だ、言われてるんです。シングルマザーで、自分の息子ひとり満足に世話しきらん、てね。けど、うちが仕事のときは別れただんなが様子を見にくることになっとったんよ」そして、あの日ソラは友人とオンラインゲームで遊んでいる、とメールで知らせてきたのだ、とつけくわえた。警察はソラの着衣のポケットから携帯電話を回収していたが、海水に浸《つ》かっていたためデータが消失していて、目下、携帯電話会社に依頼してメールで送受信していたメッセージを復元しようとしているらしい。

　マスは腕時計に眼を据えた。カリフォルニアを出発するまえに時刻のあわせ方を誰かに訊いておかなかったことが今さらながら悔やまれた。

　ソラの母親は唇をぎゅっと引き結び、しばらく黙り込んでから、またしゃべりだした。

「誰かに指図されたんよ、それであんなことになったんよ。うちにはわかります。ソラは自分から何かしようって子じゃないもの。自分から遠くに出かけていくような子じゃないし。そがいなタイプじゃないんです。高いとこも苦手だし、水はもっと怖がってたし」

だったら、そもそもなぜ、この島までやってきたのか？　理由がわからないという点では、島の反対側で船を降りたのも解せなかった。この猛暑のなか、島の東のこちら側までまわってくるには、なんらかの移動手段《あし》を確保する必要が生じる。そのあたり、どう考えても辻褄《つじつま》が合わないような……。

腕時計の針が指している時刻をもとに計算してみたところ、そろそろ九時になるはずだった。マスはベンチから立ちあがって海の彼方《かなた》に眼をやった。思ったとおり、赤いラインの入った小型艇がスピードをあげて船着場に向かってきていた。

「うちの携帯電話の番号をお教えします。フェリーに乗ってたときのこと、何か思い出したら連絡してぇね」

「携帯電話は持ってないんだ」とマスは言った。持っていないことにほっとしながら。

女はバッグに手を入れてしばらくごそごそやっていたが、名刺のようなものを取り出してマスに差し出した。「じゃあ、これを。そこがうちの住所です。流川《ながれかわ》通りに住んどるの。先のことはわからないけど、今んとこはとりあえず」

流川通り……マスにも聞き覚えのある名前だった。子どものころの記憶のなかの、賑やかな通りの光景が思い浮かんだ。バイクや馬車や荷車が行きかい、通りの両側にはどこまでもとぎれることなく店が軒を連ね、頭上には丸い街灯がぶらさがっていた。当時マスが暮らしていた、小高い丘に囲まれた田んぼだらけの〝イナカ〟とは別世界だった。魔法の国のようだった。


マスはカードを受け取った。見ると、ラーメン店の広告用のショップカードだった。

「うちはそのラーメン屋さんのうえの四〇三号室。タニといいます。タニ・レイです」それからマスの名前を尋ねてきた。「お名前は?」

「アライです」とマスは言った。女はレイというファーストネームまで名乗ったが、こちらは苗字だけ伝えれば充分だろうと考えた。いずれにしても、ファーストネームは日本ではたんなるおまけのようなものである。つきあいの長い友人同士でも、互いのファーストネームがうろ覚えでしかない、ということもままあるらしい。

「警察は事故で片づけたがってます。離婚した母親からろくに面倒を見てもらえとらんかった気の毒な少年の悲劇ってことにして、さっさと幕を引きたがってます。だけど、そんなにあっさりと簡単に片づけていいわけない。うちはそう思うてます」とタニ・レイは言った。

「そんなに簡単なことなんて、ひとつもないんじゃけえ」


小型艇はいつの間にか栈橋に接岸していた。「あれに乗るんだ」とマスは言った。

「そうそう、逃げられるときに逃げたほうがええよ」とレイは言った。「うちも正午の船で戻るつもりです。帰るまえに、どこかで花を摘んで海に手向けようと思って。あの子の身体はもうここにはないけど、魂はまだ残っているかもしれない。そうは思わん?」


マスは答えなかった。別れの挨拶を交わす手間も省いて、無言のまま栈橋に向かった。乗客はマスのほかにあと二名しかいなかった。船長に何枚か硬貨を手渡し、マスは小型艇に乗り込んだ。島のこちら側は住んでいる人が少ないからか、宇品港からこの島に来るときに乗ったフェリーよりも、かなり小さく、有《あ》り体《てい》にいってかなりみすぼらしい船だし、船長ひとりですべての業務をこなしているのが一目瞭然だった。

船室に入り、ほかのふたりの乗客とは反対側の座席にいったん腰をおろしたが、なんだか息苦しくなって小さなデッキに出た。船長は太鼓腹の中年男だった。その船長がエンジンの出力をあげるのを横目で見ながら、マスはデッキの座席に坐った。顔にかかる塩辛いしぶきが却《かえ》って心地よかった。広島の成分が毛穴からしみこんでくるような気がした。海の生き物が姿を見せてくれることを期待して、海面《うなも》に眼を走らせた。イルカでもトビウオでもなんでもよかった。が、考えてみれば、イルカもトビウオも、海中から勢いよく飛び出してはくるが、海水面近くに棲息《せいそく》しているわけではない。どれだけ眺めまわそうと、姿を拝めるものでもなかろう。

タニ・レイの言ったことを思い返すともなく思い返した。あれは悲嘆に暮れた母親が、怒りを吐き出すことで罪悪感をまぎらわせようとしていただけなのか、あるいは疑いを抱くだけの根拠があっての発言なのか？

ソラの母親が花を摘んでいるところを思い浮かべた。あの学校のそばの、原爆死没者の遺骨が見つかったことを記念してつくられた花壇の花を摘んでいるところを。息子の魂はまだここに残っているかもしれない、と言っていた。そのことについても考えた。マスは母なる自然を崇敬するよう教えられて育ち、樹木にも、草花にも、岩や石にも、人間と同じように魂が宿っていると信じるようになった。ところが、キリスト教徒で礼拝にも通うジェニシーと結婚してから、マスの人生にイエス・キリストが入ってきた。マスが理解したところでは――理解できないこともとてもたくさんあるけれど――イエス・キリストは主君のためではなく、身分の低い農民や娼婦《しょうふ》のために死を受け入れた〝サムライ〟だった。マスにとっては不可解で馴染みのない宗教ではあったが、じつはひそかな歓《よろこ》びをもたらしてくれるものでもあったのだ。ジェニシーにつきあって出た礼拝であるとき牧師が、神は庭師であると言ったのだ。そのときはたぶん聞きまちがえだろうと思ったが、礼拝が終わってからジェニシーが聖書を開いて、そのとおりの記述があることを見せてくれた。父なる神は、まちがいなく庭師だった。

祈りというものがどういうものか、はっきり理解できているとは思えなかったが、マスは死んだ少年のために、小型高速艇のデッキから祈った。たとえ神には届かなくとも、人々の祈りが集まり、じっと休んでいる場所があるのではないか、とマスには思えた。集まった祈りが、それぞれの最もふさわしいタイミングでかなえられるのを待っている場所が。

小型高速艇は宇品港に入ると、大型フェリーの発着所の西側の突堤に接岸した。運のいいことに、歩道際に黒塗りのタクシーが停まっていた。車内から降りてきた運転手が小走りで、マスのために後部座席のドアを開けてくれた。マスは運転手に、タツオが書いた養護老人ホームの住所のメモを渡して行き先を伝え、船を降りてから数分後には、目的地に向かって走りだしていた。

〝コンドウさんとこのオバアサン〟になんと言ったものか、マスは考えをめぐらせた。はたしてマスのことを思い出せるかどうか、それすらもあやしかった。そんな相手の所持品をどうやって検めればいいのか……見当もつかなかったが、それでもともかくやってみるしかなかった。何もしないわけにはいかないのだから。

〝コンドウさんとこのオバアサン〟が転院した施設は、これといった特徴のない、どこにでもありそうな三階建ての建物で、近くにいくつかの美術館とマスの先妻のチズコが通っていた高等学校があった。通りを挟んで向かい側は〈縮景園《しゅっけいえん》〉という公園だった。その公園のことは、マスの記憶にもうっすらと残っていた。あの爆風で引き裂かれた樹木と火炎に炙《あぶ》られ焼け焦げた草花しか残らなかった縮景園が、息を吹き返したというのは、にわかには信じられない気がしたが、それでも公園のゲートのところに出ている案内板によれば、ちょうど今の時間帯は開園中とある。

料金を支払ってタクシーを降り、そこでまた今後の方針について考えをめぐらせた。いったいどんな手をつかえば、うまくことが運んでくれるだろう。

ともかく施設の玄関のガラス戸を抜け、ロビーに入り、受付に足を向けた。見たところ、二十歳《はたち》をいくつか出たぐらいという年恰好の女がデスクに詰めていた。その若い娘に向かって、マスとしては最大限礼儀正しい日本語で言った。「すみません、〝コンドウさんとこのオバアサン〟に会いに来たんですが」

「ご家族の方ですか？」

マスは首を横に振った。

受付の女は唇をきゅっとすぼめた。レモンをかじったわけでもなかろうに。そして、マスに向かって軽く頭をさげると「少々お待ちください」と言って電話に手を伸ばし、受話器を取りあげてどこかに電話をかけはじめた。

何をしゃべっているのか、マスにははっきりとは聞き取れなかったが、自分の言ったことが、いくばくかの物議をかもしていることだけはわかった。

エレヴェーターが到着した音がして扉が開いた。見ると、降りてきたのは、マスが広島に到着してからこれまでのごくごく短い期間に知りあいになった、ごくごく限られた相手のひとり、セアだった。白いポロシャツ姿で、白いマスクを顎まで降ろしていた。

「アライさん、どうしてここに？」

「そっちこそ、どうしてここにいるんだね？」

「わたし、ここで働いているんです」

この偶然を分析している時間は、今のマスにはなかった。目的はひとつ、今はそれに向かって猪突猛進《ちょとつもうしん》すべし。「話を聞きたい人がいてね。会いにきたんだ。〝コンドウさんとこのオバアサン〟って人だ」マスは来意を明らかにした。

「理由を聞かせてもらえますか？　コンドウさんは面会に制限があるんです。ご家族の方以外は会えないことになっていて」セアはマスの腕を取ってさりげなく受付から離れ、玄関のほうに誘導した。

「あの人に気になることを言われてね」とマスは言った。「おかしなことを言われたもんで、気になっているんだよ」

「そうでしたか。でも、相手がコンドウさんでしょ？　わたしだったら何を言われても気にしないことにします。あの方、アルツハイマー型の認知症なんです。このところ親戚の人の顔ももうわからないみたいだし」

「ほんの何分かだけでいい、話をさせてもらえないかな。大丈夫だ、面倒はかけない。問題は起こさないから」とマスは言った。こういうのを安請け合いというのだ、と百も二百も承知のうえで。

「わたし、あとちょっとしたら休憩時間になるんです。アライさん、ちょっとだけここで待っていてもらえますか。すぐに戻ってきますから」

マスはうなずいた。戸外《そと》の暑さを考えて、さほど広くないロビーで待つことにした。待っているあいだ、例の受付の女が、ほぼ十分置きに、こちらに眼を向けては顔をしかめてみせた。

ようやくエレヴェーターが到着した音がしてセアが降りてきた。今度はマスクをしていなかった。セアは身振りで玄関を示し、マスを戸外《そと》に連れだした。ふたりは腰をおろせるようにテーブルが設置してあるところに向かい、木陰になっている席を選んだ。

「詳しく説明してもらえませんか？　どうして〝コンドウさんとこのオバアサン〟に会わなくちゃならないの？」

マスはそこで一瞬、ハルオの遺灰を紛失したことを告白しそうになった。ハルオの遺灰をなくした、ということばが腹の底からむくむくと咽喉元《のどもと》まで這いあがり、舌先まで滑りでてきた。が、どうしても言えなかった。セアは女だ、しかも若い女だ。マスの孫だとしてもおかしくないぐらいの年齢だ。そんな相手に自分のやらかした失態をどう打ち明けろというのか？　さらに、マスの失態を知れば、セアはまっしぐらにアヤコのもとに馳《は》せつけ、ご注進に及ぶだろう。

うかつなことを口走らないよう、マスは入れ歯をぐっと嚙みしめ、唇を固く引き結んだ。

「まさか、あの男の子に関係あることじゃないですよね？　あの自殺しちゃった男の子のことだけど。でも、あれはアライさんが責任を感じることじゃありませんからね。だって、そうでしょ、防ぎようなんてなかったわけだし。警察の人が言っていたけど、あの子、家庭環境が複雑だったらしいですよ。今朝、わたしのとこにも刑事さんがふたりで訪ねてきて、そのときに聞いたんです。わたし、気づきもしませんでした、フェリーにあの男の子が乗っていたなんて。でも、アライさんは覚えていたって言われて」セアは、ポニーテイルにしている髪の根元をきゅっきゅっと引っ張って位置をなおした。「あの男の子、両親が離婚していて、お母さんって人がけっこうどうしようもない人みたいですね」

マスは思わず眉をひそめた。警察はそんなことまでこの娘にしゃべったのか？

「父親って人は、どうやら五月のゴールデンウィークにイノ島に来ていたみたいですよ。仕事を手伝っていたらしいです、村の家で。そのときにあの男の子も連れてきていたんだって」

このセアという娘、イノ島の情報通らしい——島には住んでいないというのに。あるいは、例の垂れ流し族の一員か。そう、世の中には自分が聞き知ったことを片っ端からひとにしゃべらずにはいられない人種が存在する。セアもそのタイプなのかもしれなかった。試しにアヤコのことを、アヤコがハルオとの再会に固執している事情を、どの程度知っているのか、突っついてみることにした。「アヤコさんだが、どうしてあれほど弟の遺灰をほしがっているのかね？　なんだかどうも腑《ふ》に落ちないっていうか……」

セアは肩をすくめた。「ムカイ〝センセイ〟はそういう人です、理解しにくいの。わたしが知っているのは、ムカイ〝センセイ〟の兄弟や姉妹は、ハルオって人以外はみんなもう亡くなっちゃったってこと。ハルオって人が最後に残ったひとりだって、よくそう言っていますから」

「〝コンドウさんとこのオバアサン〟に会うのは、どうしても無理かな？　ちょっと顔を見るだけでもいいんだ」

「ごめんなさい、アライさん。ご家族が許可しないと思う」

セアのシャツの胸ポケットから振動音が聞こえた。携帯電話だった。セアは携帯電話を取り出して応答した。「〝ハイ〟……〝ハイ〟……〝エエ、ソウデス〟。わかりました、すぐに戻ります」通話を終えるなり、セアはそそくさと席を立った。「宇品まで戻るタクシーを拾ってきますすね」

「オーライ、オーライ、大丈夫だ。もうしばらくこっちにいるつもりだから」

「ほんとに？　それじゃ、もし何か困ったことがあったら、連絡してくださいね。わたしはここにいますから」

マスはうなずいた。

養護老人ホームの四角い建物にセアが姿を消したあとも、マスは椅子に坐ったまま、このあとの行動を決めかねていた。

今しがた聞いたことを思い返すともなく思い返した。では、ソラ・タニの件は落着したということか、あっさりと。自殺ということで片づいたのだ。あんな若い身空でそんな悲しい最期を遂げるとは。二十歳を迎えるまえに死んだ少年の亡骸を見るのは、マスにとってはもちろん初めてのことではなかった。一九四五年八月のあの日、ここでは、広島の市《まち》では、そんな亡骸が数えきれないぐらい横たわっていた。勤労動員で広島駅に派遣されていたマスの同級生も含めて。戦争末期になると、学校の授業は行われなくなった。男たちが戦地に送られ働き手がいなくなると、徴兵される年齢に達していない少年たちまで勉学をあとまわしにして肉体労働に駆り出された。銃後を守るという名目で。マスの唇から、もう長いあいだ呼ぶことのなかった名前が次々にこぼれでた——ケンジ、リキ、ジョウジ。

いつの間にか祈りのことばをつぶやいていたことに気づいて、マスは口をつぐんだ。いったい、おれは何をしているのか？　こんなことでは、頭のネジが緩みきって抜け落ちてしまう日も近いのかもしれない。マスはひとつ大きく深呼吸をして、肚《はら》をくくった。これはもう、相手が若い娘だろうと、見習い看護師だろうと、正直に事情を打ち明けて、ハルオの遺灰探しを手伝ってもらうしかない。そもそも、広島にやってきたマス・アライという人物は、なんの役にも立たない一介の〝ガイジン〟であり、しょせんは他所者《よそもの》であり、誰からもさほどの期待はされていない、ということを忘れてはならない。そう、肩の力を抜けばいいのだ。

マスは養護老人ホームのロビーに戻り、あらためて受付に足を向けた。例の不機嫌な顔をした女に、しばらく待つよう指示された。五分後、じっと待っていることに耐えられなくなった。どこに行くとも言い残さず、マスは施設を出て通りを渡り、縮景園に向かった。頭をすっきりさせて物事をじっくり考えたいとき、毎度のことながら、マスの足はおのずと緑のあるところに向かう。

入園料を支払って、庭園に入った。鼓動が速くなっていた。この場所を駆けまわった記憶があったからだ。あれは……六歳か、七歳ぐらいのころだろう。背が高くて、どっしりとした石造りの〝トウロウ〟は、こうして眺めると石でできた雪だるまを思わせた。静かに水をたたえた大きな池には橋がふたつかかっていて、陸地と浮島をつないでいた。片方の橋は鮮やかな朱色に塗ってあって、欄干の先に黒くて大きな擬宝珠《ぎぼし》という突起がついている。子どものころ、兄たちや弟と一緒になってあの擬宝珠をぎゅっとつかんだことも思い出した。橋のしたには白や朱色や黒い鯉《こい》が集まって、水面からのぞかせた口をぱくぱくしながら餌をねだっていた。茅葺《かやぶき》屋根の古民家、キノコの恰好をした石の腰かけ……なにもかも以前どおりに忠実に復元されていた。うまい具合にマリに持たされたカメラがポケットに突っ込んだままになっていた。なつかしさも手伝って、マスは何枚か写真を撮った。

庭園の奥の、京橋川《きょうばしがわ》と接するあたりまで歩いたところで、大きな岩のまえに出た。何やら日本語で文字が刻んであった。その岩の周囲は木陰になっていて薄暗く、園内のほかの場所に満ちている生命の躍動感が感じられなかった。岩の手前に、長方形の敷石が三段に並んでいて、岩を挟んで左右に設置された金属の花筒に、手向けの赤い芍薬《しゃくやく》が活《い》けてあった。岩に刻んであったのは、〝慰霊〟という文字だった。崩した字体の漢字で、〝イレイ〟と読み、死んだ者の魂を慰める、という意味である。脇に案内板が立ててあって、一九八〇年代に行われた復元工事の際に、この地に埋葬されていた原爆死没者の遺骨が発見され、最終的に六十四体の亡骸が見つかった、と記されていた。そんなことだろうと思ったよ、とマスは声に出さずにつぶやいた。

この時点で、もうこれ以上この公園にはいたくなくなっていた。生垣の緑や石の灯籠《とうろう》や餌をねだる鯉に元気づけられ、眼のまえに立ちはだかっている大問題からいっとき眼をそらすこともできたが、この慰霊碑がマスを広島に引き戻した。ここはやはり広島なのだ、と思い出させた。新たに植えられた植物の根は浅く、放射能や黒い雨が残した深手を完治しきれていない。技師や職人や作業員たちの尽力で、庭園は七十年まえの、百年まえの、あるいはそれよりも昔の姿を取り戻すことができたのかもしれないが、それはあくまでも表面的な覆いにすぎない。覆いのしたには今でも闇が存在しているのだ。

マスは木造の橋を渡り、玉砂利を敷き詰めた小道を抜けて、土産物店と軽食店を兼ねた店のまえを通りかかった。店先で扇風機がまわっていたので、しばし足をとめて鼻のしたの汗を拭った。手書きの貼り紙に〈かき氷あります〉と書いてあるのを見て、ここでひと休みして身体にこもった熱をさましていくことにした。

店の小さな四角いテーブルについて、抹茶かき氷を食べながら、マスはこれまでに撮影した写真に眼を通した。老眼鏡をかけてから、カメラの背面にある矢印ボタンを押し、もう一度押し、さらに何度か押すと、イノ島に渡るフェリーで撮影した写真が出てきた。あのときはカメラを向ける方向を特に吟味もせずに適当にシャッターを切っただけだったが、偶然にもほかの乗客の姿が写りこんでいることに気づいた。赤いTシャツを着ていたソラの姿は、とりわけはっきりと見わけられた。カメラの背面のディスプレイなので画像は小さかった。マスの掌《てのひら》よりもなお小さかった。カメラを近づけたり遠ざけたりして、いちばんよく見える距離で眼を凝らした。ソラはひとりではなかった。隣に島の村の少年がひとり、坐っていた。ソラよりもひとまわり身体が大きく、がっちりしていて、薄茶色のシャツを着ていた。こいつは、昨日の朝、ソラの死体が発見されたあと、自転車で見物にきていた集団のなかにまちがいなくいた。マスにはそう断言できる自信があった。

ということは、ソラはあのとき、ひとりではなかったのだ。さらに、この少年とは隣り合って坐るぐらいだから、それなりの知りあいだったということでもある。はてさて……マスは内心、首を傾げた。警察はこの情報をつかんでいるのだろうか？

ポケットに手を突っ込み、ソラの母親から渡されたラーメン店の宣伝用の名刺を引っ張り出した。ラーメン店は繁華街の流川通りにある。ソラの母親にこの写真を見せれば、ソラが話しかけているこの隣の少年のことがわかるかもしれない、とマスは思った。そして、ことによるとソラは、警察が考えているような経緯で死んだのではないのかもしれない、とも思った。そう、いみじくもソラの母親が言っていたように。

第四章

縮景園を出たときには、暗くなった空から雨が降りだしていた。生暖かい雨粒がマスの頭を叩き、睫毛《まつげ》を濡《ぬ》らした。耐えがたい暑さに辟易《へきえき》していた身には、文字どおり恵みの雨だった。敢《あ》えてタクシーをとめず、そのまま歩きつづけた。自分のいるところが、なんとなく把握できるようになってきていた。もちろん、生まれ変わった新しい広島の市《まち》は、どこもかしこも当世風で洒落《しゃれ》てはいたが、注意して見るとあちこちに、一九四〇年代の古い写真付きの案内板が立っていた。それが過去に戻る小道に撒《ま》かれたパンくずの役目を果たし、記憶が次々に甦《よみがえ》ってくるのだった。

緑色の車体の路面電車が停留所にとまっていた。マスは行き先を確かめもせずに乗り込んだ。路面電車を運行している〈広島電鉄〉、略して広電の運行システムは、マスの知っている一九四〇年代からあまり変わっていないようだった。市内で見かける車輛も、ひょっとすると何台かは当時の車輛がいまだに現役で活躍しているのかもしれない、とマスは思った。乗り込んだ電車は南に向かって進んでいた。ちょうどマスが行こうとしていた方向だった。広島市は街路が格子状に整備されている——その昔、父親から聞いた話では、日本の封建時代にこの地をおさめていた〝ダイミョウ〟と呼ばれる領主の命令で、そんな形の市街ができあがったのだとか。〝サムライ〟が闊歩《かっぽ》していた時代には、町内ごとに役割が決まっていて、たとえば〝トウフ〟作りを専門にしている町やら、魚を商う店ばかりが集まっている町やらがあったらしい。一時期には鉄砲のような火器の売買が行われていた町まであったと聞いたときには、とりわけ興味を惹かれたことを覚えている。

その点について言えば、広島の市内はロサンゼルスのダウンタウンに似ているかもしれなかった。ロサンゼルスでは、花市場の隣に青果市場があり、その隣に玩具街《トイタウン》があって、その先がリトル・トーキョーで、その先に市庁舎がある。その数ブロックのなかで、たいていの用事はすませてしまえた。ないものを見つけるほうがむずかしいかもしれない。それに、うっかり目的地を通り過ぎてしまっても、すぐに気がつく。

路面電車が八丁堀《はっちょうぼり》の停留所でとまると、乗客のほとんどが――おもに中年のご婦人たちだったが、いっせいに席を立ったことにマスは気づいた。八丁堀という地名はマスも覚えていた。そこに〈福屋《ふくや》〉という何階建てかの大きな百貨店があったはずだった。その昔、同級の悪ガキどもとあの堂々たる構えの店に立ち寄り、売り場のマネキンを素っ裸にするといういたずらに及び、追い出されたことがあった。原爆が落とされたあと、〈福屋〉のコンクリートの建物は、奇跡的に倒壊せずに残ったが、あれほど美しかった店内は豪華な内装や陳列されていた商品もろとも火焔《かえん》に炙《あぶ》られ、真っ暗なあなぐらと化した。何もなくなったそのあなぐらに、しばらくすると、病人たちが次々と運び込まれるようになった。その人たちは回復するどころか、悪化の一途をたどった。マスの友人もそこに隔離された。あのマネキン事件の言い出しっぺだった子だ。その子の兄弟からは、下血にまつわる悪夢のような話を聞いた。〈福屋〉の建物に収容された病人は、洗面所に行くたびに血まみれになったらしい。その症状は赤痢《せきり》である、と保健衛生の専門家は判断した。そう、専門家たちも当時は知らなかったのだ、原爆の放射能がどんな影響をもたらすか。

車内のほかの乗客について、マスも路面電車を降りた。大通りの中央に設けられたプラットホームに降り立つと、眼のまえに何階建てかの白い建物が建っていた。戦前の〈福屋〉に負けず劣らず実に堂々たる店構えだった。雨はほとんどやんでいた。通りを行き交う人たちも傘を閉じたり、襟首に垂れてくる雨だれを振り払ったりしている。

いたずらの思い出に力を得たのか、マスは自信が湧いてくるのを感じた。思い切って、〈Fukuya〉のロゴが入った大きな紙袋を提げたご婦人を呼びとめて尋ねた。「流川通りはどっちですか？」

「そこの角を曲がったとこですよ」とのことだった。

流川通りの場所を確認したところで、ひとまず足の向くまま歩いてみることにした。頭ではなく身体が、胸の奥深くに棲《す》んでいる少年時代のマスが、この街並みを知っていた。自分の今いる場所がどこなのか、いちいち神経質に確認する必要を感じなかった。しばらくあたりを歩きまわってみることにしたのには、もうひとつ、別の理由があった。腹が減っていたのである。〝コンビニ〟のサンドウィッチもどきは、もうひと口たりとも食いたくなかった。なんせ、通りのあちこちから、うまそうなにおいがこれでもか、とばかりに漂ってきているのだから。おまけに店のまえに置いてあるプラスティックの食品サンプルの数々が、マスに向かって手招きしていた——湯気を立てているラーメンには、芸の細かいことに、ピンクの渦巻き模様の〝ナルト〟まで載っているし、〝オヤコドンブリ〟なるものはボウルに盛ったライスのうえに半熟卵でとじた鶏肉が載っている。

気がつくと、〈オコノミヤキムラ〉という店のまえにいた。マスの大好物にして広島のソウルフード、ソース味のパンケーキの村がある、というのである。お好み焼きは、鉄板にクレープのような生地を丸く広げ、そこにキャベツやもやしなどの野菜と薄切りの豚肉を載せ、ひっくり返してうえからぎゅっと押さえて焼きつけ、さらにヌードルと卵を重ねて焼きあげ、マヨネーズと特製のお好み焼きソースをたっぷりとかけ、トッピングに青海苔《あおのり》とかつお節を散らしたもの。思い浮かべただけで、唾が湧きあがってきて、あやうく唇の端から垂れそうになった。マスは慌てて舌なめずりをしてごまかし、店の階段をのぼった。店内は、屋台のような小さな店がいくつも並んでいて、それぞれ少しずつ変化をつけたお好み焼きを出していた。ある店は、追加の具材として〝モチ〟やチーズや牡蠣《かき》を入れることもできると謳《うた》っていた。牡蠣といっても、たぶん、今の時季に食べても腹をこわしたりしない種類の牡蠣なのだろう、とマスは思った。鉄板のまえの、最初に見つけた空席に滑り込んだ。広島出身の人たちは、お好み焼きは店が汚いほどうまいと言う。眼のまえの鉄板の隅に焼きカスが残っていることから判断して、マスの入った店はうまい店の候補になりそうだった。結論から言うと、その店のお好み焼きは、そこそこうまかった。マスの場合、そこそこうまければ大満足なのだ。

楊枝《ようじ》をくわえて店を出たときには、腹も満たされ、活力を再充塡された気分だった。広島の市《まち》を〝ブラブラ〟する、つまりこれといったあてもなく、足の向くままのんびりと散策するにはちょうどよさそうだった。舗道に出て歩きはじめると、自分がどこをどう歩いているのか、確かめなくてもすぐにわかった。

しばらく歩いてから、ようやく流川通りに入った。ところが紅灯《こうとう》の巷《ちまた》に足を踏み入れたとたん、自分が流川通りのどのあたりにいるのか、よくわからなくなった。通りの両側に数えきれないほどのバーやらパチンコ店やらが軒を連ね、店頭で見るからに安物のスーツを着込んだ男たちが、行き交う人に若い娘の顔写真が並んだ葉書ぐらいの大きさのカードを渡しているところもある。そうした店に挟まれるように、生花店があり、パスタの専門店があり、靴の修理サーヴィスを引き受けるという店もある。どう見ても正業には就いていないと思われる、マスの分類でいうところの〝ヨゴレ〟の男が、エレガントに着飾ってハイヒールを履き、高級店のショッピングバッグを提げた、明らかに年上の女にまとわりついている。人間と商売とがごたごたと混在している奇妙な場所。どういう事情があるにせよ、子どもを育てるのに適した場所とは思えなかった。

レイから渡されたショップカードを参考にしながら、マスはどうにか目指すラーメン店を見つけた。流川通りが平和通りに交わる角にある、どこにでもあるような、独身男向けの安カフェテリアだった。マスは数メートル離れたところで足を止め、店の戸口に掛けてある〝ノレン〟という細長い長方形の布の隙間越しに、店内の様子を観察した。のっぺりとした金属のカウンターがひとつ、そこに低いスツールのような背もたれのない丸椅子が並んでいた。いかにも呑《のん》べえ御用達《ごようたし》といった雰囲気だった。呑べえたちは、夜の巷に繰りだすまえにこういう店で腹ごしらえをし、さんざっぱら呑み騒いだあとこういう店で小腹を満たすのだ。

ラーメン店が一階に入っている建物自体も、かなり古ぼけていた。壁面のタイルはあちこち剝がれ落ちているし、下地のコンクリートにも派手に亀裂が入っていた。ラーメン店の横のガラス扉の奥に、郵便受けがずらりと並んでいるのが見えた。その扉が、タニ家の暮らしているアパートメントの出入口にちがいなかった。

エレヴェーターはふたりも乗れば満員になりそうな代物だった。それで四階まであがった。四〇三号室のドアの横に自転車が一台、立てかけてあった。あの少年が乗っていたものだろうか？　自転車には鍵もかかっていなければ、盗難防止用のチェーンの類いも取りつけられていなかった。そういうところは、いかにも日本ならではだった。

マスは四〇三号室のドアをノックした。金属を叩いたときの鈍い音が響いた。レイが在宅していれば、いやでも聞こえたはずだった。マスは腕時計に眼をやって、時差分を加えた。じきに午後六時になろうとしていた。夕食を食べに出かけているのか、あるいは買い物にでも行っているのかもしれない。

「引っ越し会社のお人かのう？」マスの背後から男の声がした。見ると、歳のころ六十ぐらいの男だった。脂ぎったてかてかの髪は真っ黒だったが、あれはまちがいなく染めているな、とマスは胸のうちでつぶやいた。男は金のごついブレスレットをしていた。顔が真っ赤だった。〝サケ〟をきこしめしているのは、においからもわかった。

マスは首を横に振った。「タニさんを探している」

「みぃんなそうじゃ、みぃんなあの女を探しとる。昨日は警察もここに訪ねて来たって話じゃけえ。一躍、時の人じゃ」

どうやらこの男はアパートメントの管理人で、ソラの身に起こったことを耳にしていないようだった。

ちょうどそのとき、別の部屋のドアが開いた。大きなおなかをした若い女だった。「ああ、ウチダさん、やっと来てくれたん？　エアコンが効かんの。もうじき赤ん坊も生まれてくるってのに、こがぁなことじゃ、ぶち困るんじゃけど」

「はいはい、はい。そうじゃったわ。けど、わしだって今朝、帰ってきたばかりなんよ。今はともかくタニさんの件をなんとかせにゃならんし。今月の月初めには出てくゆうことで話がついとったんじゃが。まったく、困ったもんじゃ」

男はそこでまたマスのほうに注意を戻した。「おたくさん、あの人とわけありなんかね？」

「いや、そうではない」

「あの人の男じゃない、ってことかね？」

マスは思わず顔をしかめた。「当たり前だ。ただの知りあいだ」

「なら、いいんだ。なにね、ひょっとして、とうとう堕《お》ちるとこまで堕ちたんかいな思うて」

「あのさ、それってうちになんか関係あるわけ？」おなかの大きな女が横から口を挟んできた。「うち、なんも難しいことは頼んどらんよ。一刻も早《は》よ修理してもらわんと、てだけじゃろうが。うちかて大家さんにまで連絡しとうないんじゃけえね」それだけ言うと、女は叩きつけるようにドアを閉めた。

管理人の男は、閉まったドアに向かって、何やら声に出さずに唇だけ動かしてもにょもにょ言った。険悪そのものの顔つきからして、少なくとも褒めことばではなさそうだった。

「わしがどれだけ辛抱しとるか、わかりますか？　タニさんにゃ、げに振りまわされてばかりじゃ。ちゃんと言うたんですよ、未払いの家賃がもう二十万円も溜まっとる、払わんなら出て行ってもらわにゃならんって。息子も息子で引きこもりじゃしの。部屋んなか、どがあなっとるか、て考えただけで、ぞぞっとなるわ。いや、それが、わしらは入れんのですわ。タニさんのほうで差し錠をつけてもうたけえ。それも管理人にひと言の断りものうて」管理人の男は今にもしゃがみ込んでしまいそうな顔をしていた。いかにもしんどそうに、廊下の壁に片手をついて身体を支えていた。「おたくさんも、部屋んなかに入ったことはないんじゃろ?」

マスはうなずいた。

「ああ、やっぱり。タニさんとこにみえる殿方は、みんなそとで待たされとるけえのう。息子のたったひとりの友だちかて、入れてもらえんの。ほら、あの、眼玉のぎょろっとした、なんか気色の悪い子がおるじゃろ、本通《ほんどおり》でおとんが漫画やらヴィデオゲームやらの店をやっとるゆう。あの子も入れてもらえんもんだから、仕方なしにドア越しにしゃべりよるんじゃ」

管理人はなおもぶつくさ言いながら、廊下を引き返していった。「まったく……勘弁してほしいわ」というのは独り言だと思われた。「帰ってきて早々、このありさまじゃ。わしの仕事はやってもやってもきりがない」

マスはげんなりした気分で、エレヴェーターには乗らずに階段でしたまで降りることにした。管理人があああいう人間なのだ、エレヴェーターの安全性にも疑問符がつこうというものである。一階までおりたところで、これからどこに行こうかと考えた。ガラス扉越しに、通りの向かい側に自動販売機が何台か並んでいるのが見えた。そう言えば咽喉《のど》が渇いていた。冷たい飲み物を買うため、通りを渡って自動販売機のほうに向かおうとしたところで、ラーメン店から出てきた人物を見て啞然《あぜん》とした。意外も意外、〈千羽鶴子どもの家〉のトシユキ・イケダだった。トシユキは男と一緒だった。トシユキと同じぐらいの年恰好の、トシユキよりも背が高くて瘦せ型の男だった。面長で、表情というものがなく、仮面でもつけているように見えた。話をしているときも唇をほとんど動かさず、顔面の唇よりうえの部分は微動だにさせない。

トシユキ・イケダは、なんの用があってこんなところに、ソラ・タニが生前暮らしていた場所に来ているのか？　マスには解せなかった。トシユキ・イケダは、ソラと顔見知りだとは言っていなかったはずだ。少なくとも、死体が発見された時点では。

トシユキと連れの男はラーメン店のまえから動かなかった。連れの男がシャツの胸ポケットから煙草のパックを取りだし、一本抜きとってくわえると、トシユキに向かって何やらしゃべりかけた。トシユキはうなずいた。男は胸ポケットからもう一度、ひしゃげた煙草のパックを取りだし、トシユキに差し出した。

ふたりはめいめいの煙草に火をつけてから、くわえ煙草でネオンが瞬きはじめた流川通りをぶらぶらと歩きだした。マスの好奇心が、あとをつけよ、と促した。トシユキと連れの男は、しばらく歩いたところでとある店の戸口をくぐり、階段をおりて地階のバーに姿を消した。

店の戸口のまえに看板が立ててあって、女の顔写真が八名分、貼りだしてあった。どの女も髪にけばけばしい色の花を飾っていた。写真を見る限り、八名とも若いというよりも中年に差しかかっていそうな容貌で、どちらかといえば日本人というよりフィリピン人らしく見えた。ホステスのいるバーには、マスもロサンゼルスで何度か入ったことがあった。探偵の真似事《まねごと》をしたとき、調査の必要上やむをえず。あの手の世界を再訪するのは、今日という一日の締めくくりとして、歓迎できることではなかった。が、これまた〝シカタガナイ〟ことである。あのふたりが何か企《たくら》んでいるのではないか、確かめようと思うなら、ほかに手立てはないではないか。が、階段をおりてバーの店内に足を踏み入れた瞬間、マスはそんなおのれの判断を猛然と悔やんだ。薄暗くて、なんだか物悲しい雰囲気の店だった。照明代わりに赤や緑の電球を使っているのは、パーティー気分を盛りあげるための精いっぱいの努力のあとと思われたが、実際の効果のほどは、さながら地獄で祝うクリスマスだった。

あのふたりはどこに行ったのか、見当たらなかった。客はほかにふたりばかり、どちらもカウンターについていた。マスもカウンターにつき、中年のホステスを呼びとめてビールを注文した。ホステスはおもての写真のとおり髪に造花を挿し、おまけにミニチュアサイズの巻貝の貝殻を連ねたネックレスまでしていた。

注文したビールが運ばれてきて間もなく、マスは背後に人の気配を感じた。「アライさん、知らんかったのう、いける口だったとは」

　歓楽街のどまんなかのホステスが接客するようなバーでマスを見かけたというのに、トシユキは少しも驚いていなかった。少なくとも、マスには驚いているようには見えなかった。いずれにしても、トシユキ・イケダはポーカーフェイスの達人にちがいなかった。この再会が偶然ではないことぐらい、どちらも百も承知なのだから。

「せっかくだ、こっちで一緒に呑みませんか」トシユキはそう言って、照明の届かない隅の薄暗いテーブル席を示した。丸いガラステーブルを囲んで、マスも背もたれのない、やけにこんもりとした椅子に腰をおろした。トシユキの連れの痩せた男は、吸っていた煙草を灰皿に押しつけて揉み消し、すぐにまた新しい煙草をくわえて火をつけた。

「ヒデキ、こちらアメリカからいらしたアライさん。ソラを見つけた人」

　トシユキのその単刀直入にして手短な紹介のことばは、予備知識を持たない者なら特にどうということもなく聞き流していただろう。だが、マスはヒデキという名前に聞き覚えがあった。今朝方、イノ島の船着場で行きあったソラの母親の口から聞いた名前である。ということは、眼のまえにいるこの男が、ソラの父親にちがいなかった。

　一方、ヒデキはヒデキで、トシユキから聞かされた情報を自分なりに咀嚼《そしゃく》しているようだった。眼をぎゅっとつむり、そこからもっとぎゅっとつむるうちに、そうやって絞りだしたようにあふれてきた涙が頬を伝った。そして吸いさしの火のついたままの煙草を灰皿の縁に載せて席を立ち、マスのまえに進み出ると、両手を脇にぴったりとつけて、深々と頭をさげた。「このたびは、たいへんお世話になりました。また、とんだご迷惑をおかけしてすまんことでした」

ヒデキはそのまま頭をあげようとしなかった。そのうちマスのほうが居たたまれなくなってきた。そもそも、このおれがどれほどのことをしたというのか？　とあらためて自問した。海に何やらまっ赤なものが浮かんでいるのを見つけて助けを呼びにいった、それしかしていない。発見されたとき、ソラは生きていたわけではない。死んでからしばらくたっていたのだ。少なくとも何時間かは。

「そんなふうに言ってもらうようなことは、何もしていない」とうとうたまりかねて、マスは口を開いた。そのひと言で相手が頭をあげることを願って。「誰だって同じことをしただろう」

頭をあげたとき、ヒデキの顔は涙だけではなく鼻水まみれになっていた。無様もいいところだったが、無理もない、とマスは思った。トシユキからガーゼのハンカチを渡され、ヒデキはそこでまた何度か頭をさげた。ハンカチで拭いた顔を見て、マスは自分の第一印象がまちがっていたことに気づいた。先ほど見かけたときは表情がないと思ったが、あれは大きな悲しみにすっぽり呑み込まれていたのだ。

「あんな宴会なんか出なけりゃよかった。あいつと一緒にいてやりゃよかったんだ」とヒデキはトシユキに向かって言った。「あいつと一緒にいてやってりゃ……」

「やめろ。もうええて。おまえだけの責任じゃないじゃろ？　あの女はどこにおった？　あいつさえ家におれば、ソラがおらんようになったんに気づいたはずや」

ヒデキはトシユキに携帯電話を貸してもらえないか、と頼んだ。自分の携帯電話はどこかに置き忘れてきたらしい、と言って。

トシユキは溜め息をついて、ヒデキに携帯電話を渡した。「そいつはなくさないでくれよ。言ったよな、あんな高い機種を買うのは無駄遣いだって」

「すみません、ちょっと失礼します」ヒデキはそう言うと、携帯電話を耳に当てながら店の戸口に向かった。店内は電波が届きにくいのだと思われた。

ソラの父親の声が聞こえなくなったとたん、トシユキは態度を一変させた。「爺さん、あんた、何を嗅ぎまわっとるん？」相手を小馬鹿にしたように、口元が嘲笑の形にゆがんだ。「なんか魂胆があってここにいることぐらい、わかっとるわ。わしをつけてきたんか？　誰の差し金なん？」

トシユキのあまりの豹変《ひょうへん》ぶりを目の当たりにして、マスはただただあっけにとられ、気を取りなおすのにいささか時間を要した。「ソラの母親に」ようやくまずはそれだけ言った。「レイ・タニに、この近くに住んでいると聞いたんだ。あの少年と。ソラの両親は離婚したんじゃなかったのか？」

「どうしてレイを知っとる?」

「今朝、島に来ていた。あの人も辛《つら》そうだった。心を痛めていた」

「気を許しなさんな。あいつは人をいいように手玉に取る女じゃけえ。ま、言うてみりゃ、女優じゃ、それもなかなかの名女優じゃね」

いやいや、そう言うあんただって、なかなかの役者だと思うがね、とマスは声に出さずにつぶやいた。

「あの薄情女のことじゃ、ソラが死んでせいせいしとるにちがいないけぇ。息子のこと、とんだお荷物と思うとったんじゃ。知っとるか、ソラはな、〝ヒキコモリ〟じゃったのよ」

マスは顔をしかめた。

「引きこもりなんて、今日び別に珍しいもんじゃないわ。日本全国どこにでもおる。うちとこの施設にだって、そういう子はおる。部屋に閉じこもってそとに出て来ようとせん。そとの世界とうまいこと折り合っていけん。人とつながりを持てるんは、インターネットやヴィデオゲームを介してだけなんじゃ」

レイは〝ヒキコモリ〟ということばは使わなかったが、あのアパートメントの管理人はソラが部屋からほとんど出てこない、と言っていた。これまで考えたこともなかったが、自分の殻にそこまで強固に閉じこもっているのなら、なんらかのしかるべき支援なり助けなりが必要なのではないか。

「あの女がソラを手放さなかったのは、腹癒《はらい》せじゃ。そうすりゃヒデキを苦しめられるっちゅう。ヒデキは息子をめちゃくちゃ可愛がりよったけん。離婚しよったあとも、遠くへは越さんって約束させたくらいじゃ。わかるじゃろ、今のあいつを見りゃ。息子のあとを追ってあいつまで自殺しやせんかて心配になるわ。けど、あのありさまで心ここにあらずだもんで、携帯をなくしちまって。あいつの携帯にいくらかけても出なけりゃ、早まったことしとりゃせんかって思いたくもなる。そしたら様子を見に来んわけにいかんじゃろ？　それで仕方なしにこっちに来たんじゃ」

「ソラの母親は、息子が自殺したとは思っていない」

「あの女がそう言ったんか？」トシユキはそこで、ひとしきり悪態をついた。「あいつは息子の面倒もよう見られん不出来な母親のくせに、同情にはがめついんじゃの。まわりの人間にちやほやされたいんじゃ。アライさん、あんたは差し詰め、いちばん最近のカモだな」

そこまで言いがかりをつけられ、コケにされては、マスとしても黙って聞き流すわけにはいかなかった。「そう言うおまえさんも、嘘をついていたよな。ソラのことを知っていたのに、そんなことはおくびにも出さなかった」

トシユキは身をこわばらせ、無表情になった。次の一手を慎重に吟味しているのかもしれなかった。一瞬ののち、少しだけ表情をやわらげ、舌先で唇に湿りをくれた。「今さらなんじゃがの、アライさん、今日はヒデキを励ましに来たんじゃ。悪いけど、そろそろ引き取ってもらえんか」見ると、ヒデキが戸口を通ってこちらに近づいてきていた。「イノ島でまた顔を合わせる機会もあるじゃろ。話はそのときに」

マスは黙って席を立った。別れの挨拶どころか、鼻も鳴らしてやらなかった。邪魔者扱いされたのだ、上等だ、歓んで退散してやるよ、と胸のうちで啖呵《たんか》を切った。ヒデキとはちあわせしないよう、店内をぐるっと大まわりして戸口に向かった。息子を亡くし、悲嘆に暮れている父親にひと言も声をかけずに立ち去るのは、確かに礼儀にかなったことではないが、トシユキ・イケダがなんぞ都合よく言いつくろうだろう。嘘をついたり、ごまかしたりするのがうまい男のようだから。

店を出たところで空を見あげると、いつの間にかすっかり宵闇に包まれていた。腕時計に眼をやり、確かめた時刻に時差分を足した。午後八時をまわっていた。イノ島に戻るフェリーは、おそらく今日はもうないだろう。トシユキ・イケダも気がきかないというかなんというか、ひと言ぐらい忠告してくれてもよさそうなものなのに。一瞬、恨めしい気持ちになったが、すぐに、あの〈千羽鶴子どもの家〉の施設長は、マス・アライのことなどこれっぽっちも気にかけていないことの表れだ、と解釈することにした。

この時刻、通りのネオンサインは、心浮き立つ雰囲気をできるだけ盛りあげるべく、最大限のはではでしさで瞬いていた。スーツを着込んだ男たちが何人か——顔の赤さが、だいぶ早い時刻から呑んでいたことを物語っていた——千鳥足で交差点に進入し、徐行を強いられた車をかわしながらよたよたと反対側に渡っていった。ともかく、今晩ひと晩、泊まれるホテルなり宿泊施設なりを見つけなくてはならないわけだが……そう言えば、通りから入った裏路地で、ちかちか光る〝カプセル・ホテル〟という看板を何度も見かけていたことを思い出した。どこも一泊だいたい五十ドル見当で泊まれると謳っていた。

「上ですか、それとも下？」とホテルのフロントで訊かれても、何を訊かれているのやら、マスにはさっぱりわからなかった。マスが答えに窮しているのを見て、フロント係はもう一度、今度はやや大きな声で同じ問いを繰り返した。

そして〝カプセル〟は、棺桶《かんおけ》のような恰好をした寝床のことで、フロント係の問いかけのとおり、ひとつの寝床のうえにもうひとつの寝床が重ねて設置されているのだとわかった。共用の浴室兼シャワー室で使うためのタオルとロッカーの鍵を渡された。後者については、旅行鞄もスーツケースもないので、そもそも不要だったが。

マスは喜び勇んで「下にします」と言った。下を選んでおけば、自分のカプセルに這いあがる苦労をしなくてもすむではないか。カプセル内のスペースは、なかで身体を起こしても頭を打たなくてすむぐらいの高さがあって、安っぽい生地ではあったが、コットンのパジャマも用意されていた。エアコンも効いていた。

カプセルにおさまったマスは、出入口のカーテンを閉めて明かりを消した。こんな狭い寝床に横になっていると、宇宙空間に打ちあげられ、どこともつながらず、あらゆるものから切り離されて、ひとりきりで漂っているような気がした。ハルオは死んだ。マスの両親も兄も弟も姉も妹もとっくに死んでしまってもういない。マスに縁《ゆかり》のある者は、日本にはもうひとりも残っていない、ということだ。姪っ子や甥《おい》っ子はいるにはいるが、電話をくれたという姪っ子以外はマスの存在すら知らないかもしれなかった。アケミ・ハネダのような旧友も今はなく、アケミの親戚の新聞記者も今ではオーストラリアの新聞社で働いている。広島の市《まち》はかつてマスのホームグラウンドだったのに、何もかも剝ぎ取られ、足繁《しげ》く通った場所も行きつけだった立ち寄り先も、すっかりなくなってしまっていた。そう、マスだけをたったひとり残して。

第五章

意外なことに、そのあなぐらめいた寝床で、マスは赤ん坊のようにぐっすり眠った。どうしてそれほどよく眠れたのか、時差ボケに広島の市《まち》を一日中歩きまわった疲れが重なったのか、あるいは身体も心もイノ島の湾に浮かんでいたソラの死体を発見した衝撃から回復することを必要としていたのか、当のマス自身にもわからなかった。理由はともあれ、ありがたいことだった。ようやく……ほんとにようやく、先行きに希望が持てそうな気になった。

午前九時近くだった。着るものとタオルを持って、マスはどうにかこうにかカプセルから這い出した。ほかの宿泊客もそれぞれのカプセルから出てきていた。大半が二日酔いを抱え、頰や鼻の下にうっすら不精髭《ぶしょうひげ》が浮かびかけていた。マスも含めて全員が、ホテルの提供する薄くてぺらぺらのパジャマ姿だった。サイズはひとつしかないのに、どんな体格でも着用可能ということである。

ほかの宿泊客の行動にならって、マスもボール紙かと思うような感触のスリッパを履き、数人の男たちのあとに続いて廊下の先にある共用の浴室に向かった。シャワーブースが一列に並んでいた。マスは最初に眼についた、誰も使っていないブースに入った。シャワーを浴びたあと、身体を拭いて服を着た。洗面台に小さなバスケットに入った洗面道具が置いてあった——刷毛《はけ》が二列しか植わっていない安っぽい歯ブラシとマスの小指よりも小さな歯磨きペーストのチューブのセットにプラスティックの櫛《くし》、使い捨ての剃刀《かみそり》。誰も使っていない洗面台のまえに陣取り、ものの数分で身だしなみを整え、今日という一日を迎え撃つ準備は完了だった。

カプセル・ホテルに別れを告げて、戸外《そと》に出ると、身体が覚えている記憶に導かれて歩を進めた。交差点でいったん立ち止まったとき、本通という標識が眼に入った。マス当人は平《ひら》田屋町《たやちょう》の通りを歩いているつもりだったが……そうか、そうだったよ、とマスは小さな声でつぶやいた。平田屋町はなくなり、町の名前もなくなって本通になったのだった。マスはアーケードに覆われた商店街に入った。車も通れるぐらい広い通りだったが、歩行者専用で、ずいぶんたくさんの人が行き来しているものの、歩いていて人と肩がぶつかるほどではなかった。何度か続けて深呼吸を繰り返してから、マスは歩く速度をゆるめた。ここからこの先にある公園まではのんびり歩けるはずだった。頭上がアーケードで覆われているので、強い陽射しにも突然の雨にも、あまりわずらわされることがない。商店街にはコーヒーショップもあれば衣料品店もあるし、ペットショップまであった。孫のタケオの相手をするうちに、マスもアニメや漫画にはそれなりに親しんでいた。アニメや漫画のキャラクターが飾ってある店を探して、マスはきょろきょろしながら歩きつづけた。しばらく歩いたところで、ようやく目当ての店を見つけた。間口の狭い店内に、通路を挟んで棚とケースが並び、プラスティックの怪物やら人形やらひと目見ただけでは何やらよくわからないものやらが、雑然と陳列してあった。いずれも親の財布に負担を強いることまちがいなしの代物である。

店内のカウンターにぽっちゃりした身体つきで、その身体にはひとサイズばかり小さいのではないかと思われる黒いTシャツを着た男がついていた。間口が狭いわりに奥行きのある細長い店内を、マスはぐるっとひとまわりしてみた。店の奥のスペースにヴィデオゲーム機が二台ばかり置いてあって、少年がひとり、そのうちの一台を占領してゲームをしていた。ひととおり見て歩いたところで、マスは勇気を奮い起こし、肚《はら》をくってカウンターの男に声をかけた。「ソラ・タニという少年を知っているかね？」

店員の男は、おそらく中年ぐらいの年齢だろうと思われた。分厚いレンズの嵌《はま》った黒縁の丸眼鏡をかけていて、本人自身がそのまま漫画のキャラクターであってもおかしくなさそうだった。「ソラくんなら、以前はうちの息子と一緒に学校に通ってたけど」男はそう言うと、いぶかしげに眼をすうっと細めた。「なして、そがなことを？」

ソラ・タニが死体で発見されたことは、新聞の地方版ですでに報じられているだろうか、とマスは考えた。もう記事が出てしまっているならチェックメイト、詰みというやつだが、ここはひとつ、まだ記事は出ていないほうに賭けてみることにした。

「じつはうちの孫なんです」とまずは嘘で突破口をこしらえた。「もうじき誕生日なもんだから、何か買ってやりたいんだが。どんなものを買ったらいいか、おたくならわかるんじゃないかと思ってね」

「ううううん」店のオーナーは考え込んだ。「ちょっとわからないなあ」

「最近、うちの孫を見かけたことは？」

「さあ、それもちょっと――」と店のオーナーは言って、そこでまたしばらく考え込んだ。「最後に見かけたんは、ソラくんが学校に行かんようになったころかな。かれこれ、もう一年ぐらいまえですわ。うちの息子ならソラくんが歓びそうなものがわかるかもしれん。ちょっと待っててくださいよ。おい、カイト――」黒いTシャツ姿の小太りの男は、店の奥に向かって声をかけた。ヴィデオゲーム機でプレイ中の少年を呼んだものと思われた。

返事はなかった。「おい、カイト！」と男はもう一度呼んだ。今度は大声で。

「なに？」ようやく返事が聞こえた。甲高い声だった。

「ちいと来んさい。ソラくんのお祖父《じい》さんがソラくんの誕生日のプレゼントにどがなもんを買《こ》うたらええか、知りたいんじゃと」

痩せていて血色のよくない少年が姿を見せた。レンズに薄い色の入った眼鏡をかけ、両手首にリストバンドをはめていた。「ソラはもうヴィデオゲームは買《こ》うてもらえんはずじゃ。おかんに禁止されとるから」

「そうか。けど、おれは祖父ちゃんだからな」というのがマスの思いついた唯一の口実だった。それが通用することを願うしかなかった。「祖父ちゃんはそういう決まりを破っていいんだ」

カイトという少年は、眉間に皺を寄せ、しばらく黙って考え込んでいた。「そうじゃなあ、ソラが好きなんは、マインクラフトかな」

カイトの父親は大きな笑みを浮かべた。ほころんだ口元から前歯の隙間がのぞいた。「だったら、プレイステーションがええかな？」

少年がうなずくのを確認してから、マスもうなずいた。「そうだな。だったらそれをもらうことにしようか」

店のオーナーは、奥の倉庫からゲーム機を取ってくると言ってカウンターを離れた。

マスはカイトとふたりきりで残されることになった。

「ソラに祖父ちゃんがおるいうて聞いとらんよ」とカイトは言った。両手で握りこぶしをこしらえて腰に当てていた。「病気の祖母《ばあ》ちゃんならおったけど、去年死んじゃったし」

このひょろっとしたタケノコみたいな少年は、なかなか勘が鋭かった。少年の発言に、マスはぐうの音も出なかった。なんと応えたものか、考えあぐねて店の正面にちらっと眼をやったとき、黒っぽい制服を着た二人組の姿をとらえた。警察がこの店を訪ねてきたのだ。

「ええと、また来るよ」マスはそう言うと、店内の出入口とは反対のほうの隅にすばやく退却し、アニメの関連グッズが並んでいる棚の陰にひとまず身を隠した。

そして警察官の二人組が店内の狭い通路に入り込んだのを見極めてから、入れ違いにこっそり店外に抜け出した。警察の捜査は終了したはずだった。少なくともマスの聞かされた話では、終わったということだった。自殺として処理された、とセアは言っていたはずである。ということは、セアが勘違いをしたか、仕入れた情報にまちがいがあったか……。ひょっとしてまったく別の用件で警察が訪ねてきた、ということはあるだろうか、とも考えてみたが、その可能性はほとんどなさそうだった。二人組の片割れが、イノ島でマスが事情聴取を受けた際にヴィデオを操作していた警官だったとあっては。あの警官にカイトは何を話すだろうか、と考え、マスのことをどんなふうに伝えるだろうか、と考えた。禿《は》げかけの白髪頭の爺さんだった、とでも？　その描写なら、本通を歩行中のかなりの数の男に当てはまりそうだった。ところが、そう思った直後、アーケードの屋根の近くに防犯カメラが設置されていることに気づいた。なんてこった、マスは胸のうちで思わず毒づいた。禿げかけの白髪頭の爺さんを特定するのは、思ったほど難しくなさそうだった。

とはいえ、途中で呼びとめられることもなく商店街を抜けて、無事に本通まで引き返してこられた。今回のこの単独遠征は、大いなる無駄足になりそうだった。目的の人物には会えずじまい、それればかりか今や警察もマスのおせっかいな行動に気づいているかもしれないのだ。ハルオの遺灰は見つからないうえ、あろうことかあるまいことか、自ら進んで殺人事件（と思われる）の捜査に首を突っ込んでしまうとは。それも殺害された（と思われる）のは、多少は縁がなくもないが、詰まるところは赤の他人だというのに。

この時間帯には、イノ島の東側に着く船はない。マスは仕方なく、セアと一緒に乗った島の西側に着くフェリーに乗ることにした。フェリーの発着所のまえに車が一列に並び、乗客たちが降りてくるのを待っていた。乗客が降りたあと、フェリーに乗り込んだ客はマスを含めてほんの数人程度だった。

乗客用の船室も、ほとんど無人に近かった。フェリーに乗り込むまえに発着所の近くの〝コンビニ〟に立ち寄って、行き当たりばったりあれこれ買い込んでいたので、マスはコンビニのビニール袋を提げて、前回同様、いちばんうしろの座席に腰をおろした。しばらくしてフェリーが動きはじめると、カメラの電源を入れてシャツの胸ポケットから老眼鏡を取り出した。カメラの画面にソラともうひとり、島の村の少年が写っている写真を表示させて、眼を凝らして見入った。写真のふたりが坐っている座席のまえに並んでいる座席の数を数えて、ふたりが坐っていたおおよその場所を割り出した。マスもその座席に移動し、あのときソラは何を考えていたのだろうか、と思い、ソラの置かれていた境遇について考えてみた。

両親は離婚していた。水を怖がっていたはずなのに、自分からフェリーに乗り込んだ。そして、数ヶ月前、今年の五月にもイノ島を訪れている。島の村の少年たちとは、どんな関係にあったのか？　ソラの父親が村で手伝いだか仕事だかをしていたあいだに、村の少年たちと知りあったのかもしれない。

カメラから顔をあげて、マスはフェリーの窓のそとの広い海原を眺めた。こうして眺めている限り、海面は穏やかで、のどかといってもいいぐらいだった。が、水面下では巨大なイカがその鋭く尖った嘴《くちばし》でサンマに食らいついているのかもしれないし、ホオジロザメがスナメリを追いかけまわしているのかもしれない。そう、大自然は情け容赦がない。そして、その昔、いやというほど思い知ったように、人間もまた例外ではない。

マスは腕組みをして座席の背もたれに身を預け、眼をつむった。あのときソラ少年がどんな気持ちでこの座席に坐っていたのか、想像してみようとした。何も浮かんでこなかった。そう、そもそも無理なのだ。あの少年とはあのときが初対面だったわけだし、世代も大きく離れている。あのぐらいの年頃のとき、自分は何をしていただろうか、と考えた。アメリカとの戦争は苛烈になるばかりで、学校の授業は行われなくなっていた。それがどういうことなのか、マスもマスの同級生たちも理解できないまま、食べるものを手にいれることが日に日に難しくなり、満足に食べられない日が何日も続き、年がら年中腹のムシを鳴かせていた。

そんなときに何よりも重要なのは、帰属意識というやつだ。とりわけ戦時にあっては。自分が純然たるアメリカ国民であって、国籍上は百パーセントアメリカ人で、姉や兄たちのような二重国籍保有者ですらないと知ったときの衝撃は、いまだに忘れていなかった。その事実を知ったとき、マスは息子を日本国民として登録しそびれていた両親を恨んだ。上にも下にも兄弟姉妹《きょうだい》がいたから、マスの存在は往々にして忘れられがちだったのである。おかげで、故意ではなかったものの、マスは敵国民にさせられたのだ。両親がうっかり失念したせいで。マスがアメリカ合衆国の国籍保有者だということは、当時は伏せられ、知っている者は数えるほどしかいなかった……。

そんなことまで思い出したものだから、思わず知らず深くて特大の溜め息が出た。マスは背筋を伸ばして、座席に坐りなおした。己の過去を振り返ってみたところで、数日前に死んだ少年の役に立つとも思えなかった。そのとき、まえの座席の背もたれのしたの部分に、引っかき傷のようなものができていることに気づいた。たんなるひっかき傷ではなく、尖ったもので誰かが刻みつけたようだった。こんな落書きめいたものを見つけようものなら、日本人はそのまま放置しておくわけがない。つまりごく最近、刻みつけられたものにちがいなかった。マスは頭に押しあげていた老眼鏡を引きおろして、改めて鼻の頭に載っけた。刻みつけられているのは、どうやらひらがなのようだった。硬貨の縁のぎざぎざした部分で刻みつけたのかもしれなかった。マスは刻まれた文字の写真を何枚か撮った。あとで明るいところであらためて見てみることにした。なんと書いてあるのか、わかることを期待して。

船が島の船着場に接岸し、何台かの車輛が下船するのを待って、マスも陸地に降り立った。空にはうっすらと雲がかかっていて、それでも暑いことには変わりなかったが、これまでよりはいくらかしのぎやすかった。コンクリートの石灯籠のまえを通り過ぎたとき、提げていた〝コンビニ〟のビニール袋をぐいと引っ張られ、もぎとられたのがわかった。見ると、一列になってマスを追い越していく自転車の集団のなかに、その袋をぶらさげている者がいた。自転車の集団はそのままスピードをあげて、村の狭い路地に消えていった。

「〝チクショウ〟！」マスは大声を張りあげ、日本語で悪態をついた。犯人どもの正体がわかっている以上、みすみす見逃すことなどできようか。

マスの年齢で走って追いかけるなど、文字どおり年寄りの冷や水だとわかっていた。百も二百も承知のうえで、それでもマスは駆けだした。身体じゅうに鼓動が共鳴して全身がどくんどくんいっていた。擦り減った軟骨が軋《きし》みをあげ、関節という関節がかくかく鳴った。譬《たと》えるなら、長いこと乗らずに家のまえに駐車したままにしておいたぽんこつのエンジンを始動させたようなものだった。

逃げた連中を見つけるのは、それほど難しくはなかった。自転車の集団はマスの前方、路地沿いの、民家で言うと五軒分ほど先の、別の路地と交わる十字路のところでいったん停まって、様子をうかがっていた。十字路のうえの青い矢印の形の標識が、そこが小富士に向かう分岐点だと示していた。

集団のなかのがっちりした身体つきの少年が、マスから奪ったレジ袋をぶらさげていた。フェリーの船内でソラの隣に坐っていた子である。頭を剃《そ》りあげているので、丸々とした頬がより丸々としてみえた。「爺さん、何《なん》しに来とんじゃ？」坊主頭のガキ大将のほうからマスに訊いてきた。

「それを返しなさい」マスは一歩も引かず、おもねりもせず、ぴしゃりと言った。こんな洟《はな》垂《た》れ小僧どもごとき、屁《へ》でもなかった。

マスのしゃべり方に、日本語を話しなれない者のぎごちなさを感じとると、悪ガキどもはたちまち口真似をはじめた。

「爺さんは〝ガイジン〟か。道理でな、へんなにおいがしよる」

そう、いかにもおれは〝ガイジン〟だ、とマスは胸のうちで言い返した――だが、他所者《よそもの》でありながら縁ある者でもある。そのあたりの複雑で微妙で繊細な事情は、この島の少年たちにはおそらく理解の及ばないことだろう。ここはひとつ、この少年たちの田舎気質に揺さぶりをかけてみる、という手はどうだろう?

「おまえ、ソラと話をしていただろう」マスは坊主頭のガキ大将を指さした。「見たぞ、フェリーで」

少年たちは交差点に停めた自転車にまたがったまま、一瞬、その場でぴたりと動きをとめた。数えてみると、全部で四名。坊主頭のガキ大将ほか、ひょろひょろと背ばかり高い痩せっぽちに、ぎょろ眼で見ようによってはおどおどしているようにも、悲しんでいるようにも見える小僧、あとは〝チビスケ〟、宇品のフェリー乗り場で野球帽を取りあげられてキイキイ言っていたあの小柄な子だった。こうして間近で見てみると、チビスケの陽灼けした顔には、蟻塚《ありづか》に群がる蟻のように無数のそばかすが散っていた。

「わりゃ、わしらのこと知らんじゃろ？　見たんが誰かもわからんくせに」返すことばをようやく思いついたのだろう、ひと呼吸置いてガキ大将が反論してきた。それまでの余裕が、いくらか揺らいでいる、マスにはそんなふうに聞こえた。

「こん島から出てけ」と痩せっぽちが声をあげた。

今度もまた、マスはひるむことを拒否した。「揃いも揃って、洟垂れのクソガキが。こっちはお見通しだよ、おまえたちがろくでもないことを企んでいることぐらい」

マスの侮辱のことばに、洟垂れのクソガキどもは敏感に反応した。チビスケが自転車から降りて、地面に落ちているものを次々に拾い集めた。小石だった。チビスケは片手いっぱいに集めた小石をマスめがけて思い切り投げつけてきた。小石は、マスの手前でばらばらと地面に落下した。なんとまあ、情けないことだよ。マスはこらえきれずに、思わず声をあげて笑った。

チビスケの下唇が震えていた。「〝シネ〟」甲高い声を張りあげて、チビスケは叫んだ。シネ……人に向かって死んでしまえ、と言ったのである。

続いて痩せっぽちが同じことばを放ち、じきにガキ大将も同調し――「死ね、死ね、死ね」の大合唱がはじまった。悲しそうな眼をした子だけはその場にじっと突っ立ったまま、ただ黙りこくっていた。

いくらもしないうちに、今度は大小さまざまな石礫《いしつぶて》が飛んできて、次々とマスの身体に命中した。マスは右腕をあげて顔をかばった。ひときわ大きくて尖った石が腰に当たったときには、あまりの痛みに思わずまえによろめいた。

「〝コラッ!〟」男の声が響いた。ゴウハタだった。サムライの刀のように、歩行用の杖《つえ》を振りかざしていた。「やくたいなしのクソガキどもが、こがいなとこに、たむろしとるんじゃない。悪さすんなら、どこか他所でせえ」

ゴウハタの杖のひと振りには、それなりの威力があったらしい。次の瞬間、少年たちは投石をぴたりとやめ、自転車に飛び乗り、蜘蛛《くも》の子を散らすように散り散りになって四方の路地に逃げ込んでいった。

「おっと、大丈夫《しゃーなー》か?」とゴウハタが言った。少年たちが放り出していった〝コンビニ〟のレジ袋から転がりだしたものを拾おうとして、身を屈めたマスが、思わず顔をしかめたからだった。骨こそ折れてはいなかったが、あそこでゴウハタ地区長の介入がなければ、今ごろは立っていられる状態ではなかったかもしれない。

「その杖の扱い、じつにお見事だった」

「ああ、長年剣道をやっとった賜物《たまもの》じゃ。あの悪たれどももやりゃあええが。なにね、剣道じゃのうてもええのよ。ほかの武道でもスポーツでもええんじゃ。ちょうど今は学校が夏休みじゃけえ、暇を持てあましとるんじゃ。けど、まあ、地元の漁師の子らじゃけえ、ほんまは悪い子たちじゃありゃあせん。根はええ子たちなんよ」

そうは言われても、マスとしては釈然としなかった。石礫を投げつけてきたこともさることながら、ひとりを相手に集団であざけりのことばを浴びせてきたことが胸を波立て、気持ちのひっかかりになっていた。あんなふうに声を揃えて「死ね、死ね」と連呼するのは、あの大合唱の物慣れた響きは、あの場で思いつき、あの場で初めて実行に移したことには思えなかった。以前にもやったことがあるにちがいなかった。

「これから老人ホームに行くとこなんじゃ、おたくさんも乗っていかんか？」

「バイクに？」

「ヘルメットならもうひとつある」

ゴウハタに案内されて、マスは両側に建物の建ち並ぶ狭い路地を抜け、小高くなった一画にある二階建ての家屋のまえに出た。その界隈《かいわい》では、まちがいなくいちばん立派な住居だった。二階のベランダから衛星放送受信用のパラボラアンテナが、これ見よがしに突きだしていた。

「この家には見覚えがある」とマスは言った。「船から見えたよ」

ゴウハタの頬が誇らしげに赤くなった。家屋自体は別段、豪邸というわけではなかった。とりわけ、豪邸だらけのロサンゼルスの基準で判断するなら。だが、この地区長の眼には明らかに、豪邸どころか宮殿に映っているにちがいなかった。

ゴウハタは玄関の脇に杖を立てかけてから、必要なものを取ってきたいのでちょっと失礼する、と断りを言って、その場にマスを残してひとり家のなかに姿を消した。

ゴウハタを待ちながら、マスは庭を眺めた。高台の斜面に建つほかの家の庭は、見たところ、どこも夏草が繁り放題繁っているようだったが、ゴウハタの家の庭は手入れが行き届いていた。庭先から玄関までの小道には、いろいろな大きさの石を隙間なく敷き詰めてあった。庭の片側は菜園になっていて、ナスやらキュウリやらトマトやらその他もろもろの日本の野菜が栽培されていた。そう言えば、その昔、チズコもアルタディーナの自宅の裏庭でこの手の日本の野菜を育てていた、とマスは思った。

しばらくしてゴウハタがヘルメットをふたつ抱えて出てきたので、マスは庭についてひと言ふた言、感想めいたものを口にした。反応はなかった。どうやらゴウハタの自慢はあくまでも家屋敷であって庭などどうでもいいらしい。

ゴウハタはヘルメットの片方をマスに差し出し、「わしと行きおうて勿怪《もっけ》の幸いっちゅうもんじゃったの」と言った。「島んそとから来んさる人向けのタクシーがのうはないけど、そこらへん走っとるわけじゃありゃせんけえ」

マスは渡されたヘルメットをかぶり、顎のストラップを締めた。マスの信条として、恩着せがましいことを言ってくる人間には我慢がならなかったが、さはさりながら、ゴウハタの申し出がなければ、島の反対側の養護老人ホームまで戻るのは、かなりの難儀を強いられていたはずである。その点はマスとしても認めざるをえなかった。

ゴウハタは右脚をバイクの向こう側に降ろしてシートにまたがると、マスにもうしろにまたがるよう言ってきた。ゴウハタの腰にしがみつくのは、いかにも情けなく業腹《ごうはら》なことこのうえなかったが、それを拒否するなら振り落とされるのは必定で、つまりは背に腹は代えられぬ、ということだった。ゴウハタはバイクの運転が巧みだった。次々あらわれるカーヴも、プロのライダーはだしの走行でなんなくすり抜けた。この道を何十年も走っているのだろうと思われた。

小学校のまえのT字路に入ると、花壇の奥に白い大型テントが張ってあって、折りたたみ椅子が何列も並んでいるのが見えた。テントの脇のフェンスに、色とりどりの〝カザリ〟がくくりつけてあった。広島では盂蘭盆《うらぼん》の時期になると、盆灯籠というこのカラフルな飾り物を墓に供える習慣がある。夏の熱風が盆灯籠の飾りを揺らす様子は、祭りめいた景色に見えなくもなかったが、もちろん祭りのはずがない。

「こん島の原爆慰霊式典をするんじゃ、今度の火曜日の朝のうちに」とゴウハタはマスのほうを振り向いて言った。マスは返事代わりにひと声うなり、そう言えばタツオからもそんな話を聞いたことを思い出した。

ふたりの乗ったバイクは、エンジンの音を響かせて軽快に進んだ。T字路を過ぎて何キロか進んだあたりで、前方の道路の端を日傘をさして歩いていた人に追いついた。ゴウハタは、バイクのスピードを落とした。島で行きあう相手で自分の知らない者などいるわけがない、と誇示したかったのかもしれない。日傘の人は、マスが驚いたことに、ソラの母親、レイ・タニだった。

「ストップ、ストップ」マスは思わず大声を張りあげていた。

マスの注文に応じて、ゴウハタはバイクを一時停止させた。「あの女んこと、知っとるんか？　あの死んだ子の母親じゃろうが？」と声をひそめて囁《ささや》いた。

マスはバイクの座席から滑り降り、顎のストラップをはずしてヘルメットを脱ぐと、ゴウハタにヘルメットを差し出し、ここで降ろしてほしいと伝えた。ゴウハタは一瞬ためらったのち、ヘルメットを受け取り、バイクのハンドルにひっかけた。

「どうも、どうも」とゴウハタはレイに向かって言った。「こん島の地区長をしとるでね、お困りごとがありんさったら、お役に立ちますけえ。ゴウハタいいます」

レイは頭をさげた。「タニ・レイと申します。ソラの母親です」見ると、昨日とはうってかわって化粧っけのない顔をしていた。厚化粧をしていないと、若々しいというより、むしろ幼く見えるほどだった。

ゴウハタもヘルメットを脱いだ。そして「こんたびのこたぁ、お気の毒なことじゃったなあ」と言うと、しばらくのあいだ、本当に気の毒そうな顔になった。

レイはそこでまた頭をさげた。湧きあがってきた涙が、今にも眼の縁からあふれそうになっていた。

「ほいたら、わしゃ家族の用事があるけえ、これで」

「ええ、どうぞ、お気遣いなく」と言って、レイはそこでさらにまた頭をさげた。

地区長はヘルメットをかぶりなおし、エンジンの音をたなびかせて走り去っていった。

「まだ島にいたのか」とマスはレイに言った。

「帰る決心がつかなくて。昨夜は島の旅館に泊まったんです。意外なぐらい気持ちが休まりました。あの子が、ソラがここにおるって思えた。すぐそばにおるって、なんかそんなふうに思えたんです」

レイは悲しみの痛さを感じている、マスにはそれがよくわかった。チズコを見送ったあと、自宅のベッドのいつもチズコが寝ていた側に横になったとき、ときどき刺されたように胸が痛くなった。あれと同じ痛みだ。

「村の人らがみんな、優しゅうて。びっくりするぐらい優しゅうしてくれるんです。ヒデキやトシくんが言うとったんとは、まるでちごうて」

「トシユキさんのことを知っているのか」

「ヒデキはトシくんと一緒にこの島で育ったから。ふたりとも、あの児童養護施設の出身なんです、じつは」

そのふたりに偶然、市内の流川通りで行きあったことには敢えて触れないことにした。

「昨日、おたくのアパートメントに訪ねていったんだ」とマスは言った。

「えっ、ほんとに？」とレイは言った。声がうわずり、口調がぎごちなくなっていた。

「アパートメントの管理人が、おたくのことを探していたよ。引っ越すことになっている、と言っていたが……？」

「そうなんです、環境を変えたほうがええんじゃないか、思うて。こがいなときは、なおさらじゃね。おまけに、ヒデキに家賃を肩代わりしてもらえそうにもなかったし。そうなんよ。まあ、自分の借りてる六畳ひと間の家賃だってきちっと払えてないぐらいだから」

六畳ひと間のアパートメントというのは、ものすごく狭いということだ。マスが滞在しているゲストルームと同じぐらいしかない、ということである。

「あの人と一緒におったあいだも、喧嘩の原因はたいていそれ。お金のことで喧嘩ばかりしとった。あの人、仕事が続いたことがないんよ。うちら、ずいぶん若いうちに、二十歳《はたち》になるかならんかで結婚したもんで、けっこう苦労したんよ。せんでええ苦労までしたかもしれんね。そのうちソラが生まれて。まあ、あれこれあったけど、これからはそんな苦労せんでもよくなる、ゆうて思うとったのに……」

そううまくは運ばなかった、ということだろう。

「この島に移住しようや、なんて言うたんよ、あの人。信じられる？　イノ島に来さえすればなんとかなる、みたいなことを言うたんじゃ。そりゃ、あの人は海が大好きじゃからね。けど、ソラはちがう」レイは足を止め、海のほうに眼をやった。「うち、あの人がゴールデンウィークにソラをここに連れてきたこと、ぜったいに許さん。トシくんが臨時雇いの仕事を紹介したんです、あの人に。週末はソラをあの人に預けてたから、あの人はソラをこの島に連れてきた。息子のためになる、ゆうて思ったんじゃろうけど、そんなもん、逆効果に決まってる。案の定、島に着いた最初の晩にソラはパニックを起こして、うちに帰りたい、ゆうて泣きわめいたんじゃ。ほんと、トシくんのしたこと、ありがた迷惑ちゅうやつじゃわ。うちらのことには、かまわんでおいてほしい」

ちょうどそのとき、ふたりの眼のまえに、トラ猫が飛び出してきたかと思うと、そのまままた道端の丈高く生い繁った草叢《くさむら》に姿を消した。

「ハルオ！」とマスは声をかけた。ぶらさげていた〝コンビニ〟のレジ袋から、キャットフードの小さな缶詰を取り出して蓋を開け、そこでもう一度「ハルオ！」と呼んでみた。餌のにおいに誘われたのか、丈高く生い繁った草叢から、ハルオがおずおずと顔をのぞかせた。「おいで」とマスは英語で声をかけた。「メシだぞ」

トラ猫はぎごちない足運びで近づいてくると、缶詰の中身のにおいをひと嗅ぎしてから、がつがつと食べはじめた。

「こんな貧相な子、見たことないわ」レイはそう言って笑みを浮かべた。ほころんだ口元から大きな糸切り歯がのぞいた。「名前までつけとるんじゃね」

マスは返事の代わりにひと声うなった。

「ハルオって、あんまり猫っぽい名前じゃない気がする」レイは屈み込んでトラ猫の尻尾《しっぽ》のあたりをのぞき込んだ。「それに、こんなこと言《ゆ》うたらなんじゃけど、ハルオは女の子みたい」

「そうだったか」マスは頭をかいた。

「じゃけど、ハルオゆうんは女の子の名前でもいけるかもしれんわ。このごろはそういうの流行っとるもん、女の子に男の子っぽい名前つけるんが」

女の子のハルオは、缶詰の中身を残らずたいらげると、ひとつ大きなあくびをした。それからしばらく、マスの横にくっついて歩いてきたが、やがてそれにも飽きたのか、物音がしたのを聞きつけ、その音を追いかけて草叢に姿を消した。

ほどなく養護老人ホームに帰り着いた。玄関のまえにゴウハタのバイクが停まっていた。レイは日傘の柄を握り締めたまま、マスに向かって一礼した。「うちは〈千羽鶴子どもの家〉まで行ってみます。黙って訪ねていってトシくんをびっくりさせようかと思うて」

それはあまりいい思いつきじゃないかもしれんぞ、とマスは思った。だが、そんな留め立てをするほどの間柄か？　という心の声がした。

「どこに行ってたんですか？」玄関からなかに入るなり、セアが声をかけてきた。勤務先の介護施設のユニフォームの、白いポロシャツ姿だった。あらためて見てみると、ポロシャツの袖口のところに施設の名前の刺繍《ししゅう》が入っていた。

マスが答えるまえに、セアはことばを続けた。「ムカイ〝センセイ〟の具合があんまりよくないみたいなんです」

「何かあったのか？」

「胃腸の調子が悪いみたいで」とセアは言った。「今日はいろいろあってたいへんでした」

廊下を遠ざかっていく人影に気づいて、マスは思わず眼をみはった。ゴウハタとその義理の母親、手癖のよくない〝コンドウさんとこのオバアサン〟だった。マスとしては凝視せずにはいられなかった。「あの人、帰ってきたんだな」

セアはうなずいた。「〝コンドウさんとこのオバアサン〟には、あの広島の施設が合わなかったみたいです。海が見えないから落ち着かないって言ってばかりで。義理の息子のゴウハタさんに何度も何度も電話をして、ここに戻してほしいって頼んだんです」次いでマスのほうに向きなおった。「それから、アライさん。あなたがいなくなったって言われました。わたし、心配したんですよ。ひょっとして海に落ちたりしたんじゃないかって」

本当か、とマスは胸のうちで訊き返した――本当にそこまで心配したのか？

「その服、どうしたんです？」

マスはうつむいて自分の服に眼を向けた。石についていた雨水が、点々と茶色い汚れを残していた。「なんでもない」とマスは答えた。

「ともかく、わたしはそろそろ失礼しますね」セアは携帯電話を取りだした。「広島に戻らないとならないんで」

ふたりはたがいに、それじゃまた、と言いあった。ハルオの遺灰の話は出なかった。別れ際に持ちだす話題とも思えなかったので、マスのほうからもふれなかった。

ゲストルームに引きあげ、ようやくひとりになれた解放感にしばしひたった。石をぶつけられて汚れた服を脱ぎ、〝コンビニ〟のレジ袋から買ったものを取り出し、空いた袋に脱いだ服を詰め込んだ。替えに持ってきたTシャツとズボンを身につけて、畳にどっかりと坐り込み、カメラを取りだして映像を検めにかかった。確認できるまでにいささか時間を要したが、しかるべき光のなか、しかるべき距離としかるべき角度で見ると、フェリーの座席の背もたれの裏側に刻まれていた文字が確認できた――ひらがなの〈しね〉。〈しね〉は〈死ね〉だ。村の悪たれどもの仕業だろうか？　それをソラが硬貨か何かで引っかいて消そうとしたのか？

布団を敷いて寝そべり、小腹が減ったので、広島で買ってきた小豆《あずき》の入ったペストリーをぱくついた。今度もまた、あっという間に眠りに落ちた。一時間ほどうとうとしただろうか、ゲストルームの引き戸を叩く音がした。またしても、〝コンドウさんとこのオバアサン〟か？　警戒しつつ、よろよろと立ちあがり、戸口まで出て、引き戸をほんの数センチばかり開けて片眼でのぞいた。老女の憑《つ》かれたような顔ではなく、ブロンドの髪が見えた。蛍光灯の光を浴びて、ほとんどプラチナ・ホワイトに見えるブロンドの髪。

「〝オジサン〟、ここに泊めてもらえる?」とレイは言った。声が震えていた。ことばも途切れ途切れでたどたどしかった。

人には体面というものがある。自分の年齢の三分の一ほどの小娘をここに泊める? 自分と同じ部屋に?

もう少しだけ引き戸を開けた。レイは右手をタオルでくるんでいた。養護老人ホームで使っているようなタオルだった。

「ちょっと行儀の悪いことしちゃったから」レイはそう言うと、引き戸の隙間に身体をねじ込むようにして入ってきた。

そして、マスが何ひとつ聞き出すこともできないうちに畳に横になり、身を丸くしたかと思うと、次の瞬間にはもう眠り込んでいた。

第六章

マスが眼を覚ましたときには、畳で寝ていたはずのレイ・タニはいなくなっていた。代わりに置き手紙が残してあった。手紙を書くための紙をいったいどこで調達したのか、マスには見当もつかなかったが、まちがいなく手紙が残されていた――折り紙の要領でぴしっと折り目も美しく封筒の形に折りたたまれて。表にアルファベットの大文字で〈MR. ARAI〉と書いてあった。

文面は日本語だった。今度もまた、全部ひらがなで書いてあって、なんだか小学生宛ての手紙のようでもあった。内容はおもに、昨晩寝る場所を提供してくれたことへの感謝のことばで、あわせて、このあとは広島市内のアパートメントに戻るつもりだ、となっていた。「わたしのはなしをきいてくれて、ありがとう」とレイは書いていた。それに「しんせつにしてくださって、かんしゃしています」という一文が続いていた。レイは昨年、母親を亡くしていて、それ以来、本当の意味で話のできる相手はほとんどいない、とのことだった。

そして「おちこんでいるときに、みずしらずのひとがともだちになってくれることも、あるんですね」と続き、「あなたがともだちになってくれたこと、このさきずっとわすれません」ということばで結ばれていた。

レイ・タニという娘が、どれほどもろくて傷つきやすいかを改めて教えられた気がした。そんな人間がつづった感謝の気持ちに、マスは鋭く胸を突かれた。これまで長らく生きてきてこんなふうに感謝されたことは、ただの一度もなかった――娘のマリからも、チズコからも、ジェニシーやハルオからでさえも。なぜかと言えば、いちばんの理由は当のマスが感謝されるほどのことを何もしてこなかったからにほかならない。

レイ・タニのことが気がかりだった。心配の材料《たね》ならいくらでもあった――今はどこで何をしているのか？　昨夜、行儀の悪いことをしたと言っていたが、具体的には何をしたのか？

立ちあがると、腰に鋭い痛みが走った。あのろくでもない悪たれどものせいで、かれこれ十五年以上もつきあっている古傷の疼《うず》きが、あきらかにひどくなっていた。今度〝コンビニ〟で買い物するときに、あの〈サロンパス〉というやつを探してみることにした。メントールの香りがするあの湿布剤は、貼るとすうすうして、いくらかは楽になる。

洗面台までそろそろと足を運び、顔を洗った。洗面台の横のステンレスの台に、濡れたタオルが置いてあった。昨夜、レイ・タニが手に巻きつけていたものだろう。シンクが濡れているところを見ると、タオルを洗ったものと思われたが、タオルの角のひとつが赤茶色に染まっていた。庭師という仕事柄、作業中の怪我《けが》についてはは熟知している。その手のしみが何を意味するかも。出血を抑えようとした跡だ。

急いで身支度を整え、着替えをすませて玄関ホールの横の事務所に向かった。タツオはまだ戻ってきていなかった。受付に詰めていたのはタツオよりも若く、タツオ以上にどことい って特徴のない容貌の職員だった。「その女の人なら、アライさんの娘じゃ言うんで――ですよね？」若い職員は表情を見る限り、とりたてて不安になっている様子は認められなかったが、マスの質問に答えるうちにどんどん早口になり、しまいには何を言っているのか、マスにはよく聞き取れなくなった。「問題なかったですよね、あの人を入れて？　転んで怪我をしたっちゅうんで、いちおうタオルを渡したんじゃけど……」

マスは返事の代わりにひと声低くうなった。若い職員の不安を解消するには、その程度ではおそらく不充分だろうと思われたが。玄関に並んでいる共用のサンダルに履き替えて、ガラスの自動ドアのまえまで進んだ。しゅうっと音を立てて扉が開くなり、戸外《そと》の熱気が顔面に殴りかかってきた。いまやだいぶ馴染んできたとはいえ、じっとりと湿気を含んで絡みついてくるようなこの暑さは、息をするのも大儀である。レイ・タニはここを出てどこに向かったのか？　玄関を出たところでマスは改めて考えた。旅館に戻った、と考えるのが、まず順当に思われた。そのとき、地面のあるものがマスの眼をとらえた。方角で言うと北の方から点々と続いてきているそれは、もちろん、南国の深紅の花が散ったあとではなく、血痕である。

血痕をたどってコンクリートで舗装された道をくだり、海沿いに進んだ。養殖牡蠣《かき》の作業小屋をいくつか通り過ぎ、例の桟橋を通り過ぎ、フェリーの船着場も通り過ぎた。血痕はまだ続いていた。そのまま道路を進むと、島の北側の夏草が繁り放題の丘陵地帯に向かうことになる。行き着いた先は、フェンスで囲まれた学校のような施設だった。手前に運動場があってその奥に灰色の二階建ての建物が何棟か並んでいた。道路側に黒っぽい木造の建物が一棟、その隣に折り鶴の石像。石像の台座は小さな石をぎっしりはめ込んだもので、その中央の銘板には縦書きで〈千羽鶴〉と記されていた。マスは木造の建物に近づき、出入口のドアのガラスに顔を押しつけてなかをのぞいた。受付のカウンターがあって、その奥にデスクがいくつか並んでいるところを見ると、学校の事務室のようだった。ドアの把手《とって》をつかんで何度かがちゃがちゃやってみたのち、腕時計に眼をやった。業務開始時刻には、いかんせん、早すぎだった。

事務室の裏にまわると、別棟の小さな住居が建っていた。玄関の脇にレイの日傘が立てかけてあった。レイが置き忘れていったにちがいない。

マスは玄関のドアを思い切り叩いた。屋内でかすかに物音がした、というか、したような気がした。マスはもう一度拳を叩きつけるようにして、思い切りドアを乱打した。

それでようやくドアが開いた。出てきたのは〈千羽鶴子どもの家〉の施設長、トシユキ・イケダだった。トシユキは上半身裸だった。屋外労働者によくあるタイプの陽灼けをしていて、両腕は赤銅色《しゃくどう》に灼けているのに、胸のあたりの肌は赤ん坊のすべすべの尻のように生っ白《ちろ》かった。

「ああ、アライさん、何ぞあった――」

戸口のトシユキを押しのけるようにして、マスは施設長の簡素な住まいに足を踏み入れた。履き物を脱ぐ手間は省いた。この場は百パーセント〝ガイジン〟で押し通したかった。

「あの人は来てるか？」

トシユキは口をぽかんと開け、そのまま何秒かが過ぎた。「あの人？」

「タニ・レイだ。昨日の午後、ここを訪ねてみると言っていた。そのあと、真夜中過ぎにもう一度、あの人に会った。怪我をしていた」

トシユキはキッチンのテーブルについて坐り、溜め息をついた。「ああ、どうぞ坐ってくださいアライさんも。事情を説明しますけえ」

と言われても、マスとしては〝はい、そうですか〟と従う気にはなれなかった。確かに今日のトシユキは、流川通りのバーでことばを交わしたときよりは感じよく振る舞ってはいるものの、だからと言って信頼に足るかといえば否である。そう、トシユキ・イケダはどうもうさんくさい。とはいえ、マスは答えを得るためにここまで足を運んできたのである。答えを得るには、テーブルにつくしかなさそうだった。

トシユキは深呼吸をひとつすると、いきなりしゃべりはじめた。「そう、おっしゃるとおり、あの女は昨日、ここに来よりました。ちょうどうちの先生たちと会議をしてる最中に事務所まで呼び出されてね、控えめに言うても、困惑しました。どういう理由で訪ねてきたんか、こっちには思い当たることもないんじゃけどね」そこでトシユキはテーブルに放り出してあった煙草のパックに手を伸ばした。煙草のパックの横にウィスキーが罎《びん》ごと出しっぱなしになっていた。昨夜もまた、呑まねばやっていられない夜だったということか。マスも煙草を勧められたが、心ならずも断った。煙草に火をつけたあと、トシユキは話を再開した。

「あの女とはそもそも馬が合わん。ヒデキがつきあうようになってからも、認める気にはならんくて。あのふたりがうまくいくとは、思えんかった。ヒデキの相手は、明るくて芯のしっかりした女がええんじゃ。誰かさんみたいに、陰気臭くて、何かってえとめそめそして、ちょっとかまってやらんとすぐすねるようなんじゃなくて」

トシユキはそれから何服か煙草をふかし、手を伸ばして灰皿に灰を落とすと、吸いさしを灰皿の縁に載せて席を立ち、キッチンを行きつ戻りつしはじめた。一方の隅には近寄ろうとしないので、見ると割れたグラスの破片らしきものが掃き集めてあった。

「昨日、あの女はわしを責めに来よったんじゃ。何もかも、わしのせいじゃて言いよる。ソラが死んだのも、わしの責任じゃて。五月の連休に村の仕事をヒデキに手伝うてもろうたんじゃけど、そがいな余計なこたぁせんでもらいたかったて。この島に来るとろくなことがない、とも言うとった」

「息子を亡くしたばかりなんだ」とマスは言った。言い訳ではなくあくまでも事実として。友人のヒデキに示してみせたあの優しさや気遣いは、どこにいったのだ？ 少年の母親に対しても、それ以上とは言わないが、せめて同等の思いやりがあってしかるべきだろうに。

そのとき、奥の部屋のドアが開き、マスは一瞬あっけにとられた。「とんでもない言いがかりよ、あれって」セアだった。「なんて人なの、あの人。トシのこと、〝子ども殺し〟って言ったんだから」焦げ茶色の長い髪は寝乱れたままで、ブラシもかけず、とりあえずうしろでゆるくひとつにまとめているだけ。両の眼のしたが薄黒く汚れているのは、寝ているあいだに化粧が崩れたせいだろう。着ているものは、地元のプロ野球チーム、〈Hiroshima Toyo Carp〉のロゴが入った、やけにだぼだぼのTシャツ。さすがのマスの眼にも一目瞭然というやつだった。この娘は、あのドアの向こう、つまりトシユキの寝室で一夜を過ごしたのだ。加えて、互いに見交わす眼差しから判断するに、このふたりは明らかに〝清い交際〟以上の関係にある。

はっきり言って、この若いふたりが私生活においてどのような関係にあろうと、マスとしては知ったこっちゃなかった。「だから殴ったのか？」とトシユキに尋ねた。その根拠として、昨夜レイが手を怪我していたこと、キッチンの隅にグラスの破片が集めてあることを挙げた。

「冗談じゃない、わしゃあ女を殴るような真似はせん」

「血が出るほどの怪我をしていたぞ」

トシユキはキッチンの椅子にどさりと坐り込み、手近なところにあったグラスにテーブルのウィスキーを注いだ。朝っぱらから景気づけが必要なのかもしれなかった。

「あれはわたしがいけないの」とセアが言った。「あんまりなことばかり言うから、黙らせたくて壁にグラスを投げつけたの。だけど、それだけよ。わたしだって殴ったりしてない。あれはあの人が自分で自分の手を切っちゃっただけよ。グラスの欠片《かけら》を拾ってて。走るようにして出てっちゃったから、手当てをしてあげる暇もなくて」両腕で自分の身体を抱くようにして、セアは戸口の柱に寄りかかった。「ごめんなさい、アライさん。いろいろなことがショックですよね、アライさんには」

マスは何も答えなかった。初めて顔を合わせてからこれまでの何日間か、セアという娘は見たままの人物だと思っていたが、じつは別の面も持ちあわせていた、ということである。テーブルに置きっぱなしになっていた携帯電話のアラームが鳴り、同時に振動しはじめた。「おっと、仕事に出かける支度をしないと」トシユキはそう言って、寝室に引っ込み、数分後に衣類を抱えて出てくると、キッチンを突っ切り、寝室とは反対側にあるドアの向こうに姿を消した。しばらくして水が水道管を流れる音が聞こえてきた。

マスは椅子に坐ったままでいた。居心地がいいわけではないし、そろそろ腰をあげるべきだと承知してはいるものの、ここを訪ねてきてから知り得たもろもろの毒気にあてられた、と言うべきかなんと言うべきか、なんだか身体に力が入らないのだ。

「アライさん、せめて朝食ぐらい食べていってください」とセアが言った。「ホットコーヒー、飲みませんか？」

と言われて、誰が断れよう？

結局のところ、コーヒーだけではなく、スクランブルエッグと日本式の厚切りパンのトーストにバターをたっぷり塗ったのまでご馳走《ちそう》になった。そのあと、会話が再開した。

「いつからこんなつきあいを？」

セアは、最後に残ったパンの耳を口に入れると、片手で口元を覆って嚙みながら言った。

「そろそろ九ヶ月になります。フェリーに乗っていたときに知りあいになったんです」

そりゃ、けっこうなことで、とマスは胸のうちでつぶやいた。フェリーとは、じつに便利なものであることよ。

「トシはいい人です。ここの子どもたちのことをいちばんに考えているし、ともかく一生懸命なんです」

その点は、マスとしても認めるにやぶさかではなかった。今が盛りのいい若い者が、家庭的に恵まれない子どもたちを支援するため、生活のすべてを捧《ささ》げているというのは、まちがいなく感心なことである。

セアは使った食器をテーブルから片づけはじめた。マスの皿に手を伸ばしたところで、

「ひとつ、お願いしたいことがあるんですけど」と言いだした。「わたしたちのこと、ムカイ〝センセイ〟には黙っていてもらえませんか？　ムカイ〝センセイ〟は、わたしが日本にいるあいだ、わたしの身元引受人になってくれている人です。わたしたちのことを知ったら、〝センセイ〟はそのことをうちの母に話すでしょう。そうなったら父も母も、フィリピンに帰ってこいと言うに決まっています」

そうなったところで自業自得というものだろうが、他人の秘密を告げ口する趣味はマスにはない。それに、この年若い娘が児童養護施設の施設長と関係を持とうが持つまいが、マス・アライになんの影響があるというのか？　はっきり言って屁でもない。マスは黙ってうなずいた。その意味するところは――わかった、何も言わない。

自分たちのことが話題になっていると察知したのか、トシユキが浴室から出てきた。スーツにネクタイという恰好をすると、いちおう人を導く立場にある人間らしく見えなくもなかった。「さて――」とトシユキは言った。出かける準備が整ったという意味だった。「わしはそろそろ出かけるけえ」マスにとってありがたいことに、トシユキとセアは別れ際に大っぴらに愛情表現をすることはなかったが、見つめあうときの表情から察するに、ふたりの交際はどうやら真剣なものだと思われた。マスは小さく挙げた手をちょっとだけ振って挨拶に代え、その意が伝わったことを確認した。トシユキとは友だちではないし、この先も友だちになることがあるとは思えなかったが、ひとまずこんなふうに、基本的な挨拶を交わしあえる間柄にはなれた、ということだった。

玄関のドアが開いて、閉まった。「もうすぐ日本を離れる」とマスはセアに伝えた。「そろそろ家に帰りたいんだ」

セアはうなずいた。自分たちの秘密が守られるとわかって安堵《あんど》しているようにも見えた。それで辞去することにして、マスは玄関から戸外《そと》に出た。戸口の横に倒れていたレイの日傘を拾いあげた。レイがここまで取りに戻ってくるとは思えなかった。事務室のある建物まで戻る途中、小さな通用門の扉が半開きになっていることに気づいた。錠前がついているところを見ると、外部からの無断侵入を防ぐべく、扉は閉まっていてしかるべきものだと思われた。あるいはトシユキが、朝の会議に遅れそうで気が急《せ》くあまり、うっかり閉め忘れていったのかもしれなかった。マスはふと〈千羽鶴〉の子どもたちの姿を見てみたくなった。遠くから眺めるだけでもかまわなかった。

扉の向こうは、芝を張っていない野球場になっていた。早朝の静けさのなか、金属バットでボールを打つ乾いた音が聞こえた。少年がふたり、どちらもTシャツにハーフパンツという恰好でピッチングとバッティングの練習をしていた。マスは外野に転がっていたボールを五つばかり拾って、ピッチング・マウンドにいる少年に届けた。

「あ、どうも」とピッチングの練習をしていた子が礼を言った。

「イケダ先生を探しとるんですか？」バッティングの練習をしていた子もマウンドまでやっ

て来た。ピッチャーの子よりも少しだけ年嵩《としかさ》のようだった。十五歳ぐらいだろうか。

「さっきまで一緒にいたんだ」とマスは説明した。

「先生の親戚の人かなんかですか?」とピッチャーの子が訊いてきた。

その問いには、直接答えないという答え方をすることにした。「アメリカから来たんだ」

「アメリカ?」そのひと言で、ふたりの少年の関心は急上昇した。「アメリカのどこ?」

「ロサンゼルスだよ」と答えてから、もう一度、ロサンゼルスの日本式の呼び方で「〝ロス〟だ」と言った。日本人のなかに、アルタディーナがどこにあるか知っている者がいるとは思えなかった。

「ロス? わあ、すげぇ!」再び野球少年たちの関心が高まった。海を越えてやってきた人と対面したことにはしゃいでいるようだった。

「ロスに行くんが、おれの夢なんじゃ。〈ドジャース〉の市《まち》じゃけぇ。ほじゃろ?」とピッチャーの子が言った。

マスはうなずいた。「じつはうちの──」義理の息子《サン・イン・ロー》を日本語でなんというのだったか……度忘れしてしまったので、ここは手っ取り早く〝息子〟ですませることにした。「──息子が〈ドジャース〉の仕事をしているんだ。スタジアムで芝の管理をしている」

「へえええええ、すげぇなあ」ふたりの少年は声を揃えて言った。どんなことにも素直に感心できる年頃なのだ。

「わし、聞いたことあるん。アメリカでは高校からそのままメジャーリーグの選手になれるっち」今度はバッターの子が言った。

確かにそのとおりだったが、そうは言ってもまずは二軍で実力を証明しなくてはならない。そのことをふたりに説明しようとしたものの、うまいことことばが出てこなかった。

それでも少年たちは、マスのたどたどしい日本語を気にしてはいないようだった。「アメリカでは、何かまちごうたことをしよっても、そのことでいつまでも悪く言われたりせんのじゃろ」バッターの子は、どうやらアメリカの文化にだいぶ精通しているらしい。

「セカンド・チャンスって言うんじゃろ？」ともうひとりの子も言った。

少年たちの顔は、つやつやしていて傷ひとつなかった。未来を悲観することとは無縁の朗らかさで輝いていた。その輝きに、マスは胸が張り裂けそうになった。そんなふたりのためにも、マスは答えることばを慎重に探した。自分の経験を総ざらいして、セカンド・チャンスが与えられなかったときのことを、ただ放り出されて無視されるだけだったことを思い返した。新しい道を見つけるにはまったく新しい自分になるしかなかったことを、そしてそれは決して簡単ではなかったことも。そのうえで、できる限り正直に答えた。「そうだな、そんなことがないとも限らない国だな」

「ほじゃろ、それがアメリカじゃろ」ふたりの少年ははしゃいだ声をあげながら、それぞれのポジションに戻っていった。

マスは通用口から出ると、しっかりと扉を閉めた。外部からの無断侵入を断じて許さないために。

養護老人ホームまで戻ってきたところ、玄関ロビーの椅子にハリネズミのような頭をした年配の刑事がひとりで坐っているのが見えた。先日の事情聴取に同席していた刑事だった。マスはまだ玄関のなかに入ってはいない。このまま屋内《なか》に入らず、植込みの陰に隠れてしまうこともできなくはなかった。だが、そんなことをしてなんになる？　戸外《そと》は暑くなる一方だし、陽盛りになれば灼熱地獄と化すだろうし、あの刑事がマス・アライの生皮を剝いでぎゅうぎゅう締めあげてやろうと待ち構えているのだとしたら、それが現実のものとなるのは、そう、まちがいなく時間の問題である。

レイの日傘が眼にふれないよう、玄関の脇に立てかけてから、マスは屋内《なか》に入った。自動ドアを抜けたとたん、ロビーで待ちかまえていた刑事がすかさず立ちあがった。コンチクショウ――とマスは小声でつぶやいた。嫌な予感というのは当たるもの、と相場が決まっている。この刑事は、やはりマスに会いにきたらしい。

「どうも、アライさん。ちぃとばかり時間を頂戴したいんじゃがね」

マスは咽喉《のど》の奥に溜まっていた唾をごくりと呑み込んだ。刑事にならって、マスもロビーの椅子に腰をおろした。見たところ、事務所の受付には誰も詰めていなかった。マスとしては歓ばしいことだった。ある程度のプライバシーは保てるはずだから。

「じつはですね、アライさんが市内の本通にある漫画とゲームの販売店に立ち寄った、と聞きましてね。そこでタニ・ソラのことをいろいろと訊いていかれたようじゃが？」

マスはうなずいた。鼓動が一挙に速まった。「あの店にはソラの友人がいる。というか、いるという話を聞いたんだ」

「なんで、われわれの捜査に要らんちょっかいをかけるような真似を？　アライさんはガイジンさんゆうことは充分承知しとるけど、日本ではふつう、そがぁなことは許されんのですよ」

見ると両手が小刻みに震えていた。マスは急いで両手を尻のしたに突っ込んだ。内心の不安を露骨に見透かされるわけにはいかない。刑事の口調は、マスが子どものころ、マスやマスと同じ立場の友人たち、アメリカ生まれで日本育ちの帰米二世の子どもたちを何かというとつけまわした憲兵のことを思い出させた。「知らなかったよ、警察の捜査がまだ続いていたとは」

「捜査は終わっとらんよ、アライさん。終わっとらんどころか、目下鋭意捜査中じゃ」

マスはとりあえず申し訳なさそうに頭をさげた。

「それから〈千羽鶴子どもの家〉の施設長のイケダ・トシユキのことじゃがね、あの人とは親しいんかね？」

　マスはその質問の意味するところを考えた。この刑事はどうしてここでトシユキのことを持ちだしてきたのか？　ひとまず「知りあいとは言えない」と答えた。「なんせ、あのソラという子が発見されたときに、初めて顔をあわせたんだから」

「そんとき、あの人がどがぁな様子だったか、覚えとりますか？」

「そうだな、亡くなった子のことを知っているようには見えなかった」

「そりゃ妙じゃ思わんですか？　親友の息子じゃゆうのに」

　その点はもちろん、マスとしても引っかかってはいたが、この場でそれを口にするのは控えた。

「ほかにもなんぞ情報をお持ちじゃあ……？」

　マスは椅子から立ちあがった。「ちょっと一緒に来てもらいたい」

　うしろに刑事を従えて、マスは廊下を進んだ。出入口の戸が開けてある部屋のまえをいくつか通り過ぎた。何人かはわざわざ起きあがって、なにごとならむ、と好奇心を剝き出しにした眼を向けてきた。むべなるかな、ハリネズミ頭のいかつい刑事があたりをはばからず、のっしのっしと廊下を突き進んでいくのだから。一緒に歩いているマスのほうは、これから取調室でこってり絞られる不良少年の心境に近い。アヤコの個室のまえを通り過ぎるときには、まっすぐ前方に眼を据え、その視線を決して動かさないことを厳守した。そう、女王陛下にまで事情聴取されたりしたら、たまったもんじゃない。

マスは刑事を連れてゲストルームに入った。布団をあげてきちんとたたみ、部屋の隅に片づけておいた自分の先見の明を寿《ことほ》ぎたかった。レイが残していった置き手紙も、スーツケースの奥のほうにしまってあるので、刑事の眼にとまる気遣いはまずなかった。

刑事は畳のうえで脚を折りたたむようにして坐った。柔道で礼をするときの坐り方だった。見たところ、五十過ぎだろうと思われたが、身のこなしはまだ充分なめらかで、切れがあった。そりゃ、まあ、驚くことじゃないわな、とマスは胸のうちでつぶやいた――なんせ、眼のまえのこのだんなは、悪党をとっつかまえることでメシを食ってるわけだから。

「そう言えば、まだ名刺を渡しとりませんでしたな。スズキ・ゴロウといいます」刑事はポケットから名刺入れを取りだして開けると、なかから一枚抜き取った。しみも皺も折り目もついていないまっさらな名刺だった。そして、ほんの少しだけ首を突き出すようにしながら、マスに向かって両手でそれを差し出した。マスも日本人の端くれである。そうした際には、額を畳にすりつけんばかりに深く頭をさげて、相手の差し出した名刺を押しいただくものだ、という程度の知識は持ちあわせていたので、作法どおりに受け取った。当然のことながら、マスのほうから刑事に渡す名刺はなかった。最後に持ち歩いていた名刺には〈ORIENTAL《オリエンタル》・GARDENING《ガーデニング》〉と誇らしげなロゴを入れていたが、あれを作ったのは、かれこれ……四十年ほどまえのことになる。

名刺の代わりにデジタルカメラを取りだして、先日撮影した写真を探した。操作ボタンを押しっぱなしにして画像を先に進め、次いで後戻りさせた。そこでようやく観念して老眼鏡をかけ、最初から一枚ずつ画像を検めた。ようやく、ソラが写っている一枚を見つけた。

「これを撮ったときにはわからなかったんだが」と解説をくわえた。「タニ・ソラが写っていた、この島の村の子と一緒に」

スズキ刑事は一瞬、何か思い当たることがあるような眼になったが、それを明かすつもりはないようだった。

マスはいったんスズキ刑事に渡したカメラをもう一度引き取り、フェリーの座席の背もたれに刻みつけられていた文字を撮った写真を表示させた。

その写真を、スズキ刑事はしばらくじっと見つめてから、「しね、ですね、これは」と言った。マスはうなずいた。

「このカメラ、ちょいとお預かりせにゃならん。写真のデータをダウンロードしたら、すぐにお返ししますけえ」

まったくかまわない、とマスは答えた。そもそもカメラを持参したのも、マスの思いつきではないのだ。

「アライさん、アメリカではどうなんか知らんですが、日本じゃ子どもらのあいだでいじめが横行しとるんです。ソラくんはいじめの標的にされとったのかもしれん。考えられんこっちゃないて思います」スズキ刑事は脚を崩して、あぐらをかいた。この人のような純然たる日本人でも、正座をしつづけるのには限度というものがあるらしい。「じゃが、だから村の子らに自殺を強要されたっちゅうことになるかと言えば、それはちぃと短絡に過ぎるわな」

マスもその点は同意見だった。マスもあぐらになってスズキ刑事と向かいあった。

「ソラくんの行方がわからなくなった晩、母親はどこにおったか聞いてますか？」

マスは首を横に振った。いわゆる〝夜の仕事〟をしていたのだろう、というのはあくまでもマスの推測にすぎない。

「母親からはまだ、あの晩のアリバイが完全に取れてるわけじゃないんです。それが親のすることか、ゆうて思いましたよ。引きこもりの息子をひとりきりにして、ひと晩じゅう出かけとったなんて」

マスは畳に視線を落とし、畳の縁に見入った。そうやってしげしげと眺めてみると、畳の縁というものは決してまっすぐではないことがわかった。

「ひょっとすると、アライさん、あの母親から息子が死んだことについて調べてほしいと頼まれたのかもしれんけど、そういうことはやめてもらえんじゃろうか。それは警察の仕事じゃけえ。われわれを信じて、われわれに任せてください」

マスは頭をさげた。

「それはそうと、ソラくんの母親がどこに行ったか、ご存じありませんか？　旅館に延泊したのに、その料金も支払わんと、おらんようになってしもうて。フェリーの係員にも訊いてみたが、誰もあの人を宇品まで乗せた記憶はない言《ゆ》うし」

「知らないな」とマスは言った。頬がかあっと熱くなった。スズキ刑事のあずかり知らぬことではあるが、ソラの母親は昨夜ひと晩、スズキ刑事が今あぐらをかいているまさにその場所で、身体を丸めて寝ていたのである。そのことは、厳に秘密にしておかなくてはならなかった。ソラの母親との関係は、簡単に説明できるものではない。

スズキ刑事は畳から立ちあがるとき、両手をついて身体を支えることもなく、楽々と腰をあげた。「それじゃ、アライさん、きっとまたお会いすることになると思いますが。わしも今夜はこのホームでお世話になりますけえ。明日はこの島の原爆慰霊式典があるんで、それまでこっちにおらんといけんのです。式典が滞りなく進むよう眼を配るのも、われわれの仕事ですけえ」

「おれは行くつもりはない」とマスは言った。

「こっそり逃げたりせんでくださいよ」とスズキ刑事が言った。冗談なのかどうか、マスにはわからなかった。「滞在先が変わるとか、広島を離れるとか、そういう場合は、逐一報告するように。頼んますよ」

おれは囚人じゃないぞ、とマスは声に出さずに言い返した。それから、囚人と言えなくもないか、と思い直した。

立ち去り際、ゲストルームの引き戸のところで、スズキ刑事はくるりとマスのほうに向きなおった。「先ほど、このホームに戻ってこられたとき、傘を持っとられたね。あの傘、タニさんが持っとった日傘によう似とりましたな」

刑事を送りだしたあと、ゲストルームにひとり居残ったマスは、息をするのもためらわれた。呼吸の音を聞きつけられそうな気がして。あのスズキ・ゴロウという刑事は、マスが養護老人ホームに戻ってきたときの一挙手一投足をもれなくロビーから観察していたのだ。腕時計に眼をやった。九時。ロサンゼルスは午後九時なのだ。電話でジェニシーの声を聞けば、いくらか気を取り直すことができるかもしれない。

ちょうどホームの職員たちが、食事を載せたカートを押して廊下を行き来していた。その慌ただしさにまぎれ込んで、マスはゲストルームを抜け出し、事務所まで足を運んだ。タツオの姿が見えた。やれ、ありがたや。マスは受付の窓口からなかをのぞき、小さく手を振った。タツオはすぐに気づいて、いそいそと事務所のドアを開け、マスを迎え入れた。

「アライさん、お変わりのうお過ごしですかね？　マコトさんから聞いたんじゃが、娘さんが訪ねてみえたとか」

マコトというのは、今朝方この事務所に詰めていた若い男のことだろう。

「アメリカに電話をかけたいんだが」とマスは言った。遠慮なくかけてくれてかまわない、とタツオは応じた。

先だって事情聴取をされた部屋で、マスは電話の受話器を握った。二度めの呼び出し音で耳に馴染んだ声が聞こえてきた。「もしもし?」

「ああ、もしもし」

「マスね」ジェニシーに名前を呼ばれたとたん、マスの胸に安堵の波が押し寄せてきた。

「変わりはない、万事順調?」

「とも言えない」ジェニシーが相手だと、マスは内心を偽ることができなかった。時間のかかることではあったが、少しずつ小分けにしながら、これまでの出来事をほぼ洗いざらい妻に話して聞かせた。海で少年の亡骸《なきがら》を見つけたこと、島の村に住んでいる少年たちがいじめに加担していた節があること、警察の事情聴取を受けたこと。少年の若い母親がマスの滞在しているゲストルームにひと晩泊まっていったことだけは省いた。

「まあ、そんなことが? マス、もう帰ってらっしゃいな。飛行機の便だって変更できるはずだし」

マスは黙り込んだ。ジェニシーには、もうひとつ打ち明けなくてはならないことがある。

「ハルオの遺灰をなくしたんだ」

「えっ、なんて言ったの、あなた? 電話が遠いみたい、よく聞こえないわ」

「ハルオの遺灰がなくなってしまったんだ、じつは」マスは親友の遺灰が盗まれたいきさつを説明した。

「だったら、そのことを言わないと。ハルオのお姉さんにちゃんと説明するべきよ」

それはマスが、ジェニシーならきっとそう言うだろうと思っていたことでもあった。「ものすごく腹を立てると思う」

「だとしても――ええと、なんて言うんだっけ……そうそう、〝シカタガナイ〟じゃない？　あなたが心配することじゃないわ。そこのホームの入居者に遺灰を盗まれたのは、あなたの責任じゃないもの。あなたは立派にスプーンとの約束を果たした。遺灰をその島まで届けたじゃない？　盗難に遭ったのは別の問題だし、あなたが悪いわけじゃない。だって、なんの予備知識もなかった場所でしょ？　そのホームのことだって、事前にどういうところかほとんどわからずに訪ねたわけだし」

「そっちはどうなんだ？」とマスは尋ねた。

「だいぶよくなってきたわ。膝のリハビリも順調に進んでるし。もうちょっとしたら、あなたのことを追いまわして家じゅう駆けずりまわれるようになるわ」とジェニシーは言った。何より嬉しい知らせだった。

じゃあ、また、と互いに言いあって通話を終えたあと、マスはひとつ大きく深呼吸をした。やるべきことはわかっていた。そもそも初めからそうしていればよかったことでもあった。それを実行に移すのをもう何分か先延ばしにしたくて、白い壁に囲まれたこの狭苦しい独房のような部屋に居残り、しばらく坐ったままでいた。

だいたいどうしてこんな〝メンドクサイ〟遠征を承知してしまったのか？　改めて自分を問い詰めた。文句を言うべき相手は、そう、ハルオのかみさんのスプーンだろう。それと、もうひとり、リル・ヤマダにも文句を言ってやりたかった。すでに世を去ったもうひとりの親友、ダグ・ヤマダのかみさんである。「ハルオとは誰よりも親しくしてたんだから、あなたが遺灰を届けてあげたら、きっといいご供養になるんじゃない？」と言ったのだ。こちらの痛いところを突いてくるようなそのリルの発言を、マスは猛烈に恨めしく思った。なぜなら、そんなふうに言われたら行かないわけにいかなくなるからである。リルのひと言が決定打になったと言っても過言ではないのだ。

南カリフォルニアに戻ったら、ハルオのいない暮らしがはじまる。そのことはとりあえず今は考えないことにした。ハルオ夫妻の家はモンテベロにある。マスの住んでいるアルタディーナから通えないほど遠いわけではないので、ハルオが自宅で緩和ケアを受けていたあいだ、ほぼ毎日のように顔を出した。ほかの連中がだんだん足を向けなくなり、訪ねてきたとしても玄関ポーチにスプーンへの差し入れの食べ物を置いていくだけになっても、マスはせっせと通った。たいてい二日遅れの〈羅府新報《ラフ・シンポー》〉を持って。リトル・トーキョーで発行されている、その日系アメリカ人向けの新聞の、まずは死亡記事にふたりで眼を通す。それがハルオのお気に入りだった。

眼を通すといっても、マスの読解力はあきれはてるほどお粗末なものなので、とりあえず記事に記載されている故人の氏名を読みあげ、そこにハルオがひと言ふた言コメントを加えた——「ああ、そいつは誰それの兄貴じゃないかな、そう〝デショ〟？」とか「その男はハート・マウンテンの日系人収容所にいたはずだ」とか。マスは故人の略歴に眼を通して、うなずいたり、首を横に振ったりした。「ああ、そのとおりだ」「いや、そいつじゃないよ」のことばに代えて。

ある日、マスが訪ねていくと、ハルオの家の車庫のまえに白塗りの霊柩車《れいきゅうしゃ》が停まっていた。その光景に、マスはみぞおちを一撃された。息が詰まって苦しくなり、どうしてもそこに車を停めることができなかった。そのままハルオの家のまえを通過し、一ブロック先で車を停めた。歩いて引き返すあいだ、全身がぶるぶる震えていた。ハルオの家に着くと、室内で葬儀社のスタッフが作業にとりかかっていた。マスに気づいてスプーンが葬儀社のスタッフに、いったん手をとめてほしいと頼んだ。

「ちょっと待って。この人はうちの人のいちばんの親友なんです。ひと目会わせてあげたいの。連れていくのはそれからにして」

スプーンにそう言われて、マスは来客用の寝室に入った。スプーンは娘とふたりで、ふだんは使わないその寝室をハルオの病室にしつらえ、医療用ベッドを入れていた。だが、そのベッドに横たわっていたのは、ハルオではなかった。いや、確かにベッドに寝ている人物にもひどい火傷の痕があったし、だいぶ後退した額の生え際も、同じようにすっかり白髪になっていた。だが、口を大きく開けたまま横たわるその人物は、凍りついたように表情が変わらなかった。眼をつむっているので、片方は義眼だということもわからなかった。

「わたしがちょっと席をはずして、戻ってきたときにはもうこうなってたの。人はまわりに誰もいないときを見計らって旅立つものだって言うけど、ほんとね」

ハルオ、すまなかった、とマスは心のなかで詫《わ》びた。何もかも悪かった、としか言えなかった。旅立つときにそばにいられなかったことも、一緒にいたときでさえいつも上の空でろくに話を聞いてやらなかったことも。そして広島でおまえを見失ってしまったことも。

そうしたあれこれを思い返し、ひとしきり感慨にふけったあと、マスは立ちあがった。小部屋を出てタツオのデスクに立ち寄り、電話を使わせてもらった礼を言ってから、その足であの海の見える個室に向かった。アヤコ・ムカイはマスが来るのを待ちかまえていたようでもあった。

「〝ダイジョウブ〟かね?」マスは開けたままになっている戸口のところから声をかけた。

「具合がよくなかったと聞いたけど」

「どこに行っていたんです?」アヤコはベッドに横になったまま、枕から頭をあげようともしなかった。顔が土気色で、具合がよくないことはひと目でわかった。「なんの理由があって、わたしを苦しめるんですか、あなたは? どうして弟の遺灰をいつまでも渡してくださらないの?」

マスはひとつ大きく深呼吸をすると、アヤコの反応を予想して身構えた。「なくなったんだ、遺灰が。盗まれたんだと思う。たぶん、あの〝コンドウさんとこのオバアサン〟という人に」

アヤコはベッドの手すりに引っかけてあったリモコン装置のボタンを押した。マットレスの頭のほうがぐぐっとせりあがり、それにつれてアヤコも上体を起こした体勢になった。

「言うに事欠いて、よくもまあ、そんな突拍子もない嘘を。どうしてあの人がそんなことをしなくちゃならないんです?」

「おれにもわからん」

「本土から来た刑事が、ここに泊まっていると聞きました。弟の遺灰を引き渡さないつもりなら、その刑事に言ってあなたを逮捕してもらいます」

「そう言われたって、こっちも――」

「言い訳はけっこう。次にお目にかかるときには必ず遺灰をお持ちください。それがあなたの身のためというものですよ」

これ以上はないというぐらい最悪の気分で、マスはゲストルームに引きあげてきた。時間つぶしにテレビでも見ることにしたものの、おもしろおかしく浮かれ騒ぐ番組の出演者たちに気持ちがついていかなかった。こんなときは、アメリカの低俗なことで有名な昼間のトーク番組が恋しくなろうというものだった。ひと組のカップルの恥ずかしい秘密を赤裸々に暴きたてるのだ。善悪を問うのではなく、あくまでも娯楽として。秘密を暴露された連中は、それまで体裁を保つためにつけていた仮面をかなぐり捨てることになる。身も蓋もない本音が引きずり出され、恰好の物笑いの種となるのである。

アヤコと遺灰のことをどうしたものか、考えたところで答えは出そうになかった。もちろんスズキ刑事は、こんな些事《さじ》にかかずりあうほど暇ではあるまい。それはマスもわかっていたが、だとしてもアヤコの一存次第ではかなり面倒でとんでもなく不愉快な状況に立たされることになるかもしれない。このままこっそりアルタディーナに帰ったとしても、その後の展開は眼に見えている。スプーンが連日連夜の国際電話攻撃にさらされることになるだけだ。そうなれば、スプーンは電話番号を変えざるをえなくなるだろうし、さらに言うなら、マスも今回の旅費を弁済するため、金《かね》を工面しなくてはならなくなる。

今夜はもうこのまま何も食べずに寝てしまうつもりだったが、午後七時をまわったあたりから、マスの胃袋は手負いの野獣並みにうなりだした。この施設の食事は食べられたものではない、とアヤコは言っていたが、少なくとも人が食べられるものではあるはずだった。

とりあえずカフェテリアに足を向けた。細長いテーブルに残された皿やらボウルやらを、スタッフが片づけているところだった。

「もう閉店かね？」われながら間の抜けた台詞《せりふ》だと思いながら、訊いてみた。ビニールの手袋をはめて片づけをしていたスタッフが、びっくりしたような顔でマスを見た。それから奥の厨房《ちゅうぼう》に入っていってほかのスタッフとなにやら相談をはじめた。

しばらくして、厨房からマスクをかけてヘアネットで髪をまとめた女が出てきた。床まで届きそうな長いエプロンをかけている姿は、食事の支度よりも化学の実験のほうが似合いそうだった。女が差し出したトレイには、ペースト状になるまで米を煮た〝オカユ〟を盛りつけたボウルと箸と温かい緑茶が載っていた。

水っぽい粥《かゆ》には味がなかった。あきらかに塩が入っていなかった。梅干しのひとつもあれば、それなりに愉しめる食の体験になりそうだったが……これまた〝シカタナイ〟ことである。四の五の言わず、黙って食べるしかない。少なくとも身の養いにはなるはずだ。

カフェテリアの窓は、正面玄関のある側に面していた。薄闇に、玄関のまえの石の仏像がぼんやりと浮かんで見えた。開いた蓮《はす》の花から立ち現れた姿だった。仏像の足元は石でできた箱のようになっていた。この施設で亡くなった人たちの遺骨が納めてあるのかもしれなかった。カフェテリアの窓には折り鶴が飾ってあった。この施設を原爆と結びつけるものは、それぐらいしかなかった。

味も素っ気もない粥に辟易《へきえき》していることが伝わったのか、先ほどのスタッフが黒いシート状のものが入ったガラス容器を持ってマスのテーブルに近づいてきた。

「〝コンブ〟です」女性スタッフはマスク越しに言った。「あたしの昼ごはん用に持ってきてるもんじゃけど、よかったら」

マスは深々と頭をさげて、ありがたく贈り物を受け取った。容器の蓋を開け、箸を返して天のほうでその照りのある昆布の佃煮《つくだに》をたっぷりと取った。昆布を混ぜると、粥は格段にうまくなった。われ知らず口元がほころぶほどに。

粥を少しだけ紙ナプキンに取りわけておいた。猫のハルオ用だった。頭をさげ、感謝の気持ちを表してから、席を立ち、戸外《そと》に出た。しばらくひとりになりたかった。だが、海辺に降りていく坂の手前にタツオの姿を認めた。海のほうを向いて双眼鏡で何かを眺めていた。

マスは足音を立てないよう、そっと静かに、タツオの背後から近づいたが、当人が思ったほど静かではなかったらしい。タツオが振り向き、マスに向かって手招きをした。意味するところは――おたくもこっちに来て双眼鏡をのぞいてみんさい。

言われたとおりにしてみたものの、最初のうちマスには牡蠣の養殖棚とゆったりと波打つ海面しか見えなかった。タツオが遠くの人影を指さした。「ありゃ、スズキ刑事じゃろう」

マスはもう一度双眼鏡を眼に当てがい、スズキ刑事と思われる人影にレンズを向けてじっと見つめた。スズキ刑事は牡蠣の養殖棚のそばにいた。ズボンをまくりあげ、脛《すね》のあたりまで海に浸かって、何やら布にくるまれた丸い物体を抱えていた。

「何をしているんだ、あれは？」気がつくと、声に出して言っていた。タツオに尋ねたわけではなく、ただの独り言だった。

「スズキ刑事はああして、それぞれちがう色のＴシャツにくるんだボールを、あの入り江のいろんなところから海に投げ入れとるんですわ。どうやら、あの桟橋んとこで見つかった子がどのあたりから流れ着いたんか、それを調べようとしとるんじゃね」

このあたりは夜から朝方にかけて、急に潮が満ちてくる、とタツオはマスに説明した。

「ここよりも南のほうじゃろうな、おそらくは」

「あの少年が殺されたとき、どこにいたのかを調べようとしている、ということだな」とマスは言った。

マスのそのことばの選び方に、タツオは本気で驚いたようだった。「あの子は殺されたわけじゃないじゃろ？　そうゆうときは〝思いがけない事故〟に遭《お》うた言《ゆ》うもんじゃ。そのほうが穏当じゃけえ」

マスはぐっと奥歯を噛みしめた。婉曲《えんきょく》表現などくそくらえ、だった。スズキ刑事が単なる〝思いがけない事故〟ごときのために、この島に出張《でば》ってきているとは思えなかった。島の連中がどう思おうと自由だが、スズキ刑事は伊達《だて》や酔狂であんなことをしているわけではない。あれもまた捜査の一環なのだ、殺人事件の。

第七章

　翌日の午前中、ゲストルームに引きこもっていたマスの耳に、廊下から人の声が聞こえてきた。ひとりやふたりではなく、何人もの人の話し声だった。年寄りがしゃべっているのだ、広島の訛《なま》りを丸出しにして。それから若い人の物柔らかな声も聞こえた。話をしながら廊下を移動しているようだった。

　マスは戸口までいって、引き戸をほんの少しだけ開けてみた。この施設の職員たちが車椅子を押したり、歩行器を使って歩く入居者に手を貸したりしていた。

　マスは腕時計に眼をやった。あと三十分ほどで、この島の原爆慰霊式典が始まるのだとわかった。

　入居者と介護士の行列に続いて、アイロンのぴしっとかかったスーツを着込んだスズキ・ゴロウ刑事が、さながら新兵をしごきにしごく鬼軍曹といった足取りでのしのしと歩いていた。いくら強面《こわもて》の刑事とはいえ、慰霊式典が滞りなく進むよう、たったひとりで万事に眼を配るというのは土台無理な話である。とマスは思ったが、いや、そもそも滞りが生じること自体、想定されていないのだろう、と思いなおした。

ひとつ確実にわかっているのは、その様子を自分の眼で見て確かめるわけではない、ということだった。今日の慰霊式典にマスは参列しないのだから。アヤコは出席できる程度まで回復しただろうか、と考えるともなく考えた。あのアヤコのことだ、意志の力を総動員して回復にこれ努めたにちがいない。ここのホームの入居者だけでなく、外部《そと》の人たちも集まっているところに出ていって注目を浴びる絶好の機会なのだ、みすみすふいにするとは思えなかった。

マスはシャワーを浴び、今回持ってきた下着の替えの最後の一揃いを身に着けた。次いでチノパンツを履いた。ズボンの替えについては旅行中、そのチノパンツ一本で通すつもりなので、今日で三日連続の登板だった。半ば人の出払った施設は、いろいろな意味で風通しがよかった。マスはのびのびとした気分になった。ときどき、苦痛を訴える声や介助を求める声は聞こえてくるが、ひとりで歩くことができるか、なんらかの手段を用いれば移動が可能だったりする入居者のほとんどが慰霊式典に出かけているわけで、そうなるとおのずとマスの行動に集まる視線も大幅に減ずるというものである。

スズキ刑事の実証実験の結果に興味が湧いて、マスは出かけることにした。浜辺にボールが五つ並んでいた。白、赤、青、黄、緑のTシャツにくるまれて。どれも海水を吸ってぐっしょりとそぼ濡れ、なかには海藻のたすきをかけているものもあった。それぞれのボールは入り江のどこかから投じられて、どこに流れ着いたのだろう？　それはスズキ刑事しか知り得ない極秘情報ということか。

「アライさん、まだこんなところに？」施設から延びているコンクリートの坂道を、セアが小走りで駆けおりてきた。踵《かかと》のぺちゃんこな靴を履き、いつもより改まった雰囲気の、すとんとした黒いワンピースを着ていた。セアの顔をまともに見られそうになかった。なんせ、昨日の今日である。あんなあられもなく、きわめて個人的な場面に遭遇したばかりである。表面的なやりとりに終始していればよかった、ある意味では気軽な関係が、あれでぶちこわしだった。なのに、セアはけろっとしている。気に病んでいる素振りはこれっぽっちもうかがえない。それでマスのほうも、いくらか肩の力が抜けた。

「式典に行くところですよね？　わたし、遅刻するわけにいかないんです」

「いや、行かないよ」とマスは言った。今の時点では、どこよりも足を向ける気になれない場所かもしれない。

「そんなこと言わないでくださいよ。わたし、いちおう顔だけでも出さないとならないんです。式典の最後にトシが、みんなのまえで短いスピーチをすることになっていて。〈子どもの家〉には声がかからないんです、いつもだと。今年もムカイ〝センセイ〟が猛反対したんだけど、結局は却下されたんだって聞きました」

　ということは、慰霊式典の会場に行けば、アヤコがいらいらしているところを見物できるかもしれない、ということで、それにはいささか心を惹かれなくもなかったが、さりとて前言を翻すほどではない。恥をさらすようであまり気は進まなかったが、昨日、アヤコと顔をあわせたときのことをセアに話して聞かせた。「誰かがハルオの遺灰を持ち出したんだ」マスは実情を打ち明け、持ち出したのは〝コンドウさんとこのオバアサン〟にちがいない、とつけくわえた。

「だから、あんなに必死になって会おうとしていたのね」マスが本土の養護老人施設を訪ねたときのことを指して、セアは言った。「だけど、あの人の所持品に遺灰みたいなものなんて、なかったと思うんだけど。少なくとも、わたしは見た覚えがないな」

「〝ザンネン〟」とマスは日本語で言った。日本語の〝ザンネン〟に相当することばは、マスが思いつく限り英語にはない。〝ザンネン〟には、その状況なり物事なりは好ましくはないが、いつまでもそのことに拘泥《こうでい》するわけにもいかないのだから、先に進むべきだ、という含みがある。

「そうそう、わたしたちのところにも昨日、刑事が訪ねてきました。あのスズキっていう刑事。一時間も居座って、トシのことを質問攻めにしたんです。前の日の、陽が落ちてから午後十時ぐらいまでどこにいたかって」

マスは眉を吊りあげ、無言の問いを発した。

「そうです、わたしと一緒でした。だからスズキ刑事にもそう言ったんです、わたしが証人だって。なのに、スズキ刑事ったら、レイのことばかり訊くんですよ。だから、わたしたちも話さないわけにいかなくなって、話しました。あの人がトシの家にいきなり押しかけてきたこととか、トシを人殺し呼ばわりして、わめき散らしたこととか」

「そんなことまで？」

「ええ、話しましたよ。レイはいつもぴりぴりしていて情緒不安定だってことも、トシが説明しました」

「そりゃ、まずいな」とマスは小声でつぶやいた。スズキ刑事の手元には、レイ・タニに不利な手札ばかりが着々と積まれていることになる。「やっぱりおれも、慰霊式典ってやつに行ってみるかな」とマスは言った。

「ぜひぜひ。この島の人はほとんど全員、参列しますからね」

セアが知っている近道を抜けて、しかも木陰の多い道を選んで、ふたりは式典の開かれる花壇のある広場に向かった。途中でゲートボールをしている年配の男たちを見かけた。イノ島の住人のなかにも、過去を再訪することにはそれほど興味がないという向きもいるらしい。

セアの道案内で慰霊式典の会場に到着したとき、大型テントのしたに並べた折りたたみ式の椅子はあらかた、黒い服を着た人たちで埋まっていた。子どもたちも黒と白の制服姿だった。チノパンツに薄茶の縞模様のシャツというマスのいでたちは、いかにも場違いだった。いつもなら茶色っぽい衣類を身に着けていれば、まず目立たず、他人の視線を意識せずにすむものだが、この厳《おごそ》かを旨とする慰霊式典の場では……まあ、目立つこと、目立つこと。場違いなことこのうえない。

会場を埋め尽くす黒のなかに、僧侶たちが掛けている紫や緋《ひ》の袈裟《けさ》が、鮮やかな点を穿《うが》っていた。僧侶のひとりが読経をはじめると、参列者の席からもいくつか唱和する声があがった。熱心な仏教徒がいるのだろう。スズキ刑事とゴウハタ・ブンペイは最前列に陣取っていた。最前列の椅子がひとつ片づけられていて、そのスペースにアヤコの乗った車椅子がおさまっている。マスとセアは椅子席の後方に設けられている、立見席のようなところで式典に参列することにした。陽除《ひよ》けのために張ってあるテントからは、ほとんどはみだす恰好になったが、マスとしてはその位置はありがたい限りだった。

若者が三名──女子が二名に男子が一名──進行係に促されて、居並ぶ参列者のまえに進み出た。慰霊碑とテント内にかかっている経文をつづった掛け軸に供え物をするようだった。三人とも手首に数珠をかけていた。男子が青竹を切った花筒を設置して、女子ふたりが花束と千羽鶴を奉納した。参列者の席の一隅に、マスが先日、接近遭遇した村のガキ大将と〝チビスケ〟と痩せっぽちが、まとまって坐っていた。おおかた、よからぬことでも企てているのだろう、忍び笑いを洩《も》らしていた。そのうちまえのほうの席から教師らしき人物が近づいてきて、三人を黙らせた。

続いて、参列者は各自、仮設の供物台まで進み出て焼香をするよう、案内があった。焼香は椅子席の前方から順番に行われるようだった。それがわかって、マスは緊張を解いた。ロサンゼルスで行われる仏式の葬儀では、焼香はたいてい席のうしろから始まるものなのだ。マスとセアまで焼香の順番がまわってくるころには、参列者は退屈しきってそわそわしはじめ、注意力も散漫になり、眼のまえのことには関心の〝か〟の字もなくなっているにちがいない。そう、ありがたいことに。

アヤコの車椅子をタツォが押して、焼香の列の先頭につけた。こうして見ると、アヤコは弟のハルオと顔立ちや身体つきは確かによく似ていたが、外見以外はまるで似ていない。マスはそのことを再確認した。ハルオだったら、焼香するときも特別な注目を集めるような真似は決してしないだろう。眼を伏せ——少なくとも、義眼ではないほうの眼はしたたに向け——手元にじっと視線を注いで、ほかの人のことなど見向きもしないはずだ。ところが、アヤコときたら、焼香を終えて席まで戻るあいだ、参列者席を右から左までずずいっと、舐《な》めるように見まわしているのだ。マスは運悪く、そんなアヤコと一瞬、眼があった。アヤコの顔に、きわめて見目麗しくない表情が浮かんだ。

それでどうにも尻が落ち着かなくなった。できるものならさっさと焼香をすませて、とっとと退散したかったが、そうもいかないことは充分わかっている。仕方なく足元の芝生を見つめ、心に浮かぶよしなしごとを考えるようにして——トラ猫のハルオのことや、ジェニーのことや、タケオのことを考えるようにして——順番がまわってくるのをひたすら待った。そしてようやく順番がまわってくると、作法どおりに抹香を指先でつまみ香炉にそっと焼《く》べ、形だけはそれらしく両手をあわせて、心のなかでソラとレイのために祈りのことばをつぶやいた。

全員の焼香が終わると、トシユキがスピーチをするため、参列席のまえに進み出た。セアは眼をきらきらさせて、臆面もなく見つめはじめた。恋わずらいの典型的症状だった。隣で見ているマスのほうが、気恥ずかしくなりそうだった。このふたりのつきあいがいつまで続くか、それは神ならぬ身にはなんとも言えないことではあるが、アヤコの知るところとなるのは時間の問題だろうし、その結果はふたりにとって望ましいものにはなるまい。眼を赤く泣き腫らし、ついでに鼻の頭までうっすら赤くしたセアが、関西国際空港でフィリピン行きの飛行機を待っているところが、マスの脳裏にありありと浮かんだ。

「はじめに、〈千羽鶴子どもの家〉を代表して、今回この式典に出席する機会を賜ったことに御礼申しあげたいと思います」ということばでトシユキのスピーチが始まった。マスの立っているところからではアヤコの表情までは確認できなかったが、車椅子に坐ったままうつむいている姿は、うたた寝でもしているようにも見えた。「ご参列のみなさんの、おそらくほとんどの方がご存じでしょうが、〈千羽鶴子どもの家〉は戦後すぐに開設された児童養護施設です。原爆で親を失った子どもたちの多くは、誰からも顧みられることなく、頼りにするところがなかったからです。

イノ島は、そうして人を救い、人を癒す島となりました。若い世代だけではなく、もっと年配の世代も、被爆者となられた方々も含めて、傷を癒す場所なのです」

それからもう二言三言しゃべって、トシユキはスピーチを終えた。続いて、トシユキと同じような黒いスーツを着込んだゴウハタが、マイクのまえに立った。「ご存じのとおり、コンドウの家はこの島で長らく続いている家系でして、この島に来たのは十九世紀の終わりの日清戦争のころだと聞いとります」ゴウハタがそこまで言ったとき、テントから通りを隔てた花壇のほうで派手な音が響いた。園芸用具の倉庫のドアが勢いよく開いて、そばに設置されていた金属のゴミ箱に激突した音だった。

開いたドアから、タニ・レイが出てきた。よろよろと、今にもすっころびそうな心もとない足取りで。ブロンドに染めた髪が、鳥の巣のようにもつれていた。蒼白《あおじろ》かった肌が陽に灼けて赤くなっていた。着ているものは、マスが最後に会ったあの晩に着ていたものだった。かなりの二日酔いだということは、誰の眼にも明らかだった。マスが船着場で行きあった、日傘をさした、あの冷静で落ち着きはらった女とは、まるで別人だった。が、今のありさまが物語る心情を、あの初対面のときも抱えていたはずだ。マスはレイのことが心底心配になった。

レイはよろめく足を踏ん張ってその場に突っ立ち、慰霊式典の会場を凝視している。眼のまえで起こっていることを完全には把握しきれていない、とでもいうように。

「ちょっと、やだ、信じられないい」とかたわらでセアが囁いた。「あれじゃ、まるでゾンビですよね」

ゴウハタはスピーチを続けていたが、参列者の関心はおおむねレイのほうに向けられていた。スズキ刑事が席を立って、花壇のほうに向かうに及んで、さらに多くの関心がそちらに奪われることとなった。

「この慰霊式典は毎年行われとりますが、年に一度、平和への思いを新たにする機会となっとるわけです」とゴウハタは言っていた。

刑事が近づいてくることに気づいて、レイはくるりと身を翻して駆けだし、海岸のほうに降りていく細い路地に向かった。

「国と国とが敵としていがみあうのではなく、共に手を携え、より良い未来に向かう仲間となるべきなのです」

スズキ刑事はレイを追おうとはしなかった。高台の端まで歩き、そこからしばらく、レイが駆け込んでいった細い路地を眺めおろしていた。刑事が会場に引きあげてきたときには、慰霊式典はほぼ終わりかけていた。

刑事はそのまま島の学校の教師のところに歩み寄り、耳元に顔を寄せて何ごとか囁いた。教師の表情から察するに、あまり嬉しいことではなさそうだった。さて、次なる展開やいかに？　マスはなりゆきを見守る態勢になった。ゴウハタが締めくくりの挨拶をして退場すると、代わって先ほどスズキ刑事に耳打ちされた教師がまえに出て、刑事から指示されたことを伝えた。「今日、この場にお見えになっておる広島県警の刑事さんから要請がありましたので、これから学校で臨時の集会を行います。全校生徒、必ず出席するように。保護者の方々もご参集願います」

例の悪たれ四人組は、あの態度のでかいガキ大将まで妙におとなしくなっていた。痩せっぽちは腹具合でも悪いのかみぞおちのあたりを押さえているし、悲しそうな顔をしたやつは、もともと生っ白い顔をしているのにさらに蒼ざめて見える。〝チビスケ〟はひとりいきり立っていた。いらいらと落ち着きなく身を揺すっているので、そのうち回転のつきすぎた独楽《こま》のようにとんでもないところにすっ飛んでいきそうだよ、とマスは思った。

村の子どもたちを集めて、スズキ刑事は何をしようとしているのか？ ソラが死んだことに、あの悪たれどもが関与していたことを示す、新たな手がかりでも見つかったのだろうか？

スズキ刑事があの悪たれどもに眼をつけたのは、マスとしては歓迎すべき展開だった。犯罪行為に手を染めているか否かはさておき、少なくとも弱い者いじめをしてはばからない連中なのだ。広島県警が出張ってきたことであいつらがビビッて行状を改める、というのは望みすぎかもしれなかったが、まあ、ものは試しというやつである。

セアも新情報を仕入れていた。スズキ刑事から全島民に、タニ・レイを見かけたら速やかに通報するよう指示が出ている、とのこと。「どうせこの島から出るのは無理ですよ」とセ

ア は言った。「これじゃフェリーにさえ乗れないもの」

レイは追い詰められている。マスがアヤコのいる養護老人ホームでのっぴきならない立場に立たされているのと同じように。

「とんだ恥さらしですよ、醜態もいいところだわ」とアヤコが言っているのがマスにも聞こえた。アヤコはセアに介助されて養護老人ホームの送迎用のヴァンに乗り込もうとしていた。マスはセアに向かって手を挙げ、あとでまた、と身振りで伝えた。

陽射しは強烈だった。マスは顔から噴き出した汗を手の甲で拭った。慰霊式典が行われた会場には早くも清掃スタッフが入り、折りたたんだ椅子を片隅に積みあげはじめていた。風がそよとも吹かないので、フェンスにくくりつけた盆灯籠の飾りもだらんとうなだれている。

マスは通りの向こう側の園芸用具の倉庫に足を向けた。倉庫の手前の花壇は、自然を生かした造りになっていて、あるところには若木の苗が、別のあるところには草花の苗が植えられていた。ミニチュアサイズのヒマワリにオレンジの花を咲かせたランタナ、重たげに花首を垂れる紫のダリア、赤いテンニンギク。庭師の眼で見れば、華やかでも手が込んでいるわけでもない、ごくささやかな花壇に見えたが、それでもこの暑さのなか、まめに水をやり、植えたものが枯れてしまわないよう管理するのはそれなりの苦労が伴うはずだった。

園芸用具の倉庫は、花壇の手入れに使う用具をしまっておくだけでなく、間に合わせの展示室にもなっていた。マスは思わずぶるっと身を震わせた——レイはこんな場所でひと晩過ごしたのか。片隅に寄せてある芝刈り機や芝生用の縁刈り機と奥の壁にかかっている大小さまざまな植木ばさみのあいだに、ラミネート加工をされたモノクロ写真が展示してあった。写っているのは、ずらりと並んだ頭蓋骨に小山ほども積みあげられた人骨——十年まえ、地中から掘り出されたものだった。この島で亡くなった八十五名の被爆者の遺骨だった。一九七一年には六百人を超える被爆者の遺骨が学校の運動場から発見され、第二次世界大戦を知らない世代にとっても、過去はまだ過去になってはいないことを再確認する出来事となったのだった。

倉庫の壁面には、マスにとって今さら見たくもない写真も展示されていた。知りすぎるぐらいよく知っている光景——被爆して着ていたものを炎に焼かれ、文字どおり裸にされながら、必死に助けを求めている人たちを写したものだった。どれもモノクロ写真だったが、マスの記憶のなかの光景は総天然色、フルカラーで残っている。

「あの女が落書きなんぞしとらんか思うて」背後でしゃがれた声がした。

見ると、倉庫の戸口を出てすぐのところに、ゴウハタ・ブンペイの義姉でもある、あの〝コンビニ〟のオーナーのコンドウさんが立っていた。黒い服のうえにエプロンをかけ、陽除け帽をかぶり、園芸用の手袋をはめている。

「いや、何も問題はないと思う」とマスは言った。

〝コンビニ〟のコンドウさんは手袋をはずし、数年前に発見された遺骨の写真に近づき、写真のまえに設けてある小さな棚の花瓶に手を伸ばし、挿してあった二輪のヒマワリの花の向きを手直しした。「写真を見て学びよるんかね、アメリカが広島にどがいなことをしたか？」

蒸し暑さも手伝って、マスも短気になっていた。「おれは〝ヒバクシャ〟だ」

そんなことはとてもじゃないが承服しがたい、とでも言いたげな顔で、〝コンビニ〟のコンドウさんは何歩かあとずさった。「アメリカ人や思いよったけど」

またしてもマスは困惑することになった。見ず知らずの人間ばかりの島にいるはずなのに、自分のことをこうも知られているとは。「ああ、確かにアメリカ人だ。カリフォルニアで生まれたから。子どもの時分に広島に連れてこられて、それから十八になるまで広島に住んでいた」

「ほんで、被爆者なんね」この女は、そうやって声に出して言ってみないことにはとうてい信じられないのかもしれない、とマスは思った。

次の質問は予想がついたので、先まわりして答えてやった。「広島駅だ」

「そう」と〝コンビニ〟のコンドウさんは言った。そしてしばらくのあいだ、マスのそんな身の上に思いを馳せるように黙り込んでから、やおら自分に関係する被爆体験を語りはじめた。「うちの母親は京橋川のねきを歩いとったそうじゃ。ちょうどそんとき、おなかに子どもがおったんじゃて」そこで黙り込んでしまったので、赤ん坊のその後は推測するしかなかった。

「それは〝ザンネン〟だった」とマスは言った。そのことばに嘘はなかった。ひとつの生命が失われたのだ、マスの胸に悲しみが拡《ひろ》がった。

〝コンビニ〟のコンドウさんの皺深い顔が、ふっと穏やかになった。「もう子どもは要らんてうちの両親は思うたらしいけど、それからうちが生まれて、妹も生まれた」

マスは返事の代わりにひと声低くうなり、倉庫の壁にかかっている何枚もの写真に改めて眼をやった。

「母には会《お》うとるよね。あの老人ホームにおるんです」と〝コンビニ〟のコンドウさんが言った。

先ほどの話に出てきた身重の母親というのが、マスの無二の親友の遺灰を盗んでいった女と同一人物であることは、すでに察しがついていた。

「ところで、お名前は？」

「アライ・マサオ」

「うちはキセキです、コンドウ・キセキ。こうしてお目にかかれたんも、なんかの縁じゃね」

ふたりは互いに頭をさげあった。いつの間にか、〝コンビニ〟のコンドウさんのなかで、マスの位置づけが敵国人から友人へと昇格したようだった。

「ここの花壇の手入れはおたくがなさっている？」

コンドウ・キセキはうなずいた。

「骨が折れるだろ」

「そりゃ、まあ、そうじゃが、趣味みたいなもんじゃから。それに誰かがせにゃいけんことやしね」

世間話はマスが苦手としているもので、会話はさっぱり弾まなかった。「そろそろ老人ホームに戻ったほうがよさそうだ。間もなく帰国するから荷造りをしないと」

「おや、そうでしたか」キセキは笑顔になりかけていた。「ほんじゃあ、まあ、お気ぃつけて」

マスは最後にもう一度頭をさげて、コンドウ・キセキと別れた。徒歩で養護老人ホームに戻る道すがら、マスとしては考え込まずにはいられなかった。間もなく日本を離れると言ったとき、あのコンドウ・キセキという女はどうしてあんなに嬉しそうな顔をしたのだろう？

養護老人ホームは、原爆慰霊式典の最中に起こった思いがけない出来事の噂《うわさ》でもちきりだった。当然のことながら、いちばんの話題はタニ・レイのことである。

「信じられんわな、あんなんしてお巡《まわ》りさんから逃げよるなんて」玄関ロビーで入居者の老女が、話し相手に言っていた。

「ほんま、考えられん」

「二日まえやったかの晩方、あの人ここにおらんかったかね」

「おるわけないじゃろ、そんなん。あんた、また、頭んなかんことと現実がごっちゃになっとるのとちがうか?」

「ちがうて、ただそんな気がしただけじゃ――」マスの姿に気づいて、老女は車椅子に坐ったまま身を縮めた。明らかにマスのことも本日の茶飲み話のテーマのひとつだったものと思われた。

「ああ、アライさん」事務所の受付からタツオが声をかけてきた。「スズキさんは平和記念式典の警備があるゆうて帰られました。あっちの式典は大がかりじゃから、準備も大変なんじゃろうね。で、これをアライさんに返しておいてほしい、ゆうて預かったんじゃ」

そう言うと、タツオはうしろの金属のデスクに手を伸ばし、ファイルの山の隣に置いてあったマスのデジタルカメラを引き寄せた。カメラをマスに手渡しながら、タツオは言った。

「警察が問題にするようなもんが写っとったんですか?」

「なに、子どもが悪さした跡が写っていただけだ」マスとしてはたんなる悪さ以上のものを期待していたが、スズキ刑事がそそくさと本土に戻っていったところをみると、慰霊式典のあと学校で行われた緊急集会でも、さしたる収穫は得られなかったにちがいない。

カメラを預かってもらった礼を言って、マスはその場を離れた。強烈な陽射しにさらされながら長いこと歩いたせいで、もうへとへとだった。なんらかの栄養を取らなければ、冗談でもなんでもなく、このままばったりと倒れてしまいそうだった。カフェテリアは閉まっていたが、昨日〝オカユ〟を出してくれた女のスタッフを見かけたので手を振ると、ありがたいことに気づいてくれた。職員はいったん厨房に引っ込んでから、しばらくしてにぎりめしふたつにイワシの缶詰を持ってあらわれた。イワシの缶詰も、昨夜の昆布の佃煮と同様、その人が自分で食べるために個人的に用意してきたものだと思われた。進呈された食べ物を抱えて廊下に出ると、マスはアヤコの個室の開けたままになっている戸口のまえを忍び足で通り過ぎた。あれこれ質問されるのは、今日はもう勘弁してもらいたかった。

無事ゲストルームに逃げ込んだところで、さっそくイワシの缶詰を開けることにした。昔ながらの長方形の缶なのに、缶を開けるための鍵のような恰好をした付属部品がついていなかった。なんと、缶のうえについている小さな把手のようなタブを引っ張ることで、開けられるようになっているのである。開けた缶を洗面台のところまで持っていって、洗面台のうえに乗り出す恰好になると、油まみれでぬるぬるする小魚を二匹ばかりつまみあげ、アザラシのように上を向いて、大きく開けた口のなかに放り込んだ。イワシをもぐもぐ噛みしめ、にぎりめしをひとくちかじりとり、さらにもぐもぐやった。にぎりめしと一緒に食べるイワシは、広島に来てから食べたもののなかで、いちばんうまいような気がした——もちろん、お好み焼きを除いて。

咽喉《のど》も渇いていることに気づいて、カフェテリアに引き返し、自動販売機できんきんに冷えている緑茶を買った。自動販売機が吐き出したペットボトルを取りだすため、身を屈めたとき、気配とにおいで背後に人がいるのがわかった。病人のにおい、ながいこと風呂にも入らず着替えもしていない者のにおい、ずいぶん以前に使ってその後長らくセーターのポケットに突っ込んだままになっていたティッシュのにおい。マスは身を起こして振り返った。すぐ眼のまえに、あの遺灰盗人《ぬすっと》、〝コンドウさんとこのオバアサン〟が突っ立っていた。まるで何かを待っているような顔で。誰かが納得のいく説明をしてくれるはずだ、とでも言いたげな顔で。

娘のコンドウさんから身の上を聞いてしまった以上、この老女に対して腹を立てつづけることはもうできなかった。それとなく相手を迂回《うかい》する恰好でその場を離れようとしたが、すばやい横移動で行く手をふさがれた。

「あの人らは、なんでもかんでも取りあげていくんよ」と〝コンドウさんとこのオバアサン〟が言った。

マスは眉間に皺を寄せた。瞼がだるんと垂れさがり、眼球はほとんど見えなかった。この際非常ボタンを押して施設の職員を呼んだほうがいいだろうか？

「どいつもこいつも嘘つきじゃ。忘れてほしいんじゃろ、わしに。わかっとるわ、そのぐらい。ほんでも、わしはぜったいに忘れん」

誰なんだね、あんたに忘れてもらいたいと思ってるのは？　マスとしてはそう問いただしてやりたくもあった。が、問いただしたところで、筋の通った答えは返ってきやしないだろう。

「あん人らの言うことに耳を貸してはいけん」小声でぶつぶつ言いながら、老女はよたよたとおぼつかない足取りで、廊下を居室のほうに戻っていった。

そのあと、マスはひと眠りすることにした。眼を覚ましたときには、今のこの状況がまるごと、ハラペーニョを食べすぎたことに起因する、はちゃめちゃな悪夢でした、となることを半ば本気で期待して。ところが眼を覚ましても、マスはあいかわらず畳敷きの蒸し暑い部屋にひとりきり、枕元に置きっぱなしになっていた缶詰にイワシが一匹、これまたさびしく残っていた。

とはいえ、それもトラ猫のハルオには何よりのご馳走になるだろう。マスは食べ残しのイワシを缶ごと持って戸外《そと》に出て、楠《クスノキ》の木陰のベンチに腰をおろした。じつにみごとな楠だった。関節炎にかかった手足のように節くれだった枝々の張り具合から見て、かなりの老木だと思われた。高さはざっと見て六メートルほど、マスの身長の四倍近くありそうだった。マスは老木には畏敬の念を抱いている。最近では丹念に手入れをされ、美しく剪定《せんてい》された樹木よりも、ただ自然のまま年輪を重ねたこの楠のような老木のほうがむしろ好ましく思えるようになっていた。樹木はいったん根を張ると、そのあと生きていくのに人間の手はほとんど必要としない。そして人間よりも長生きをする。人間の思いあがりや憎悪が引き起こす眼も当てられないほどのめちゃくちゃな惨状を、ただじっと耐え忍んで。

暗がりのなか、そのまま三十分以上坐っていたが、ハルオはあらわれなかった。蓋の開いている缶詰を、ベンチのしたに置いてみた。においに誘われて姿を見せるのではないかと思ったが、やはりハルオはあらわれなかったし、あらわれそうな気配もなかった。片眼がつぶれたあの猫を、島のこちら側まで連れてきたのはまちがいだったのだろうか、とマスは考えた。じつはハルオは、あの村の悪たれ猫どもとも、そこそこ対等に渡りあっていたのだとしたら？　だとしたら、まるで馴染みのない、ハルオにとっては未知の世界である島の東側よりも、もとの居場所の西側のほうがうまく生き延びていかれるのかもしれなかった。

マスは高台の縁に沿って、あの竹の桟橋が見えるところまで歩いた。目路の限り、海面はべったりと凪《な》いでいた。この四日間の混乱っぷりなど素知らぬ顔で。遠くの海面すれすれを滑空していく鳥は、鵜《う》の仲間だろうか。あの群れのなかには、鵜匠のところから逃げだしてきたのも交じっているのかもしれなかった。このあたりでは、鵜を訓練して魚を取らせる伝統的な鵜飼いという漁法があった、と聞いていた。鵜の首を縄でしばり、獲物を呑み込めないようにしておいて魚を取ってこさせるのである。鵜は魚を捕えたら鵜匠のところに戻ってくるよう訓練されているので、鵜匠は捕えた魚を吐き出させるだけでいい。漁業としての鵜飼いは今ではすたれてしまったが、旅行会社が観光客向けのアトラクションのために鵜を訓練しているのだとか。けれども、マスとしては、あの鵜は鵜匠になんぞ縛られることなく、自由に飛んでいるのだと思いたかった。

ベンチのところまで戻ってきてみると、缶詰のなかのイワシはなくなっていた。マスは、ハルオが無事にご馳走にありつけたことを願った。病原菌や黴菌《ばいきん》の運び屋のネズミやもろもろの動物の栄養になってしまったのだとしたら、あまりにも〝ザンネン〟ではないか。

夜風がひんやりしてくると、飛びまわる蚊も増えた。むきだしになっている足首や腕にたかってくるやつを、ぴしゃりぴしゃりと叩いてみたところできりがなかった。マスはほうほうの体《てい》で退散し、建物のなかに避難した。


真夜中過ぎに、いきなり眼が覚めた。真っ暗だった。廊下の先のほうで何やら言い争っている声がした。陽が落ちるとそわそわしはじめる、例の夕暮れ症候群とやらの年寄りが騒いでいるのだろう、と思ったが、そのまま無視して眠ることはできなかった。マスは布団を這い出し、引き戸を開けた。

「あのアメリカ人だよ、あのアメリカ人に話があるんじゃ」甲高く上ずった声だった。子どもの声のようだった。

ねぼけ眼《まなこ》のまま、マスは廊下に出て、よたよたと玄関ロビーの受付に向かった。部屋を出るときに、今度もまたうっかりスリッパを履き忘れて出てきてしまったものだから、リノリウム張りの床の冷たさが素足の裏から伝わってきた。

ロビーの少し手前で、大声をあげているのが、あの悲しそうな眼をした村の少年だということがわかった。「急いでよ、早く」と言っていた。マスの姿に気づくと、少年は突っかからんばかりの勢いで駆け寄ってきた。「ソラの母ちゃんがたいへんなんじゃ。このままだと、やばいんじゃ」

タツオが事務室から出てきた。施設の送迎車の鍵を握り締めて。「行きましょう」

〝ゲンカン〟に並べてある共用のビニールのサンダルを突っかけたところで、マスはパジャマ姿のまま部屋を出てきてしまったことに気づいた——〝シカタガナイ〟。この際、身だしなみの心配は後まわしである。

三人で車に向かい、タツオが運転席に、少年が助手席におさまった。「海におった。慰霊碑のある公園の近く」と少年は言った。

なんだ、なんなんだ、どういうことだ？　マスの心臓は早鐘を打っていた。タツオもマスも少年には何も訊かなかった。訊くまでもない、一刻を争う事態が出来《しゅったい》しているということだ。

「そこだよ、そこ、そこ！」少年の叫び声でタツオは車を路肩に寄せた。道路は高台の縁に沿って延びていて、車を停めたところから海岸が見えた。潮が満ちてくる時間帯で、牡蠣《かき》の養殖棚がかろうじて海面からのぞいていた。中天にかかった満月に照らされ、さざ波に小さくうねる海面《うなも》が銀色にちらちら瞬いている。

牡蠣の養殖棚の手前に、丸くてぼんやり光っているものが浮いていることに、マスは気づいた。少年がそれを指さし、「あれ、あれ、あそこ」と叫んだときにはもう、その正体もわかっていた。

まっさきに反応したのはタツオのほうだった。車を飛び出して坂道を駆けおり、海にじゃぶじゃぶ入っていくのを見ながら、マスもあとに続いた。少年はぐずぐずしていた。夜の海が怖いのかもしれなかった。

海の水は冷たかったが、陽が暮れたあとも蒸し暑さが居座っていたので、息がとまるほどでもなく、むしろ身が引き締まるようだった。マスは手探りでレイを探した。片方の脛《すね》を何かがかすめた。ぎょっとして飛びあがったひょうしに、足元をすくわれ、そのまま仰向けに倒れそうになり、慌てて足を踏ん張った。

タツオがいちはやくレイを抱きかかえていた。タツオの腕のなかで身動きしていた——間にあった、ということだ。が、見ると、救助の手を払いのけようとして暴れているのだ、罠《わな》にかかった野生の生き物のように。こういう場面でもみあいになるのは、救助される側だけではなく救助する側にとっても危険だとマスは承知していた。

とっさに英語が口を突いて出た。「ストップ、ストップ!」精いっぱい張りあげた大声は入り江の向こう側まで響き渡ったかもしれない。マスの号令が効いたのか、レイはもがくのをやめた。タツオの腕に抱えられたまま、眼をぎゅっとつむり、空気をもとめてあえいでいた。

タツオはそのままレイを引っ張るようにして浅瀬まで運んだ。足が着くところまできて、レイはマスがいることに気づいたようだった。「アライさん、歳を考えんといかんよ。いきなり海に飛び込むなんて、ご老体には毒じゃ」

「そう思うなら協力してくれ」とマスは日本語で言った。レイはマスの肩に腕をまわし、そこからは三人で肩を組んだような恰好で波打ち際まで歩いた。

海からあがると、レイはその場にくずおれるように倒れ込んだ。海岸は砂浜ではなく、尖った岩だらけだった。ごつごつして痛いだろうにレイは意に介する様子もなく、養護老人ホームのゲストルームに押しかけてきたときと同様、身体を丸めて胎児のような恰好になった。

マスは肩で息をしていた。前かがみになって両手を膝につき、身体を支えた。「あの坊主は？」荒い息を吐きながら言った。タツオは車のほうを指さした。それから自分も車まで戻り、トランクから取り出した毛布を抱えて引き返してくると、その毛布でレイの身体をくるんでやってから、引っ張りあげるようにしていくらか強引に立ちあがらせた。レイは身体を震わせ、歯をかちかち鳴らしていた。月明かりを浴びた蒼白い顔は、まさに幽霊そのものだった。ぐっしょり濡れ、毛先からぽたぽた海水を滴らしている髪は、さしずめ水をかけられた白いプードルの被毛といったところか。見るもあわれな様子だったが、それを言うなら、タツオもマスも似たり寄ったりだった。「こん人は風呂に入って温《ぬく》まったほうがええな」とタツオが言った。「できればすぐに」

マスは黙ってうなずいた。まだ息があがっていた。ふたりのあとから車に向かいかけたとき、岩のあいだに何かぴかぴかするものが落ちているのに気づいた。携帯電話だった。今どき流行りの文明の利器、しかもおそらく最新の型。レイが落としたにちがいない、と考えてマスは拾いあげて、パジャマのシャツのポケットに入れた。

少年が助手席に坐っていたので、マスはレイと一緒に後部座席に坐ることになった。海沿いの道路に街灯はほとんどなかった。次々とあらわれるカーヴを、タツオはスピードも落とさずすり抜けていった。車がカーヴを抜けるたびに、マスは胃袋がぐぐっとせりあがるのを感じた。

養護老人ホームまで戻ると、マスとタツオはふたりがかりで文字どおりレイを建物のなかまで運び込み、車椅子に坐らせた。幸いにも夜勤のスタッフのひとりが中年の女で、余計なことは何も訊かずにレイの世話を引き受けてくれた。「風呂からあがったら一二九号室にご案内して」タツオの指示にも、その人は何も言わずにうなずいた。

かく言うタツオもまだ全身ぐっしょり濡れネズミだったし、マスのほうも腰のあたりまで水に浸かって濡れていた。少年は車から降りて、道路脇に乗り捨てたままになっていた自転車を起こそうとしていた。

そのまま自転車にまたがって走り去ろうとした少年を、タツオが呼びとめた。「こんな夜の夜中にひとり、自転車で帰らせるわけにゃいかん。車で送っていくわい」

「けど、自転車が――」

自転車は車のトランクには収まらず、後部座席になんとか押し込むしかなかった。タツオはああでもない、こうでもないと自転車の向きを何度も変えて悪戦苦闘をつづけた。そのあいだに、マスの足元から聞き覚えのある声がした――にゃあ、にゃあ、にゃあ。どこからともなくあらわれたハルオが、海水をたっぷり吸ってなんとなく磯くさいというか魚くさいマスのパジャマの裾をくんくんやっていた。

「〝コラコラ〟」マスはハルオの首根っこをつかんで抱きあげた。いったいおまえはどこをほっつき歩いていたんだね？

「わあ、猫じゃ」少年がマスの隣にやってきて、トラ猫に手を伸ばし顎のしたを撫でながら言った。「こいつ、神社の鳥居んとこをうろうろしとったやつじゃな。あれ、この眼、どうしたん？」

「たぶん、喧嘩だな。敵《かたき》につぶされたんだろう」

少年が両手を差し出してきたので、マスは少年の痩せた腕にハルオを託した。「ハルオっていうんだ」

少年は鼻の頭に皺を寄せた。「猫なのにハルオ？　へんなの」

自転車が無事、後部座席におさまり、人間のほうも乗り込んだところで、タッオが少年に尋ねた。「もう一度、名前を教えてくれんか?」

「チバ・ケンタ」

タツオはチバ・ケンタ少年の両親を知っているようだった。「親御さんは知っとるんか、息子がこがいな夜遅くに出かけてることを?」

「今晩は隣の友だちん家《ち》に泊まる、ゆうて出てきた」後部座席におさまった少年は、自転車に半ば背を向け、ハルオを抱え込むように抱いていた。自転車が場所を取るので窮屈だろうし、車が揺れるたびに肩に自転車のフレームが当たるだろうに、文句も言わず。「ソラの母ちゃんを探そうと思って」

「どうして?」とマスは尋ねた。「それに、なんでおれを呼びにきたんだ?」

「ソラの母ちゃんと一緒に歩いとるんを見かけたから。友だちなんじゃろ思うて。あんなぁ、父ちゃんと母ちゃんには黙っててもらえん、今夜のこと?」

タツオもマスも答えなかった。そのあと、ケンタ少年の家に着くまで、ときどき猫のハルオがごろごろと喉を鳴らす以外、誰もがむっつり黙り込んでいた。

車は集落に入り、とある角を曲がって細い路地を進んだ。マスが悪たれどもを追いかけたときに通った路地だった。タツオは、ブロック塀に囲まれた二階建ての住宅のまえで車を停めた。マスも車から降りて、後部座席から自転車を引っ張り出すのを手伝った。それから車内に戻ると、タツオがケンタを連れて玄関に向かった。

「なんね？　どしたんね？」という女の声が、マスのところまで聞こえてきた。「ケンタ、あんた、今夜はお隣に泊まるんじゃなかったん？」おそらくケンタ少年の母親だろうと思われた。そこにもうひとつ、もっと大きな人影がぬっとあらわれ、玄関口で対応している女に合流した。

ケンタがもごもごと不明瞭な声で何ごとかつぶやいたが、両親ともその説明では納得しなかった。「ケンタ、はっきり言え」と父親が言った。「どこで何をしとったんじゃ、ええ、こがいに遅くまで？」最後には怒鳴り声になっていた。

「じつは人命救助じゃ。女の人を助けたんじゃ」とタツオが言った。

「ほう」ケンタの父親も母親も揃って声をあげた。信じられないという気持ちに誇らしさの交じった声だった。

「そうなんじゃ。あの入り江で亡くなっとった男の子の母親を救ったんじゃけえ」

「ああ、あいつか。今日の式典をぶち壊した、あのいかれた女じゃね」と父親が言った。

「牡蠣の養殖場の近くで自殺をはかろうとしとって」とタツオが言った。

「どういうことね、ケンタ？　あんた、何を考えとったん？　それに、なんなん、あんたが抱えてるその薄汚れた猫は？」息子が助けた相手を知ったとたん、母親のなかで息子の取った行動に対する評価が一気に急落したようだった。

「そいつ、神社のあたりをうろついとる、あの片眼じゃろ?」と父親が言った。「きっと病気持ちだでぇ」父親はケンタの腕をつかんで揺さぶり、無理やりハルオを離させようとした。マスはたまりかねて駆け寄り、ハルオを抱きとった。

「まったくもう、あんたって子は……。さっさとあがらんね、ケンタ。お風呂場に直行じゃ。ああ、ズボンは玄関で脱いでいき」と母親が言った。ケンタが家のなかに姿を消すと、母親はドアを閉めるまえにタツオのほうに向きなおった。「あのソラって子があんなことになってから、うちの子、様子がおかしいんです」

父親はタツオに向かって深々と頭をさげた。「お世話かけました。わざわざ家まで送ってくださって」と感謝のことばを述べた。「いずれなんかの形でお礼させてもらいます」マスに対しては、ねぎらいのことばひとつなかった。

タツオとふたりで車に戻りかけたとき、背後で父親が声を張りあげた。「おい、アメリカ人」マスは足を止めて振り返った。「あんたのこと、警察から聞いた。うちの息子には今後いっさい近づかんでもらいたい。それでのうても、うちのは問題児なんじゃから」

その非難には根拠もへったくれもないことは、言われた当人のマスがいちばんよくわかっていたが、それでもぐさりと胸に刺さった。子ども時分、学校の教師たちにことあるごとに、態度が悪いと言われたことを思い出した。マスはアライ家の出来損ないだった。厄介者であり、悪たれであり、マスの分類でいうところの〝ヨゴレ〟だった。同じ両親から生まれた兄弟姉妹《きょうだい》たちは、兄姉も弟妹も、みんな物静かで行儀もよかったので、どうして自分だけがそんなふうにはみ出してしまったのか、マス自身にもわからなかった。アライ家の子どもを年齢順に並べたとき、どういうわけか、そのまんなかの子に兄弟姉妹全員分のひねくれ者気質と向こうっ気の強さが集中し、マスという挟まれっ子の問題児ができあがったのかもしれない。皮肉なことに、兄弟姉妹のなかで、その問題児がいちばん最後まで残り、こうしてひとり長生きをしている。

それでなくとも弾まない気持ちが、ますます重く沈み込んだ。

「あの子の父親は、ちいっとショックを受けとったんでしょう」路上に停めてきた車に戻りながら、タツオがとりなすように言った。

帰り道、マスは車の窓から夜空の満月を眼で追いかけた。入り江は満潮を迎え、牡蠣の養殖棚は海面のしたに隠れて見えなくなっていた。

養護老人ホームまで戻り、タツオが車を停めると、マスは助手席側のドアを開けてハルオを地面に降ろした。そしてハルオがするするっと草叢《くさむら》に駆け込んでいくのを見届けてから、タツオとふたりでホームの玄関に向かった。この施設の勤務体制は、マスにはどうも今ひとつよくわからなかった。タツオの説明によれば、事務所の奥に仮眠のできるスペースがあるので、連続勤務のときは本土に戻らずそこに泊まるのだということだった。

「普通の勤め人とはちがうんだな」深く考えず、マスは思ったままを口にした。

タツオはうなずいた。「こがいな生活は普通たぁ呼べん。世間とは一歩ずれて暮らしとるわけやから」

「レイさんの泊まっている部屋は、どのあたりだい?」とマスは尋ねた。

タツオは少しためらう様子を見せてから言った。「今夜のところはこのまま休ましちゃったほうがええんじゃないかね」なるほど、言いたいことはよくわかったよ、とマスは胸のうちでつぶやいた。タニ・レイには近づくな、ということである。

ふたりは互いに頭をさげ、おやすみと言いあった。ゲストルームに引きあげてくると、マスは荷造りをしたスーツケースをどかして、布団を敷くスペースをこしらえた。明日の早朝、帰国の途に就く予定は、変更せざるをえなくなりそうだった。少なくとも、タニ・レイの様子を確認するまでは、ここを離れるわけにはいくまい。

湿ったパジャマを着替えようとして、海岸で拾ったきりシャツのポケットに入れっぱなしになっていた携帯電話が出てきた。タツオに預けるつもりが、その後のあれやこれやに気を取られていて、すっかり失念していたのである。とりあえず電源ボタンと思われるものを押してみた。さらについているボタンというボタンを残らず押してみたが、携帯電話はうんともすんとも言わなかった。最新型の携帯電話である。おまけにまだぴかぴかのつやつやのすべすべで、使いはじめたばかりに見えた。保護ケースには何かのキャラクターらしき女の、〝チチ〟をあらわにしたイラストが入っていた。レイの落とし物だと思っていたが、そのイラストからすると、そうではないのかもしれなかった。いずれにしても、こんな最新の携帯電話は安い買い物ではなかったはずだ。落とし主はさぞかし落胆していることだろうと思われた。

第八章

マスは泳いでいた。すべてが炎に包まれ、はっと気づいたときには仄昏《ほのぐら》い水のなかにいた。同級生のケンジのあとを追って橋から飛び込んだのだ。ケンジの肌にまだら模様ができていた。おまえ、チーターに変身したのか？　と訊きたかった。でなけりゃ、テントウムシか？　ケンジの馬鹿野郎、どこに逃げたんだよ？　四人でいたはずなのに、ケンジとリキとジョウジとマスの四人でいたはずなのに、今はマスひとりになっていた。

泳いでいると、肩に何かが当たった。次いで腹にも。固くて、重さがあって、丸太みたいな感触だった。どうしてこんなにたくさんの丸太が流れてきているんだ？　思い切り腕を伸ばして、暗い水中をまさぐった。なんなんだ、これは？　指先に触れてきたものをつかんだ。手だった——ねえ、ねえ、もしもし。もしもし？　ぼくは広島の子どもだよ、ヒロシマ・ボーイだよ。マスがつかんだ手には腕があったが、腕の先には何もなかった。そこで自分のまわりに浮かんでいるのは、人間の頭部や脚や腕や胴体なのだということに気づいた。ばらばらにされ、人間であることを奪われた身体の部品の海を、漂っていたのだ。

眼が覚めたとき、助けを求めて悲鳴をあげていたかもしれない、と思った。少なくとも寝言は言っていたようだった。自前の歯がほとんど残っていない口元からよだれが垂れ、したにして寝ていたほうの頬を伝って、布団をぴっちり覆っているシーツにしみをつくっていたから。普段は、うなされていることに気づいたジェニシーが揺さぶり起こしてくれるので、こんな場面まで見ないですんでいる。マスの悪夢は、チズコにとってもジェニシーにとっても、乗り切るのに巧みな舵取《かじと》りを要求される結婚生活上、最大ともいうべき難所だった。

マスは寝床を這い出し、よたよたと洗面台に近づき、顔を洗って入れ歯を装着した。手首に眼をやったが、腕時計をしていないことに気づいただけで、今の時刻はわからなかった。カーテンの隙間から射し込んでくる陽射しの強さからして、おそらく正午《ひる》近くではないかと思われた。洗面台の横のステンレスの台に置きっぱなしにしていた、ペットボトル入りの緑茶の残りを飲み干し、スーツケースからジーンズを取り出し、本来であれば洗濯機に叩き込むべきシャツのなかでいちばん清潔そうなやつを選《よ》り出して身につけた。レイに会うため、ゲストルームを出たところで、忘れ物をしたことに気づいていったん室内に引き返し、それをジーンズの尻ポケットに突っ込んでから改めて廊下に戻り、レイの部屋を探しにかかった。

各個室の部屋番号は、およそ規則性があるとは思えない順番で割り振られているようで、レイの部屋を見つけるまでにいくらか時間を要した。ようやく見つけた一二九号室は、あろうことかあるまいことか、なんと二階にあった。レイは点滴を受けながら窓のそとを眺めていた。窓は海に面していたが、今のレイにとって、それがいいことだとはマスには思えなかった。とはいえ、ブラインドの紐を引っ張って戸外《そと》の景色が見えないようにしてしまえば、海を見ずにすむようにはなるだろうが、この娘の記憶に刻まれた海の光景まで消し去ることはできないだろう。

「こんちは」

「アライさん、おはようございます」

そこでふたりとも黙り込み、しばらく互いに見つめあった。

「いくらかよさそうだね。顔色もまずまずだし」

ブロンドの髪は梳《と》かしていないのか、もつれてくしゃくしゃだったが、いつものきれいに櫛目《くしめ》の通ったストレートヘアより、レイには似合っているように思えた。

「うん、自分でもそんな気がする。けど、いつもそうなの。うち、お陽さまが出とるときのほうが元気な人なんよ」

マスは枕元の椅子に腰をおろした。

「なんだかもう何年もこの島におるような気ぃする」レイがぽつりと言った。

マスも同感だった。

「そがいなふうに感じとったんかな、あの人たちも。市内で被爆してこの島に避難してきた人たちがおったんよ。その人たち、ああ、自分はここで死ぬるんじゃ思うてたんかな、それとも、よし、これは生き延びるチャンスだって本気で信じとったんかな？」

「そりゃ、生きようと思ってたよ。人間、死に近づけば近づくほど生きたいと思うもんだ」

「経験あり？　なんかそう言うとるように聞こえる」

「原爆が落とされたとき、広島市内にいたんだ」

「けど、アライさんはアメリカ人なんじゃろ？」

マスは、はたと考え込んだ。自分がアメリカ国籍だということをレイにも話していただろうか？

「スーツケースの名札を見たんじゃ。それとパスポートも」レイは深々と頭をさげた。「今さらだけど、このとおりです、ごめんなさい。アライさんが寝とるあいだに、そがいなふうにごそごそ嗅ぎまわるなんて、うちがまちがっとった。でも、アライさんみたいな人には会うたことがなかったんよ。初めて会うたときから、ああ、この人は特別じゃて思うた。うち、お祖父ちゃんがほしかったん。お祖父ちゃんがおってくれたら、どんだけ心強いだろう、ていつも思っとった。アライさんみたいなお祖父ちゃんが」

レイもまた広島市内の出身で、うえの世代の親戚はあらかた原爆で、もしくはそれから間もなく亡くなっている、とのことだった。原爆を生き延びた人たちも、その後、小さなゾウの牙のような爪が生えてきたり、髪が抜け落ちたり、皮膚に異常な斑点が出てきたりすることがあった。生まれてきた赤ん坊が普通では考えられないぐらい大きな頭をしていて、生まれてすぐに死んでしまう、ということも起こった。市内全域が原爆の被害を受けていたので、そういった事例が握りつぶされることはなかった。沈黙を求められることもなかった。誰かが声をあげると、次々と声があがり、コーラスのように大きく膨らんでいった。その声はアメリカにも届いたが、注目は浴びなかった。ごく一部の知的探求心が旺盛な人たちの耳には届いたが、終戦をめでたしめでたしのハッピーエンドだと信じたい人たちの耳を傾けさせることはできなかった。

「アライさんの言うとおりかもしれんね。みんな、生きたかったんじゃろうね、きっと」とレイは言った。「うち、本気やったんよ。本気で息子のあとを追うつもりやったん。けど、あの子みたいに勇気がなかった。この世におるんが嫌で嫌でたまらんのに、離れるんも怖い」

マスは両手をぎゅっと握りあわせた。陽に灼けた浅黒い手は、何十年も庭師をしてきたことでたこだらけで、がっちりしていて握力も強かったが、寄る年波には勝てず、いくらか肉が落ちていた。皮膚がたるんで骨が浮きだし、なんだかサイズの大きすぎる手袋をはめているようでもあった。

「あの晩、うち、どこにおったと思う？」とレイが言った。「ソラが海であんなことになってた晩、うちはどこにおったと思う？」

スズキ刑事からそれらしきことを聞いた覚えはあったが、マスとしては頭の隅に追いやったまま、そのことについてはなるべく考えないようにしていたのだ。窓のブラインドの隙間越しに、カモメが群れだって飛んでいくのが見えた。この島に来てカモメを見たのは初めてだった。カリフォルニアが懐かしくて、すぐにも帰りたくなった。

ベッドの操作ボタンを押し、レイはマットレスを起こした。姿勢を正し、真正面からマスの眼を見て話そうとしているのだ。それだけ真剣だということだった。「あの晩、うちはラブホテルにおったんです。上司というか、うちが働いとるとこの実権を握っとる人と。まえまえからお給料をあげてほしいて頼んどったの。ちょっとでもいいからって。そしたら今のアパートを出ていかずにすむけん」

昂《たかぶ》ってきた感情を抑え込むように、レイはそこでごくりと咽喉《のど》を鳴らした。枕元の台に置いてあったストローの刺さったプラスティックのカップに手を伸ばしたので、マスが代わりに取って渡した。「引っ越すかもしれん、言《ゆ》うたとき、ソラはぶち荒れたんよ。従姉《いとこ》んとこに世話になる予定じゃったけど、従姉には七歳になる子がおって、その子の部屋を一緒に使わせてもらわなきゃならんから」カップの中身はわからなかったが、そこでレイはストローに口をつけてひとしきり咽喉を潤した。「ほしたら、もうひとりで引きこもってもいられんようになる。人ともそれなりに関わらにゃあいけんようになる。あの子には言ったんよ、将来のことを考えたら、それは悪いことやないて。けど、信じてもらえんかった」

レイはくしゃくしゃにもつれた髪を手櫛で梳《す》いた。余計にもつれて、竜巻に巻き込まれた鳥の巣のようになった。「そんなこんなでラブホテルまでついてってたんじゃけど、うち、どうしても踏ん切りがつかんかった。でね、バスルームにたてこもったの、ひと晩じゅう。そりゃ、相手だってあきれるよね。帰っていきしな、バスルームのドア越しに怒鳴られた、もう仕事にも来んでええぞって。うん、そう、自分で自分の首を絞めよったの。お給料をあげてほしくてついてったのに、昇給どころか働き口までないなったんだから」

そりゃ、〝オオゴト〟だ、とマスは思った。まちがいなく困ったことになる。収入を断たれた若い母親に、どうやって子どもを育てていけというのか？

「うち、やることなすこと、ちぃともうまくいかんの。奥さんも失格、母親も失格。死ぬことひとつ満足にできんし。もう、わからんわ、この先どうしたらいいんか」そこまで言うあいだ、レイは涙ひとつこぼさなかった。うまくいかなかったことをただ淡々と、食料品店のレジ係がレジに通す商品を読みあげるように口にした。感情というものが抜け落ちているのが、マスには何より気がかりだった。早々と人生に見切りをつけ、流れに任せてただ生きているだけなのか。

「警察には話してみたのか」とマスは言った。

レイは唇をかたく引き結び、窓のそとに眼をそらした。

「友だちがカウンセリングに通っていてな、その話をよく聞くんだ。あんたもそのカウンセリングってのを受けることを考えてみちゃどうかね」気がつくと、マスはそう言っていた。自分でも自分の言っていることに確信が持てなかったが、溺れる者は藁《わら》をもつかむ、である。

「そのお友だちは日本人？」

「そうだな、そうとも言えるし、そうでないとも言える。おれと同じだ。〝キベイニセイ（帰米二世）〟ってやつでね。でもって〝ヒバクシャ（被爆者）〟でもある」マスは椅子から身を乗り出した。「そいつが言うんだよ、カウンセリングは自分の問題を整理するのに役に立つって」

「そうなん」

「まあ、そいつには効果があるらしい」

その友人はハルオというやつで今はもう生きていないことも、じつは目下、広島で行方がわからなくなっていることも言わなかった。

「ほんとに？」とレイは言って、きゅっと唇をすぼめた。

それ以上何を言ったらいいのかわからなくて、マスは海辺で拾った携帯電話を取りだした。

「これ、あんたのじゃないかと思って。昨夜拾ったんだがね」

レイは眉間に皺を寄せながら、受け取った携帯電話を表にしたり裏にしたりして眺めた。

「ううん、うちのじゃない。ヒデキのかもしれん。拾ったって、どこで？」

答えるのがためらわれた。マスは曖昧なことを口のなかでもごもごと言いながら、レイの手から携帯電話を取り戻し、ジーンズの尻ポケットに押し込んだ。これがヒデキの携帯電話だとすれば、ヒデキはごく最近、この島に来ていたことになる。だとしたら、島で何をしていたのか？

　このままもうしばらくゆっくりして気力と体力の回復をはかるよう勧めて、レイの個室を出たあと、マスは〈千羽鶴子どもの家〉を訪ねることにして島の北側に向かった。ジーンズの尻ポケットに突っ込んだ携帯電話が、必要以上に存在を主張しているようで、鬱陶《うっとう》しかった。こんなものは早いとこ、厄介払いしてしまうに限る。それにはまず、この携帯電話を操作できる者を見つけて、この数日間、ヒデキが何をしていたのかを突き止めなくては。

　トシユキの居場所はすぐにわかった。この蒸し暑さのなか、野球場で野球チームの子どもたちの相手をしているのだ。全員が男子かと思いきや、ひとり……いや、ふたりばかり女子の選手も交じっていた。トシユキは選手二名をそばにおいて、ピッチング・マウンドに立ち、キャッチャーのサインに合わせて投げる球種を——ストレート、カーヴ、スライダー、チェンジアップ、といった具合に、変えることを教えているところだった。昨日よりももっとラフな、Tシャツにジーンズという恰好で、ときどきどこからともなく細長いタオルを引っ張り出して、顔の汗を拭っていた。

　果たしてこのトシユキ・イケダなる人物を信用してもいいものか否か、マスはいまだに決めかねていた。初対面のときは、感じがよくて親しみの持てる人物だと思ったが、考えてみれば、それも不可解である。眼のまえの桟橋で、ほかならない親友の息子が死体で発見されたというときに、見ず知らずの相手とあんなふうに落ち着き払って初対面の挨拶など交わせるものか？　しかも、そのあと、市内の流川通りのバーで再会したときには、表情も態度も豹変させてきた。セアと交際していることも、マスの基準に照らせば感心できることではなかった。セアとは、歳がおそらく十五近く離れているものと思われた。なんせ、セアはまだ二十歳《はたち》、ということは〈子どもの家〉の最上級生といくつもちがわないということである。もちろん、セアは遠い異国の地で自活している分、年齢のわりにはしっかりしているかもしれない。だが、マスに言わせれば、まだまだ子どもだった。理性よりも感情で行動しているところも含めて。そんなセアの未熟さに、トシユキは付け込んでいる、と思えなくもなかった。

やがて、トシユキはピッチング・マウンドを降りてホームプレートまで歩き、キャッチャーのポジションに着いた。捕球の構えでしゃがみ込み、股のあいだで次々にサインを出して見せてから、マウンドに残してきたふたりの少年の片方に投球を指示した。少年の投げた球を受けると、それでいい、というようにトシユキはうなずいた。サインどおりの球種だったものと思われた。

灼熱の陽盛りに練習が終わるのを待つことになって、マスは養護老人ホームの自動販売機でペットボトル入りの冷えた水を買ってきた自分の先見の明を寿いだ。そのペットボトルも間もなく空になった。待つあいだの手すさびに、マスはその透明なプラスティックのボトルをひねくりまわし、さらにひねくりまわし、もひとつおまけにひねくりまわして、元のかたちもわからないただのプラスティックの塊に変えた。そうこうするうちに、ようやく練習が終わった。トシユキは子どもたちを野球場の奥の建物に――何棟か並んでいるその建物が、おそらく子どもたちが寝起きしている寮なのだろう――帰らせ、それからマスに向かって手を振った。

「アライさん、いつからそこにおったんですか?」挨拶と当たりさわりのないことばをひと言ふた言交わしてから、トシユキはマスと連れだって野球場を離れ、事務所棟の裏手の施設長の住まいまで歩いた。玄関のドアを開けるなり、トシユキは履いていたテニスシューズを脱ぎ捨て、まっさきにエアコンのリモコンをつかんだ。ついでに小型扇風機のスウィッチも入れた。今回はマスも玄関口で履き物を脱いだ。

そのあいだにトシユキはキッチンのテーブルに、大きな容器に入った麦茶とグラスをふたつ並べていた。アメリカにいたら、ここまで頻繁に水分を必要としない。頻度だけで言えば、これじゃアメリカにいるときの一週間分だよ、とマスは思った。

「ほんじゃ、今日のうちに日本を発《た》つんじゃの」とトシユキは言った。情報源は明らかにセアだと思われた。マスは心のなかで小さく舌打ちをした――あの〝オシャベリ〟娘は、いち早く情報を仕入れ、すぐさま言いふらさずにはいられない性質《たち》らしい。

「それがだな、じつはちょいと予定が変わってね」扇風機が送ってよこす涼風を満喫しながら、マスは言った。

「へえ、そうなんじゃ」トシユキの口調は踏ん切りが悪かった。この微妙な口ぶりは……あてが外れてがっかりしている、ということか？

マスが昨夜の出来事を話して聞かせるあいだ、トシユキは煙草を吸った。トシユキの吸い方は、深々と煙を吸い込み、ほとんど吐き出さない吸い方だった。吸い込んだものを溜め込めるだけ溜め込んでから吐き出しているようでもあった。

「というわけで、あの人は今、養護老人ホームにいる」とマスは言った。

トシユキのほうは、溜め込んでいた煙をそこでようやく長々と吐き出した。煙草の煙は、扇風機の風にあっさりと吹き散らされてしまった。流れてきた紫煙を顔面で受けながら、マスは煙草を吸っていたときの歓びを思い出した。煙草を指に挟んだときのあのなめらかな感触、一服したときの咽喉から肺にかけて拡がる、あのちりちりと焦げるような心地よさ、すべての凝りをほぐしていくあのぬくもり。孫息子が生まれるときに禁煙して、そのことは毛ほども後悔していなかったが、たまに嗅ぐ煙草のにおいは、じつになんともいいものだった。

「あいつがわしに面と向かって言ったことじゃが、あの〝子ども殺し〟ってのは――」トシユキはキッチンのテーブルの一点を、しみでも落とすように指先でこすっていた。「ソラのことじゃないんです」

マスは黙って次のことばを待った。

「ソラのこととは別のことなんじゃ。わしを傷つけたくて、それもセアがいるまえでぐさりとやってやりたくて言ったんです。ああ、わしがセアとつきおうとるこたぁ、あの女も知っとる。ヒデキのアパートからふたりで出てくるんを見られたけえ。そう、ある意味では狭い市《まち》なんですよ、広島ってとこは」児童養護施設を預かる男の声は、少しずつ小さくなっていた。ひと言も聞き漏らしたくなくて、マスはよく聞こえるほうの耳をそばだてた。「そもそも、わしが〈千羽鶴子どもの家〉に預けられるきっかけになったことでね。わしの弟が巻き添え喰らったゆうか」

扇風機の羽根の回転に、部屋じゅうがじょじょに呑み込まれていくようだった。

「事故じゃったんです。そうしよう思うてしたことじゃないんじゃ。そのとき、わしらは家族で広島市内の団地の五階に住んどった。三人兄弟で、わしがいちばんうえです。八歳でした。母親からは弟たちの手本になれってうるそう言われとった。けど、もちろん、なりゃせんわ。ベランダの手すりには近づくなて言われとったのに、しょっちゅうよじ登っちゃ飛び降りとった。スーパーヒーローごっこですよ。その日も弟たちの面倒を見るように言われとったんじゃが、そんなんそっちのけで、ベランダの手すりから飛び降りとった。リョウはただわしの真似をしようとしただけなんじゃ」

ぐるん、ぐるん、ぐるん、ぐるん、ぐるん――扇風機の羽根は回りつづけている。そのうちにどこを見ていればいいのか、わからなくなったので、マスもトシユキに倣ってテーブルの一点に眼を据えた。

「まだ四歳だったんです。わしが背負っていかにゃいかんことです、死ぬまでずっと……」と言うと、トシユキは身を固くこわばらせ、彫像のように動かなくなった。「あのときのショックから、おかんは本当の意味では立ち直れんかった。わしもそうだったんじゃと思います。それで、家んなかめちゃくちゃんなって。両親にはほかにどうもできんかったんじゃろうね、わしをそとに出すしかなかったんだと思います。

ソラがあんなふうに死んでるのを見たとき――いや、あんときは、あれがソラじゃとはわからなかった。なんせ、久しく会ってなかったけえ。ときどきヒデキが写真を見せよるぐらいで、実物とはとんと会う機会ものうて。まあ、それはともかく、あの桟橋の脇に浮かんどる子を見たとたん、リョウのことを思い出して、リョウのことが頭から離れなくなった。で、わしのなかのリョウのことを抱え込んでる部分は、じつはこの島には来んかったんじゃなかろうかって気ぃして。この島にいるんは、子どもたちの世話をするイケダ先生、〈千羽鶴子どもの家〉の施設長の部分だけ。なんか、そがいな言い方すると、過去を切り離そうとしとるように聞こえますね。たぶん、どこかに自分を置き去りにしてきたんじゃな、わしは。

ほいじゃけえ、わしにとってヒデキはだいじなんじゃ。ここで一緒に育って、兄弟みたいなもんじゃから。ヒデキには、いずれイノに戻ってきてほしいと思うとる。だから言うとるんじゃ、仕事ならいくらでもある。家屋の修繕の仕事なら村にいくらでもあるから、口を利く。ヒデキが越してくりゃ、ソラもこっちに来るじゃろうから、わしもあの子の相談に乗れる、あの子の問題を解決する手助けもできる。ところが、問題はレイじゃ。あの女は頭から反対しちょる。イノは子どもがほっとできる場所じゃない、言うて。まあ、五月の連休に島に来て、えらく嫌な経験をしたらしい。それもマイナスに働いたんじゃろう。わしはたまたま東京の友だちんとこ行っとったもんで、具体的にどんな目に遭うたんか、詳しいことはよう知らん。けど、レイは何もかも、わしのせいだと言いよった。わしがヒデキに仕事を紹介したから、ゆうだけの理由で。

レイは息子んことを、根っこんとこで信じとらん。〈千羽鶴〉でいろんな子を見てきたからわかるんです。親に死なれたり、虐待されたり、育児放棄されたりしとった子たちです。そういう子らは、たしかにいくつも傷を抱えとる。ほんでも、なんとかやってくんです。そんだけの底力があるんじゃな。けど、大人にはそれがそがいに簡単なことじゃない。じゃけえ、わしは子ども相手の仕事が好きなんじゃろうね。子どもたちにはこれから先の未来ってもんがあるけえ」

トシユキの言うことを、マスは注意深く耳を傾けて聞いた。そして、ジーンズの尻ポケットに突っ込んでおいた携帯電話を引っ張り出した。「ヒデキのか？」

「これをどこで？」トシユキは携帯電話をひっくり返して、ケースのイラストを検めた。

「何日かまえ、どこぞに携帯を置き忘れたらしい言うとりました。もう出てこんじゃろ、ゆうて諦めとった。今年に入って買い替えたばかりで、しかもけっこうな値段じゃったゆうのに」トシユキもマスと同様、操作ボタンをいくつか押してみたものの、やはり反応がなかった。

「海岸に落ちていたんだ。牡蠣《かき》を養殖しているところのそばに」

「けど、それはありえん。ここ一週間は、こっちには来とらんもん」

マスは何も言わなかった。が、疑わしく思っていることは、その沈黙が雄弁に語った。

「ソラがおらんようなった晩、ヒデキは広島市内で宴会に出とった。そん時に知りあいに会うてるし、そのうちのひとりがインスタグラムにアップしよった写真にも、ちゃんとヒデキが写っとった」

「小さなボートなら、あちこちにある」とマスは言った。個人所有の小型船舶でヒデキがイノに来島した可能性をほのめかした。「それはそうと、あの竹の桟橋は誰のものなんだね？」

「あそこで牡蠣の養殖をやっとる人の所有になるんじゃろうな。あそこのオーナーは、夏のあいだは本土のほうにおるんよ。じゃけど、ひとりきりでボートで島に渡ってくるなんて、無理じゃ。ヒデキにはようできん。だいたい、そがいな苦労して島まで来にゃならん理由がない」トシユキは携帯電話を取りあげ、充電用のコードを差し込み、コンセントにつないだ。

「充電できたら、何かわかるかもしれん」

充電とやらがどれぐらい時間のかかるものなのか、マスには見当もつかなかった。ひとまずテーブルの容器に手を伸ばし、グラスに麦茶を注いでひと口ごくりと飲んだ。

トシユキもテーブルに戻ってきて席につき、同じく麦茶の容器に手を伸ばした。

「ところで、詳しく言うとどちらの出なんです？」トシユキの訊き方は、マスが広島市内の出身ではないことを見越している訊き方だった。

「呉《くれ》だよ。本土にある小さな市《まち》だ」

「ああ、呉でしたか。呉もいいところですよね、海辺の市《まち》じゃし」

「この五十年、一度も帰ってない」

「今回は？」

マスは首を横に振った。「帰って何をするんだ？　もう誰も残ってないのに」

トシユキは納得した顔でうなずいた。「まあ、それもそうじゃの」

水と麦茶を相当量摂取したことで、マスの膀胱《ぼうこう》はいつの間にかだいぶ切迫した状況を来《きた》していた。トイレはキッチンの奥にあった。日本ではごく一般的な、浴室とは別になっているタイプのトイレで、やたらとたくさんボタンの並んだ多機能の、いわゆるハイテク便器が鎮座ましましていた。

用を足してキッチンに戻ると、トシユキは流しに積んであった食器を洗っていた。

「そう言えば、セアから聞きましたよ。ムカイさんに届けるはずの遺灰をなくしたんじゃて」

椅子に腰をおろしながら、マスは渋い顔になった。マスの眼に狂いはなかった——やはりあの娘は〝オシャベリ〟だ。

「ムカイさん、ご機嫌斜めじゃろ。なんでも自分の思いどおりにしたい人じゃけぇ。うちの施設の子どもらのことでも、年がら年中口を挟んできよるんで、こっちはその都度、それは偏見じゃ、うちの連中は問題を起こすような子たちじゃない、ゆうて言い返さにゃならんのです」

「おれも、同じようなことを言われた」とマスは言った。

「じゃけど、あの人がわしを嫌《きろ》うとるんは、別に理由がある。わしがムカイ家の秘められた過去を知っとるから、それで目の敵にしよるんです」

マスは、そこでまた麦茶のグラスを口に運んだ。中身はもうほとんど残っていなかった。

「あの人のお兄さんたちが建設会社を興して、そっからムカイ家丸ごとスキャンダルに巻き込まれたんです。広島のとある政治家に賄賂を渡しとったんがバレて。何人か逮捕者も出てます」

「それは、あのムカイ〝センセイ〟の兄さんらが牢屋《ろうや》に入れられたってことか？」

トシユキはうなずいた。「ムカイさんにとっちゃ、それこそ降って湧いたような災難じゃったろう思います。まあ、あのとおり気ぃの強い人じゃからね。困ってる様子なんて、まわりにはこれっぽっちも見せなかったじゃろう思います。優秀な成績で学校を出て、教授にまでなった。立派なもんですよ、まちがいなく。ほんでも、いわゆる名家のお相手とは結婚できなかった。そういうもんなんです、日本では」

「そんな話、ハルオからも聞いたことがない」マスは英語でひとりつぶやいた。

「えっ、今なんて？」

「ああ、知らなかったよ、ちっとも」と今度は日本語で言った。

「このあたりじゃ、けっこういろいろありますよ、秘密にされとることが」トシユキはそう言って、にやりと笑った。ほころんだ口元から、あまり歯並びのよくない前歯がのぞいた。煙草の脂《やに》でうっすら黄ばんでいた。「今のなんて、ほんの上っ面を剝いだだけじゃけんね」

そのとき、キッチンの隅のほうで音がした――チンチンチン、チンチンチン。ヒデキの携帯電話の充電が完了した合図だった。トシユキは充電コードを抜いて、携帯電話の操作ボタンをいくつか押した。それから画面を何度かタップした。さらにもう何度かタップしたあと、溜め息を洩らした。「パスワード、わしの予想したんは、どれもはずれじゃ。こうなったら、直接当人に会って訊くしかない。まあ、いずれにしても今日のうちにはこっちに来ることになっとるし」

その瞬間、マスはヒデキの携帯電話をトシユキのところに持ってきたことを悔やんだ。トシユキは当人曰《いわ》く、ヒデキとは血を分けた兄弟よりも親密な間柄なのだ。であれば、多少のことには眼をつむって、ヒデキをかばおうとするはずである。だが、どこまでがその〝多少のこと〟という範疇《はんちゅう》に入るか——たとえばソラを殺したりしていたら、それでも隠蔽《いんぺい》工作に手を貸すだろうか？

マスは椅子から立ちあがった。「ソラのこと、忘れないでいてやってくれないか」玄関を出ていきしな、トシユキに頼んだ。「あの子にだって、友だちのひとりぐらい、いたってていいと思うんだよ」

養護老人ホームの玄関からロビーにあがったところで、タツオが声をかけてきた。「昨夜は、まあ、とんだことじゃったの」見ると、受付デスクについて、書類らしきものを整理していた。

マスは足をとめて、うなずいた。

「アライさんがおらんあいだに、昨夜の子が、あのケンタくんいう子が、何度か訪ねてきましたよ。アライさんに会いたい、ゆうて」

マスは顔をしかめた。「父親がいい顔しないだろうに」

「あの猫んことじゃないかね」

なるほど、そういうことか、と腑に落ちた。どういうわけか、確かにあの子は猫のハルオにひとかたならぬ関心を寄せている。ゲストルームに引きあげる途中、自動販売機でコーラを調達した。一時に大量の糖分を摂取する必要に迫られていたからである。そう、今は昼寝なんぞしている場合ではなかった。鈍った頭を糖分でしゃんとさせて、筋道立てて考えてみなくてはならない。

部屋に入って引き戸を閉めてから、トシユキの言っていたことを思い返した。トシユキが言おうとしていたのは、子どもたちにはびっくりするほどたくましく、順応していく力がある、ということだ。マスはソラという子のことを本当の意味で知っているわけではなかったが、これまでに聞き知ったことを総動員して考えてみるにつけ、自ら生命を絶つためにこの島に来たはずがない。生きるために、新しく生きなおすためにやって来たとしか思えなかった。

コーラのペットボトルを持ったまま、マスは戸外《そと》に出て楠《クスノキ》のしたのベンチに坐った。あっという間に額から汗が滴り、コーラもなまぬるくなった。焼けた鉄板並みのコンクリートの表面を、またしても巨大なミミズが這っていた。まさか、先だって目撃したやつではないだろうが……。

屋内《なか》に戻ろうとしたとき、金属の軽いものが回転している音を聞きつけ、マスはもう一度ベンチに腰をおろした。思ったとおり、自転車に乗ったケンタだった。ケンタは楠の木陰までやってくると、自転車からひらりと降り立ち、スタンドを立てて自転車を支えた。

「これ、作ったんよ、猫用に」ケンタはそう言って、青い紐を編んで丁寧にこしらえた首輪を差し出した。皮革の名札がついていて、ひらがなで〈はるお〉と書いてあった。

「そうか――」とマスは言った。「けど、あれっきり出てこないんだ。こいつはおまえさんが自分で作ったのか?」

ケンタはうなずいた。

ケンタの手作りの首輪を、マスは改めて眺めた。きっちりと編み目が揃っていて、なかなかの出来ばえだった。ケンタの父親は漁師だというから、漁網をつくろうはずである。紐や糸を結んだり編んだりするのもお手のものにちがいない。「次にハルオを見かけたときにつけてやってくれ。それまで預かっていてもらえないか」

ケンタは首輪をポケットにしまい、マスの隣に並んでベンチに腰をおろした。いつの間にか蟬の合唱が始まり、うるさいぐらいの音量に膨らんでいた。ケンタとふたり、マスはしばらくのあいだ、蟬の声に聞き入った。

「おまえさん、兄弟か姉妹は?」ひとしきりして、マスのほうから口を開いた。

ケンタは首を横に振った。

「ひとりっ子で寂しいか?」

「たまにね。けど、ほんまは夏休みぐらいひとりでおりたい」

「だったら、なぜ、あんな悪たれどもとつるんでる?」

ケンタは肩をすくめた。「ここじゃ、同じぐらいの歳の子はそんなにおらんけぇ」

そのとき、蟬の声がぴたりとやんだ。そして、自然界の合唱が中休みに入るのを待っていたかのように、雨粒がぱらぱらと楠の葉に当たりはじめた。それもほんの一時《いっとき》のことだった。コンクリートの表面に雨がつけた水玉模様は、たちまち蒸発して消えていった。

ケンタがマスを訪ねてきたのは、どうやら猫のハルオに会うためだけではなさそうだった。

「ソラはどうしてあんなことになったんだ？　なんか知らないか？」

ケンタはびっくりしたように大きく眼を見開いた。次いで口がきゅっとすぼまり、小さな〝O〟の形になった。

「ソラがひどい目に遭えばいいなんて、誰も思っとらんかった」ケンタはそう言うと、両手をズボンのポケットに突っ込んだ。「ダイスケだってそうだよ。死んだらええ、なんて誰も思っとらんかった」

「ダイスケっていうのは……あの太った子か？」

「うん、そう」

ケンタはそれから、今年の五月の初め、ゴールデンウィークの休み中にソラと初めて会ったときのことを話しはじめた。父親が村の人たちの家の修繕やら庭仕事やらを手伝うために来島するのに、ソラも同行してきたのだという。「せっかくやし、一緒に遊ぼうとしたんよ、おれらも。けど、えらく変わった子でさ。ちょっと不気味ってゆうか。しまいには、わあわあ叫びだしちゃって。おとんが慌ててなだめとったけど。何を大騒ぎしとるんか、さっぱりわからんかった」

「そうか。変わった子だったから、いじめたんだな。〝シネ〟と言ったんだな」つまり、死んでしまえ、と。

「おれは言っとらん。死ねなんて言ったこと一度もない」

「だが、おまえさんの友だちは言った。そして、おまえさんもそれを止めなかった」

ケンタは両手をぎゅっと握り締め、小さな握り拳を作った。「あれはふざけただけじゃ、ソラとゲームをすることにしただけじゃ。あの日、フェリーを降りたあと、おれらは家に走って戻って、それから自転車に乗って集合した。そのへんを乗りまわそうってことで。ソラのことなんて、たぶん、ほとんど忘れとったよ。島の東っ側に向かってひとりで歩きよるのを見かけるまで。で、ソラを見かけて、ダイスケがスパイごっこしようて言いだした。ソラを尾行して、なんをしようとしとるんか探ろうちゅうことになった。

おれらがくっついてくるんに気づくと、ソラはぱっと走りだしておれらをまきよった。どこに隠れりゃいいか、わかってたみたいで。この島の子じゃないのに。あ、見つけたんはおれ。牡蠣を養殖しとるところに作業小屋が並んどるじゃろ。どこも夏のあいだは閉まっとるけど、そこにもぐり込んどった。そうそう、ここのすぐそばにあるやつ」

マスは思わず息を呑んだ。つまりソラはなんらかの目的があってこの島に来た、ということだ。

「案内してくれ」

「どして？」ケンタが不安そうな顔をした。ひょっとすると、死んだ少年の魂が、人生最後の日に訪れた先々をいまだ漂っているかもしれない、と怯《おび》えているのだろうか。

「いいから、そこに連れていってくれ」

ケンタの案内で、マスは坂道をくだって、舗装道路に出た。養護老人ホームと〈千羽鶴子どもの家〉とを往復するのに使った道だった。ふたつめの作業小屋は道路から少し離れた海辺寄りにあった。陸地に打ち込んだ杭《くい》にデッキを組み、そこに建物を載せている構造で、建物の片側は壁がなく、大きなコンテナいっぱいに白っぽい色をしたホタテ貝の貝殻が積みあげてあるのが見えた。小屋に入るには、金属の階段をのぼってデッキにあがるしかなかった。

「ここ」とケンタはデッキを指さして言った。「この小屋んなかにおった」

「行こう。ソラを見つけたところを教えてくれ」マスはケンタに向かって、先に階段をのぼれと身振りで伝えた。ケンタは今度もまた、ためらう様子を見せた。高いところが苦手なわけでもなかろうに。ケンタはそれでも最後には階段をのぼりはじめた。マスもすぐあとに続いた。

デッキにあがると、コンテナの横に、高さが二メートル近くありそうな扇風機が一台、その向こうに緑色のプラスティックの、あまり深さのない四角い籠が重ねてあった。東側も南側も壁のなまこ板一枚向こうはすぐ海面だということにマスは気づいた。

「こんなところで何をしていたんだ、ソラは？」とマスは声に出して言った。ケンタに尋ねるというより、もっぱら独り言として。それから同じ質問を今度はケンタに投げかけた。

ケンタはすぐには答えなかった。気遣わしげな様子できょろきょろと左右に眼をやり、ほかに誰もいないことを確かめてから、ようやく口を開いた。「おれが見たときには、このコンテナの横っちょに手を突っ込んで、なんか探しとった。ほんで、そっから緑の手提げに入ったもんを引っ張り出した。でもってソラが手提げの中身を調べよるあいだに、おれはほかのやつらを呼び寄せて、みんなしてデッキのしたに隠れたんよ。ソラが手提げを持って階段を降りてくるとこを待ち構えようっちゅうことで。

ダイスケだよ、取りあげたのは。ソラが持ってた手提げを、ダイスケが取りあげて、あとはみんなして自転車に飛び乗って、わあって逃げた。けど、ソラはおれらのことを呼びとめもしないし、追いかけてもこなかった。そんなん、おもしろくないわ。じゃけ、ダイスケが戻って言うたん。これからこの手提げを島のどっかに隠すけえ探せえて」

「手提げには何が入っていたんだ？」とマスは尋ねた。悪たれどものことだ、取りあげたあと中身を見たに決まっている。

自分にはよくわからない、とケンタは答えた。「けど、たぶんお金だと思う」

「それで、どうなったんだ、その手提げは？」

ケンタは首を横に振った。わからないのだ、ケンタには。「手提げを持っとったんはダイスケじゃったから。ソラは焦ってたよ。必死こいてあちこち探しまくってた。公園とか学校とか広場の花壇とか。おれらもおもしろがってしばらくついてまわって見物しとったけど、そのうち飽きてかったるくなって。自転車で帰ったん、それぞれの家に。それっきり、みんな忘れとったんじゃないかな、そんなことも」

それでは、あの悲劇は悪ふざけの果ての出来事だったということか？　マスは猛烈に腹が立った。「どうして誰にも言わなかった？」

「面倒なことになりよったら困るじゃろ。ばれたら刑務所にぶち込まれるってダイスケにも言われたし」

どうやらその根拠のない脅しが、少年たちに沈黙を課したものと思われた。ダイスケは集団の大将格である以上、事が発覚した場合、自分が最も責められると踏んだのだろう。で、緘口令《かんこうれい》というわけか。マスは小屋に背を向けた。もう充分だった。

「こんなやつだったよ、ソラが持ってた手提げって」ケンタは折りたたんで重ねてあるなかの一枚を引っ張り出して掲げてみせた。緑色のキャンバス地の手提げ袋。それほど大きくもなく、縦横十五センチほどの大きさだった。マスはその手提げ袋を見つめた。同じような手提げ袋を、どこかで見た覚えがあった。そう、タツオが昼食用に持参したにぎりめしと鶏の唐揚げを譲ってくれたときに、こんな袋ごと渡されたのではなかったか。

言うべきことを探しているあいだに、おもての金属の階段をのぼってくる足音がした。

「何しよんね、他人《ひと》の私有地で？　こりゃ不法侵入だでぇ、わかっとろうな」

第九章

マスの理解しているところでは、日本の〝オニ〟という魔人は、アメリカの悪魔と大差なかった。日本の〝オニ〟にも角があって、常軌を逸した猛々《たけだけ》しい眼をしていて、たいていは赤い肌をしている。だが、日本には単独で悪の頂点に君臨し、多くの手下を従えるサタンのような悪魔は存在しない。そのかわりに多種多様な〝オニ〟がいて、ときに人間界に混乱を生じさせたり、ときに人間を守護したりしている。チズコと暮らしていたあいだ、マスも邪悪な霊を寄せつけないため、玄関に〝オニ〟の面を飾っていた。その面の役割を、キリスト教徒のジェニシーにも説明しようとマスなりにあれこれことばを尽くしてはみたが、どれもジェニシーを納得させることはできなかった。というわけで、ジェニシーがマスの家に越してくることになって、マスの個人的な持ち物を整理したときに、その〝オニ〟の面も新聞紙にくるんで、ほかのがらくたと一緒にガレージにしまいこんだ。割ったり捨てたりする気にはなれなかったし、渡してはいけない人間の手に渡ってしまうことも避けたかったからである。とりたてて信心深いわけでも迷信深いわけでもなかったが、さしもの猛者《もさ》のマス・アライにも敢えて踏み越えようとは思わない一線がある、ということだった。

タツオは、デッキまであと数段というところまで階段をのぼってきていた。ちょうどマスと眼の高さが同じぐらいになるところで足を止めて、突っ立っていた。タツオの顔を見ていて――いつぞや見かけたようにせわしない瞬きを繰り返している、その顔を見て、〝オニ〟のイメージと重なった。タツオは日本にあまた存在する〝オニ〟のなかでは、悪者の部類に入る〝オニ〟で、これまでその本性をひた隠しにしていたのだろうか？　あるいは、よからぬ者たちを退治する善良な〝オニ〟なのだろうか？

「ここは遊び場じゃないで」タツオは残りの数段をのぼってデッキに立った。ケンタに向かって言っていたが、じつはマスに向かっても言っていた。そのことはマスにもわかった。「遊んでいるわけではない」とマスは言った。「ソラのことで来ているんだ」

タツオはびくっと肩を震わせた。

「ここはあんたの叔父さんがやっている会社だな、ちがうかね？　この作業小屋もその叔父さんって人が所有しているんじゃないのか？」

「アライさん、あんたはイノに来るべきじゃなかった。そもそもあんたの来るとこじゃないんじゃけえ」ことばを重ねるごとに、語気が攻撃的になっていた。常に受け身で口数も決して多いほうではない、あの介護施設の職員のタツオとは、まるで別人だった。

緑色の手提げ袋のことが頭をかすめ、マスはもう一歩、踏み込んでみることにした。「どういうわけで、ここに金を置いていってあとからソラが取りに来ることになったんだ？　そもそもどうして、ソラに金を渡すことになったんだね？」

「わしは知らん、なんも知らん」

「そりゃ、知らんだろうな」と英語でつぶやき、次いで日本語に切り替え、ここで一発はったりをかますことにした。「この子があんたを見かけたと言っている。で、あとからソラが手提げ袋を取りに来たところも見たそうだ」

ケンタがあんぐりと口を開けた。

「言うたじゃろうが、わしはなんも知らんて」とタツオは言った。「頼まれたことをしよっただけじゃ」

そんな馬鹿な話は、聞いたことがなかった。頼まれたからというだけの理由で、秘密の場所に金を隠すやつがどこにいる？「誰に？」

「そりゃあ言えん。言わんちゅう約束じゃけえ」

「いつまでもそんなことは言ってられんぞ」

海のほうからエンジンの音が聞こえてきた。小型高速艇が船着場に入ってきたのだ。

「そろそろ潮時じゃないかの、アライさん。悪いことは言わん、あの高速艇に乗って今すぐイノを離れんさい。荷物はこっちでまとめて、直接空港に送っちゃるけえ」

そうやってまた隠蔽が行われるわけである。マスとしては、ほとほとうんざりだった。礼儀正しく振る舞う気にもなれなかった。壁面のなまこ板に、先に手鉤《てかぎ》のついた長いポールが立てかけてあった。何に使う道具なのかはわからなかったが、マスはそのポールをひっつかみ、ぐるりとまわして、タツオのせわしなく瞬きを繰り返している右眼の際に手鉤の先端を突きつけた。

「眼は大事か、大事だよな？　だったら嘘はつくんじゃない。どうして渡したんだ、ソラに？　手提げ袋の金を、だよ」怒りの勢いに押されて、なけなしの日本語の単語が頭からぽろぽろ抜け落ちていくものだから、強引に継《つ》ぎ接《は》ぎしたぎごちない台詞になった。鼓動がやけに速かった。今ならこの手鉤で、タツオの右眼をぐさりとやれそうな気がした。

「気でもちがったか？」タツオはひるまなかった。顔のまえ数センチに迫る鋭い手鉤を、じっと見据えていた。

「そこのロープでこいつの両手を縛れ」マスはケンタに指示した。年長者のことばに従い、ケンタはすばやく行動を起こし、驚くほど手際よくタツオの両手首を縛りあげた。

「こがぁなことしよって、後悔しても知らんぞ」唾を飛ばさんばかりの勢いで、タツオは息巻いた。

「〝ヤカマシイ〟！」マスは思い切り声を張りあげ、怒鳴り声でタツオを黙らせ、相手の顔に手鉤をさらに近づけた。「ケンタくん、そこにぼろきれが落ちているだろ？　それを拾ってこいつの口に突っ込め」

ケンタは両手を脇にだらりと垂らしたまま、今度はその場を動こうとしなかった。

「ケンタ！」

マスに一喝されて、ケンタはようやく床に落ちていた汚れた手拭いを恐るおそるつまみあげ、タツオの口に押し込みはじめた。

タツオは手拭いを勢いよく吐きだした。「魚のうろこがくっついとる。おまけに油臭うてかなわん」

うむ、そうか――マスはしばし考えた――確かに、ちょいと調子に乗りすぎたかもしれない。ケンタにもそこでやめるよう伝え、代わりに船着場までひとっ走りしてソラの父親が着いたかどうか、確かめてきてほしいと頼んだ。「ソラのお父さんの顔はわかるか？」

ケンタは小さくうなずいた。

「よし、じゃあ船着場でつかまえてここに連れてきてくれ」

「なんて言えばええの？」

「ソラに関係あることだ、と言うんだ。ソラのお父さんが乗っていなかったら、そのときは〈千羽鶴〉まで行ってイケダ先生を呼んできてくれ」

ケンタは下唇を噛みしめ、意気込んだ表情になった。そして、カンカンカンという威勢のいい音を響かせながら、金属の階段を駆けおりていった。

両手を縛られたことで、タツオはどうやら戦意を喪失したようだったが、激しく憤っているのは一目瞭然だった。苦々しさにまみれた敵意がマスにも伝わってきた。「あんたはなんもわかっとらん」とタツオは言った。「これっぽっちもわかっとらん」とは言うものの、何がわかっていないのかを説明する気はない、ということだ。

十分ほどして、金属の階段をのぼってくる何人かの足音が聞こえた。最初にトシユキとヒデキが、続いてケンタがデッキにあがってきた。

「なんなんじゃ、こりゃあ？　いったいどうしたんじゃ？」トシユキはボタンダウンのシャツを、ボタンをいくつかはずして襟元を大きく開けて着ていた。

「ソラはあの日、フェリーでこの島に着いたあと、この作業小屋に立ち寄ったんだ。この男が、タツオが、ソラに渡す金をこの小屋に置いていったから」

「えっ、まさか……？」とヒデキが言った。そのタイミングでマスは、トシユキの身振り手振りの懇願に応じ、タツオに突きつけていた手鉤をしたに降ろした。

「わしは何も知らん。頼まれたことをしただけじゃ」とタツオは言い分を変えなかった。

「頼まれたって誰に？」

「言うてくれえや、タツオさん」

両手を縛られたまま、タツオはがっくりと膝をついた。「ゴウハタさんじゃ」

トシユキは半信半疑だった。「なして？　なしてゴウハタさんがソラに金を渡さにゃならんのや？」

「誰が受け取りに来るかは聞いとらん。ただここに置いとけ、言われて。あの日、ゴウハタさんは本土のほうで用事があって島におられんけえ、代わりに置いててほしいて言われたんじゃ。どうしてもあの日のうちに渡さんといけんっちゅうことで。こっちからはなんも訊かんかった」

ヒデキは、どういうわけか、傍目《はため》にも首を傾げたくなるほどむっつりと黙りこくっていた。それどころか、一歩、二歩、三歩と金属の階段のほうに後ずさりはじめた。

「ちょっと待て。この人が何か知っているらしい」マスは手鉤をつかみなおし、ぐるりとまわして、今度はヒデキのほうに先端を向けた。

「いかん、いかん、そいつはストップじゃ」トシユキは慌ててマスをいさめた。「ヒデキ、どういうことじゃ、何がどうなっとるんじゃ?」

見ると、ヒデキはいつぞや見かけたときと同様、仮面でもつけているような、のっぺりとした表情のない顔になっていた。

「いや、アライさん、こいつは関係ないと思うわ」とトシユキが言った。「そもそもゴウハタとはなんの接点もあらんし」

ヒデキはそれでも、なんら弁解するでもなく黙りこくっていたが、しばらくしてようやく口を開いた。「ゴウハタとは何度か取引をしたことがある」

「面識もないのに?」

「けど、おれ、この人がゴウハタさんと村でしゃべっとるんを見たことある」とケンタが横あいから口を挟んだ。その瞬間まで大人たちは、ケンタ少年の存在すら忘れていたのだ。

「わからん。どう考えても、さっぱりわからん。なんも知らん相手と……」そう言いながら、トシユキは何度も首を横に振った。「おまえ、今度はなんなん？　どがぁな面倒に巻き込まれとるんや？」

今度もまた、ヒデキは何も言おうとしなかった。

「おまえ、携帯電話の暗証番号は？」トシユキが取りだした携帯電話のカヴァーには、漫画のキャラクターのきわどいイラストが描かれていた。

「それ、どこにあった？」

「ええけぇ、暗証番号、教えぇ」

ヒデキは四つの番号を言った。トシユキはその番号を入力すると、小屋のなかに射し込んでくる夕陽に背を向け、携帯電話の画面のうえで指をすばやく動かして操作し、画面に出てきたものに眼を通した。

「なんね？　ひとの携帯を勝手にのぞいて何を探しよる？」

「誰や、この〝魔人〟ゆうんは？　ゴウハタのことか？」

ヒデキの顔がみるみる赤くなった。

「それ、『ドラゴンボールZ』じゃね、きっと」とケンタが言った。たぶんゲームのことだろう、とマスは当たりをつけた。「敵の極悪キャラに〝魔人ブウ〟ゆうのがおるから」

トシユキは携帯電話をヒデキに差し出した。ヒデキは画面をスクロールさせながら、いちばんしたまで眼を通してから言った。「おれ、こがいなメール、送っとらんわ」

「わかっとる。おまえのメールは、いやってほど読んどるけん、言われんでもわかる。最後のほうの何通かはおまえが打ったとは思っとらん。ソラがおまえの携帯を持ち出して、おまえになりすまして送信したんじゃろ。おまえのふりをして、ゴウハタとメールのやりとりをしてたんやな」

ヒデキは信じられないといった思いを隠そうともしないで、携帯電話の画面を凝視していた。「二十万、要求しちょる」金額に仰天しているのだ。「わけがわからん。ソラは金を受け取りに島に来たゆうけど、なんでや？　なんのために金が要るんじゃ？」

マスは顔がかっと熱くなるのが自分でもわかった。頭に血がのぼる、とはこういうことを言うのである。「引っ越したくなかったからだ」流川通りのあのアパートの管理人のことばどおりなら、ソラの母親が滞納していた家賃はちょうど二十万円だ。

「金が要るなんて話、レイはひと言も言《ゆ》うとらんかった」

トシユキは胸のまえで腕組みをした。

「なんや？」ヒデキは親友に尋ねた。

「あのな、ヒデキ、現実を見いや。仮にあいつに金が要るて言《ゆ》われて、おまえは渡せたんか？　おまえに何ができよった？」

「コンビニ強盗かな。でなけりゃ、比治山《ひじやま》公園界隈の豪邸を物色して、まあ、押し入れそうなとこに押し入るとか」

「ほらな、じゃけえ、あいつは何も言わんかったんとちがうか？」

「なんじゃ、おまえまでレイみたいなこと言いよって」ヒデキはトシユキから受け取った携帯電話をポケットに押し込んだ。「ほいたら、つまり、ソラが受け取った金を狙って誰かがソラを殺したっちゅうことなんか？」

そこがマスにもよくわからないところだった。

「わしの息子は、そんなことのために身体を張ったっちゅうことなんか？　あんなアパートの小汚い部屋から出ていきたくないゆうだけで？」

「それでも、あの子にとってはわが家だったんだ。落ち着くことのできる唯一の場所だったんだ」とマスは言った。

もうひとつ、まだ答えを聞いていない疑問が残っていた。ヒデキはゴウハタと取引をしたことがあると言っていたが、それはどんな取引だったのか？　ソラは強請《ゆすり》まがいのやり方でゴウハタに金を要求していたようだが、そんな手口を一からひとりで考えついたとは思えなかった。それ以前に父親であるヒデキがまず、ゴウハタを強請《ゆす》っていたのではないか。おそらくは。

「誰かロープをほどいてくれんか？」床にへたり込んでいたタツオが声をあげた。

タツオの頼みに、トシユキとケンタが応じた。トシユキが持ち歩いているポケットナイフを使って、ロープが切断された。

「おれが縛ったんだ」いくらか照れながら、ケンタはトシユキに言った。

「うまいもんじゃの」トシユキはそう言ってにやりと笑った。「きみ、名前は?」

「ケンタです、チバ・ケンタ」

「ケンタくんは野球はやるのか? 気が向いたら、うちのチームの練習に来たらええ」

両手の縛《いまし》めが解けると、タツオは立ちあがり、右手で左の手首をさすった。

「警察には通報させてもらいます」とトシユキが言った。「ほいじゃが、それ以外には誰にもなんにも言うつもりはありません。それでいいですね、タツオさん?」

タツオはなんとも恨めしげな眼で、その場にいるひとりひとりを順繰りににらみつけた。いちばん最後に、いちばん険悪な眼差しをマスに向けてきた。「あんだけ世話をやいてやったのに。〝バカ〟なアメリカ人が」タツオはそう言い捨てると、くるりと背を向け、金属の階段を降りて暗がりのなかに姿を消した。

〝バカ〟なアメリカ人――タツオのそのひと言は、マスの胸に突き刺さった。そのことに当のマス自身が驚いていた。カリフォルニアで長いこと暮らしてきたあいだ、もっとひどい呼び方をされたことなら、それこそ数えきれないぐらいあったというのに。今回のこのハプニングだらけの滞在中、タツオはじつに頼りになる、ありがたい存在だった。そんな相手にまさに恩を仇《あだ》で返すようなことをしてしまったのだ。後味の悪さに気がふさいだ。だが、しかし、ものを言うことすらかなわないソラには、代弁者が必要である。それは人づきあいにおける礼儀作法の文化的違いなんぞより、はるかに重要なことに思われた。それに、そう、そもそもマス・アライは日本人ではないのだ。

トシユキとヒデキに同行して、マスも〈千羽鶴子どもの家〉のトシユキの住まいに向かい、三人でキッチンのテーブルを囲んだ。トシユキはガスコンロのうえの棚に置いてあったエスプレッソマシンでコーヒーを淹れると、その黒くて濃いコーヒーを小さなカップでめいめいに供した。長い夜になりそうだった。

「よし、じゃあ、聞かせてもらおうか」とトシユキはヒデキに言った。

ヒデキは話しはじめた。今年のゴールデンウィークのさなか、イノ島に来る日の朝は最高の気分でソラと一緒にフェリーに乗り込んだ、とヒデキは言った。ソラを連れ出すにあたっては、納得させるまで、なだめたりすかしたりで手間がかかったが、とにもかくにもそうして島に向かっていた。「まんざらでもなさそうだったんじゃ、あいつも。顔に水飛沫《しぶき》を浴びて気持ちよさそうにしとったし、フェリーが海のうえを進んでくのも気に入ったようじゃった」ヒデキの眼に涙が湧きあがった。「ソラに言ったんよ、水には不思議な力があるんやて。怖がることとなんかないんやて」

島に着くと、ヒデキはソラを連れて村の家をまわり、頼まれるままにいろいろな作業を請け負った。トイレの水漏れを修理したり、鍵を付け替えたり、ドアに防水処置を施したり。

「なんかなあ、普通の父親と息子みたいになれたんよ」とヒデキは言った。「それがぶち嬉しゅうてな」

ところが、ゴウハタ家に呼ばれ、注文に応じて庭石を動かしはじめたところで、何もかもが一変したのだ。「母屋から婆さんが出てきよった。なんぞ入った箱を抱えて。で、おれたちにその箱を埋めろ言うたんよ。安らかに眠らせてやってくれゆうて。何を言われとるんか、こっちはさっぱりわからん」ヒデキはそこでいったんことばを切り、テーブルの小さなカップをつかんで残りのコーヒーをひと口で飲みほした。しゃべっていたあいだに、とっくになまぬるくなっていただろうに。「婆さんに渡されたその箱を、ソラが開けたんじゃ。なかに骨が入っとった」

何かの力にぐいぐい押されているような気がして、マスは胸苦しくなった。

「人間の赤ん坊の骨じゃ。頭蓋骨は、なんちゅうか、人間のものじゃないんじゃないかと一瞬思うたよ。身体の割合からしてでかすぎるんよ。そうやな、エイリアンみたいなんじゃ。で、婆さんは自分が産んだ赤ん坊じゃ言うてな」つまり、先だって〝コンビニ〟のコンドウさんが言っていた、妊娠中だった母親はその後出産していた、ということだ。その赤ん坊は生まれたあと、どのぐらい生きていられたのだろうか？

「ソラは悲鳴をあげよった。何度も何度もえらい声で叫びつづけるんじゃ。必死になだめて、なんとか悲鳴だけは抑えたんじゃが、一時は手ぇがつけられんでな。ソラがなんとか静かになったときには、婆さんは、はぁおらんなってた。そんときに決めたんじゃ、ソラは広島に連れて帰らにゃいけんって」ヒデキの身体がこわばり、力が入りすぎているように見えるのは、ひょっとして、ほかにもまだ打ち明けそびれていることがあるからなのかもしれなかった。

トシユキも同じことを感じたようだった。「で、そこで終わりじゃないんじゃろ？」と促した。

「その骨をな、そのまま広島に持って帰った」

トシユキは苛立ちを炸裂《さくれつ》させた。続けざまに何度も悪態をつき、罵倒のことばを並べ立てた。「ようもまあ、そんな……おまえ、何考えとったんじゃ？」

「自分でもようわからん、なんでそんなことしてしもうたんか。自分でもどうかしてたとしか思えんわ。けどな、こいつはチャンスかもしれん、ゆう声がしたんじゃ。ええように利用できるかもしれんて」

親友の話を聞きながら、トシユキは首を横に振りつづけていた。「信じられん、ほんまに信じられんわ」

「ゴウハタさんの電話番号は知っとったけえ、電話した。ほいで、預かっちょるもんがあるけぇ広島の街中で会うて話そうて言うたんよ。そしたら言われたわ、骨を返してそのあとも黙っておれるゆうなら、十万出そうて」

「その骨ゆうんはいったい誰の骨なんか、なして赤ん坊の骨なんぞでそがいな大金、絞り取れるんか」嫌悪感を隠そうともしないで、トシユキは吐き捨てるように言った。「それに、なしてそこまでして秘密にせにゃならんのじゃ？」

「そこんとこはなんも聞いとらん」

「で、受け取った金を、おまえはあっさり溝《どぶ》に捨ててしもうたっちゅうわけやな」

「最初んときは、そんだけの金がありゃ、サンフランシスコにおる友だちんとこに行ける思うたんよ。サンフランシスコに行ってケーブルカーに乗るのが夢じゃったけえね。ソラも一緒に連れてきたいと思うたけど、それには金が足らんくて。おまけに、まあ、言うまでもないことやけど、あいつは怖がって自分の部屋から出ようとせんし。

　サンフランシスコにおる友だちにも言うたんよ、これからは肚をくくって金を稼ぐて。いつかはソラにもわかってもらえると思ってるて」

「ちょっと待った、おまえ、今、〝最初んとき〟言《ゆ》うたな。それは、次があったゆうことやろ。いったい何度じゃ、何度ゴウハタに金をせびった？」

　ヒデキは細くてあまり広くない肩をがっくりと落とした。「それだけじゃ、二回だけ。今から一ヶ月ぐらいまえのことや。けど、そんときは五万だけじゃけえ」

「まあ、ええわ。強請の証拠はすべて、おまえの携帯に残っとるからな」とトシユキは言った。

「なら、今のうちにメールを削除しとったほうがええな」ヒデキが取りだした携帯電話を、トシユキはすかさず取りあげた。

「おっと、そうはさせん。これはこのまま警察に提出するけえ」

「トシユキ！」親友の手で警察に突き出されることになると知って、ヒデキはショックを隠しきれないようだった。

「ソラがどうしてあんなことになったんか、ほんまのことを知りたくないいんか？〝ほんまのこと〟ゆうのは真実ゆうことじゃ」

ヒデキの顎がこわばった。「知りたいにきまっとる、当たり前じゃろ」

「ほいたら、こっちも裸にならんといかんのとちがうか？」

ヒデキがそこで何も言わなかったのは、同意の標《しるし》だと思われた。

トシユキはヒデキの携帯電話の画面をタップした。「これがこの携帯に残っとる最後のメールじゃな。非通知の番号から送信されとる。陽が暮れるころ、養殖牡蠣の作業小屋に来いゆうて指示しとる」

「送ったのはゴウハタか？」

「なんとも言えんな、今の時点じゃ。で、おまえの電話番号を知っとるんは？」

「おまえぐらいじゃ。ああ、もちろんレイも知っとるけど」

「平和記念式典が明日じゃけえ、今からスズキ刑事に連絡がつくかどうかわからんけど、少なくともメッセージは残せるやろ」トシユキはそう言うと、自分の携帯電話を持って戸外《そと》に出ていった。

ヒデキはテーブルに放りだしてあった煙草のつぶれたパックに手を伸ばした。パックは空だった。次いであちこちのポケットを叩いてみたが、どのポケットにも煙草は入っていなかった。ヒデキは溜め息をついた。「わしは父親失格です。自分でもわかっとるんです」

マスは小さなコーヒーカップを両手で包み込むようにして持った。まるで小鳥でもつかまえたかのように。「親なんてのは、みんな至らないもんだよ。おれだってそうだ」マスの場合は、たまたま機会を与えられて娘との関係を修復できた、というだけのことだった。ヒデキにはもう、いくら待っても息子の気持ちを取り戻す機会は永遠にめぐってこないのだ。

トシユキが戸外《そと》から戻ってきた。「出んかったわ」それから玄関に立ったまま言った。「おふたりさん、靴を履いてくれ。ここらでちいとばかりゴウハタさんとおしゃべりせにゃあいけん」

〈千羽鶴子どもの家〉の遠足や校外学習のときに活躍する、白い小型ヴァンに三人揃って乗り込んだ。トシユキは運転が巧みだった。道は暗くて見通しも充分にはきかなかったが、カーヴを見越してハンドルを操作していた。街灯がほとんどないのは、島の人たちにとって街灯なんぞあってもなくても同じだからだろう。この島の日常生活において、こんな時刻に車を運転する者などいそうになかった。ありがたいことに、満月を一日過ぎた、まだふくよかな月は充分に明るかった。

細い路地に入っても、トシユキは難なく車を進めた。小型ヴァンで入れるぎりぎりのところまで進んで、路肩の塀に寄せて停車した。「こっからは歩かにゃあつまらんな」

車を停めたところから〝コンビニ〟の店舗がシルエットになって見えた。店内は、冷蔵庫をのぞいて、明かりがすべて消えていた。トシユキは運転席側のドアのポケットから懐中電灯を取りだした。常日頃、頼りない子どもたちを先導している身とあって、用意周到を旨としているようだった。ゴウハタの家に向かって三人で細い坂道をのぼった。このまえ、ゴウハタの家に案内されたときに、マスも歩いたことがあるはずだったが、夜だとまったく見知らぬ路地を歩いている気がした。

ゴウハタの家に着くと、トシユキが玄関のドアをノックした。家のなかはしんと静まり返っていて物音ひとつ聞こえなかった。庭にぐるりと豆電球を連ねたイルミネーション・ライトがめぐらしてあった。マスが見て歩いた限りではあるが、村のほかの家でこの手のいささか軽佻浮薄《けいちょうふはく》な装飾を見かけた覚えはなかった。「おかしいな、義理の姉さんぐらいは家におるはずなんじゃがな」トシユキはぶつぶつ言いながら、もう一度玄関のドアを叩いた。

ヒデキは庭のほうに気を取られていた。「これ、ソラとわしとでこしらえたんじゃ」そう言って庭先の小道を指さした。割った板石をパズルのように組み合わせながら敷き詰めたものだった。マスとしては、さして感心もしなかった。庭師マス・アライの全盛期のころなら、この程度の小道であれば眼をつむっていてもこしらえられただろうし、なんとなればもっと工夫を凝らし、もっと趣味のいいものに仕上げていたにちがいない。

「誰もおらんようじゃの。今夜は村の集会所で集まりかなんかがあるんかもしれんな」

のぼってきたばかりの坂道を三人でくだった。一歩ごとにトシユキの持つ懐中電灯の光が上下に小さく揺れ動いた。ヴァンを停めておいたところまで戻ったとき、前のバンパーのあたりで何かが動いた。なんぞでかい動物でもいるのか、とマスは思ったが、トシユキが懐中電灯を向けると、光の環のなかに少年の姿が浮かびあがった。あの小太りのガキ大将、ダイスケだった。ダイスケは慌てて逃げ出そうとした。

「待て、ダイスケ、ダイスケよな？」とトシユキが大声で呼びとめた。

ダイスケはその場でぴたりと動きをとめた。

「なして逃げようとするん？」とヒデキが尋ねた。

「別に」ダイスケはぽちゃぽちゃした贅肉《にく》づきのいい腕を組んだ。まだ十代の若造だというのに、首まわりがだぶつき、二重顎になっている。

三人でダイスケを取り囲んだ。それでもダイスケに怯えた様子はなかった。そのふてぶてしさたるや、行く末が思いやられるというものである。トシユキは懐中電灯の光をダイスケの額に向けた。

それ以上黙っていられなくなって、マスは言った。「おまえ、ソラくんをいじめていたな」

「そがなこと、誰が言ったんね？」

ケンタから聞いたと言うわけにはいかず、マスは口をつぐんだ。

「あの金はどうした？」マスに代わって、今度はトシユキが〝取り調べ〟に乗り出した。

「はあ？　何言っとるんか、ちいともわからん」

「ソラの金のことだ」

「えっ、ありゃあ、あいつの金じゃないのにの」

ダイスケという少年は、腕っぷしはそこそこ強いのかもしれないが、おつむのほうはいささかやわにできているようだった。余計なことを口走ったと気づいたのか、気色《けしき》ばんで言ってきた。「わしにそがいな難癖つけおって、ただですむと思うなよ」

「それを言うなら、男の子ひとり殺しおって、ただですむと思うなよ、じゃ」

「わしは殺しとらんもん」

「じゃあ、何をしたんね？」

ヒデキも横から口を挟んだ。「頼む、教えてくれ。ソラはおれの息子なんじゃ」

ダイスケは懐中電灯の光のまぶしさに、眼を細めた。「ただの悪ふざけじゃったんよ、わかる？　ちょっとからかってやっただけじゃ。あいつが持っとった手提げ袋を取りあげてやったんで、わしらで隠して、あいつに探させることにしたんじゃ。そのまえになかに入っとった封筒を開けてみたんよ。そしたら現金が詰まっとった」

「その金はどうした？」とトシユキが尋ねた。

「家のまえの石段に坐って数えとったら、ゴウハタさんに見られちゃって、その金どこで見つけたんじゃて訊かれたけえ、話した。そしたら、あとのことは任せとけえ言われたんよ」

「それだけじゃないじゃろ？」

「はあ？」

「その口をつぐんどくのに、いくら貰《もろ》うたんね？」

ダイスケはきょときょとと眼を忙《せわ》しなく動かした。マスはふと、アメリカにむかしからある〈キットキャット・クロック〉という猫の恰好をした壁掛け時計を思い出した。一秒ごとに猫の眼玉と尻尾が左右に動くのだ。ダイスケは溜め息をついた。「半分貰うた」

「ゴウハタさんが今、どこにおるか知っとるか？」

返答なし。

トシユキは、もちろん、子ども相手に手をあげるような真似はしなかったが、その眼つきに怒りの激しさが見てとれる、とマスは思った。

ダイスケは頰いっぱいに溜めた空気を、ぷーっと一気に吐きだした。「自家用ボートで島を出ようとしとる」

トシユキの合図でマスもヒデキもヴァンに駆け戻った。イノ島の海岸沿いには、あちこちに小さな桟橋が設けられている。ゴウハタ家の私設桟橋は、神社のまえのフェリーの発着所からさほど離れていないところにあった。ヴァンを発進させたとき、トシユキの体内ではアドレナリンが勢いよく駆け巡っていたにちがいない。あまりの急ハンドルに、路肩の細い排水溝にあやうく片輪《かたりん》を落としそうになりながら、ヴァンは路地を飛び出した。

目指す桟橋の手前でヴァンを停めたとき、ゴウハタはボートの舫《もや》い綱をほどいているところだった。トシユキを先頭に残るふたりもヴァンから飛び降り、桟橋に走った。「危険ですよ、こがな真夜中にボートを出すんは」とトシユキが言った。

ゴウハタはボートに飛び乗り、エンジンのスターターの紐を引いた。

「おい、待て。待てつんだ！」

次の瞬間、マスは度肝を抜かれ、危うく悲鳴をあげそうになった。桟橋に駆け込んでいったトシユキが、そのまま海に飛び込んだのだ。

モーターの具合がよくないのか、ゴウハタのボートのエンジンはぷすぷすという頼りない音を立てただけですぐにとまってしまった。ゴウハタが悪態をつくのと同時に、船体が大きく揺れはじめた。右側の船縁に指がかかるのが見えた、と思う間もなく、全身から盛大に水を滴らせながら、トシユキがボートに這いあがった。その直後、もうひとつ、水飛沫があがった。トシユキに続いてヒデキも海に飛び込んだのだ。ボートに這いあがったヒデキとふたりがかりで、トシユキはゴウハタを押さえ込んだ。ゴウハタは手足をばたつかせ、懸命に逃れようとしたが、自分の歳の半分ほどの男ふたりにかなうはずがなかった。

マスは慎重な足取りで桟橋に移り、トシユキが投げてよこしたロープを受け取り、ボートをつないだ。ヒデキがゴウハタに怒鳴っているのが聞こえた。「おれの息子に、なしてあんなことをした？　なして殺したりした？」

ふたりに両側から腕をつかまれて、ゴウハタはボートから降りてきた。

「おまえらなんぞにわかるもんか」と言っていた。「所詮は他所者《よそもん》じゃけえの。おまえらかて、はみだし者《もん》じゃろうが。わしのたったひとりの孫娘は来年結婚することになっとる。京都の由緒正しき名家に嫁ぐことになっとるんじゃ。名家は血筋っちゅうもんを重んじるのや。この子の血筋には、被爆者がおるゆうことになったら、そんな子は貰うてもらえんようになるんじゃ」

そのあと、ゴウハタを村の集会所に連れていって、警察に引き渡すまで閉じ込めておけそうな場所を探した。物置部屋がちょうどよさそうだった。皮肉なことに、物置部屋の鍵はゴウハタが持ち歩いていたキーホルダーについていた。トイレットペーパーやらペーパータオルやらコピー用紙やらが積みあげられているなかに、トシユキとヒデキはゴウハタを押し込んだ。物置部屋のドアに鍵をかけてから、トシユキは注意書きをこしらえドアに貼りつけた——〈容疑者収容中につき無断開扉を禁ず。問い合わせ先——千羽鶴子どもの家イケダ・トシユキ〉。「まあ、せいぜい尻拭いをしてもらおうかの。〝オシリ〟を拭く紙には困らんじゃろうから」帰り支度をして集会所をあとにしながら、ヒデキが言った。その辛辣であまり品の良くないコメントには、マスも思わずにやりとさせられた。

〈千羽鶴子どもの家〉までの帰路、ヒデキが泣きだした。涙がひと粒、ふた粒、眼からこぼれて頬を伝ったかと思うと、次の瞬間、わっと声をあげ、身体を震わせて泣きくずれた。「車のなかでゲロ吐くなや」というのがトシユキのかけたことばだった。道路はまっすぐなのに、両手でぎゅっとステアリングを握り締めていた。

養護老人ホームのまえで、トシユキはいったんヴァンを停めた。正面玄関の自動ドアの向こうに事務所の明かりが見えた。おそらくタツオがいるのだろう。

「今夜はあそこに帰るわけにはいかないと思う」後部座席にへばりついたまま、マスは言った。

トシユキが振り向いてうなずいた。「そりゃ、まあ、そうじゃな。ちいと混みあっとって窮屈かもしれんけど、うちに泊まりゃええんとちがいます？　荷物は明日取りに寄ればええでしょう」

〈千羽鶴子どもの家〉まであと少しのところで、トシユキは運転席側の窓を開けて小鼻をうごめかした。そのにおいにはマスも気づいた。ものを燃やしているにおいだった。

ヒデキはようやく涙がおさまったようで、助手席でむくりと上体を起こした。「なんかにおうな……煙のにおいか、これ？」

確かに、〈子どもの家〉の建物のまえのコンクリートの路上に火鉢が持ちだされ、火が焚《た》かれていた。火鉢のそばにしゃがみ込んでいるのは、セアだった。

トシユキがヴァンを路肩に寄せて停め、声をかけた。「何しとるんね？」

「あら、アライさんも一緒なのね」セアの声は軽やかで明るく、その晩の出来事を思えば、何よりの気分刷新効果があった。「わたし、アライさんの問題を解決する方法を思いついた気がするんです」そこで、ようやくトシユキとヒデキがびしょ濡れだということに気づいた。

「ちょっと、ふたりともどうしたの？」

「話はあとじゃ。まずは濡れたもんを脱いでシャワーを浴びさしてくれ」トシユキとヒデキは家に入り、その場にマスとセアが残された。

セアは、何かいいことを思いついた人ならではの期待に満ちた表情を浮かべていた。「アライさん、わたしがこしらえたものを見てください」そう言って、緑茶の茶筒だったと思われる金属の丸い筒型の容器を差し出した。中身は茶葉ではなく、薄茶色の土に似た何か。土よりも粉っぽくて、白い破片のような硬そうな物体が混じっていた。

「遺灰にそっくりだ」とマスは感想を述べた。

セアはたちまち、前歯がのぞくぐらい大きく口元をほころばせた。「〝ヤッター！〟だわ。貝殻をすりつぶしたものにいろいろ混ぜてみたの。トシのコーヒー豆挽《ひ》きは駄目になっちゃったから、お詫びに新しいのを買って返すつもりだけど。でも、それだけの価値はあった、でしょ？　最後にこの火鉢の火で炙《あぶ》って、この焼き色をつけたんだ。これをムカイ〝センセイ〟に持っていって、弟さんの遺灰ですって言えばいいんじゃないかな」

セアの自由な発想と行動力に、マスは内心、舌を巻いた。どうやらこの娘のことを見くびっていたようだった。

「で、今は何を焼いてるんだね？」

「うふふ、もうひとつのお愉しみ」セアはそう言うと、新聞紙のうえに置いてあったトングをつかみ、火鉢にかけた焼き網のうえのアルミフォイルに包まれたものをつまみあげた。それを新聞紙に移してしばらく冷ましてから、アルミフォイルごとタオルにくるんでマスに差し出した。

「気をつけてね、熱いから」

マスはアルミフォイルを剝がした。

「おお、サツマイモだ」とマスは言った。

「うーん、まあ似たようなものかな」とセアは言った。「ここだと暗くてよく見えないですね。ちょっと待ってください」携帯電話を取り出し、画面を操作して設定を変え、ライトをつけると、その光を件《くだん》の芋に向けた。そして芋の先端をちょっとつまんで折り、なかを見せた。

「〝ムラサキ〟だ」芋の果肉の色に気づいて、マスは言った。

「そう、紫です。お店で見かけて、わたしの国でできるお芋のことを思い出しました。フィリピンでは〝ウベ〟って言うんだけど」

「沖縄にもこういう芋がある」マスは思い出したことを口にした。

「沖縄のことに詳しいんですか？」

「かみさんが沖縄生まれでね」とマスは説明した。そう言ったとたん、ジェニシーの声が聞きたくてたまらなくなった。セアの携帯電話を借りて国際電話をかけるのは申し訳なくて気が引けたが、セアは気にすることはないと言った。「わたしだって、アメリカにいる姉にしょっちゅう電話をかけてるもの。姉はケンタッキーにいるんです」この若い娘には、驚かされてばかりである。セアの世界は、それだけ広々と拡がっているということだ。

「もしもし？」

「ああ、もしもし？」

「マス？　ちょうどよかった、今、マリが来てるの。あなたに話があるって言ってるから、ちょっと待っててね」

数秒後、携帯電話からマリの声が聞こえてきた。「父さん、広島のショウコさんから電話があった。帰国するまえにぜひ一度、生家のほうにも寄ってほしいって」

「ああ、わかった、わかった」

「"ああ、わかった、わかった"じゃないでしょ？　この機会をのがしたら、父さんの場合、次にまた広島に行けるかどうかもわからないんだからね。生まれ育った家をその眼で見る最後のチャンスかもしれないんだからね」

それだけ言うと、マリはジェニシーと電話をかわった。「ところで、大丈夫なの？　なんだか声がしゃがれてるみたいだけど。無理はしないでちょうだいね」

「ああ、しない」とマスは言った。「心配ご無用だ」

第十章

この電車には以前に乗ったことがある、とマスの記憶が言っていた。もちろん、今乗っている客車そのものに乗ったということではなく、同じ路線を利用したことがある、という意味だ。あれは、たぶん九歳ぐらいのときのことだ。家族写真を撮るためにスーツを誂《あつら》えることになったのだが、兄たちの採寸をしているうちに時間がなくなり、マスの採寸はしてもらえないまま、母親に急《せ》き立てられて店を出ることになったのだ。またしても自分の存在は無視されるのか、と思うとマスとしてはどうにも我慢できなくなった。マスは大いにごねた。仕立屋から広島駅までの道すがらも、そして路面電車に乗ってからも、癇癪玉《かんしゃくだま》を炸裂させ、ぐずぐず文句を言いつづけた。長兄と次兄は、そんなマスの相手をするのにほとほと手を焼き、ものには限度というものがあると思いはじめた。それは兄たちだけの思いではなかった。外出用の着物姿の母親からも、「あっち行って坐っときんさい」とぴしゃりと申し渡された。それが火に油を注ぐことになった。言うに事欠いて、車輛のいちばんうしろに行って知らない人たちに交じって坐っていろ？　冗談じゃない。マスは断固拒否した。あまりの腹立たしさに頭にかーっと血がのぼり、抑えというものがまったくきかなくなり……路面電車のドアが開けたままになっていた乗降口に駆け寄り、ぽんっと飛び降りたのだ。

走っている路面電車から飛び降りたというのに、どうして無事だったのか、飛び降りたところを傍で目撃していた人がいたのか、マスにはわからない。電車の車輪のすぐそばに転げ落ちたというのに、片方の膝小僧を擦《す》りむいただけですんだのである。

「おまえは〝バカ〟だ」と兄たちにはさんざっぱらどやされたが、あとで聞かされたところでは、マスのあまりの運の強さにはただもう絶句するしかなかったとか。それ以来、マスはことあるごとに〝ウンガイイ〟と言われるようになった。兄弟姉妹に挟まれた真ん中の子のマスは、幸運に恵まれた子である、と。そう言われるたびに、マスには意地の悪いジョークとしか思えなかった。これもまた、こちらを油断させておいて背中からぐさりとやってやろうという作戦にちがいない、と身構えたものだった。

呉行きの列車はすいていた。広島駅は、平和記念式典に参列するために来広した日本人やら〝ガイジン〟やらで、ごったがえしていたというのに。式典自体は午前中に行われ、マスがフェリーで宇品の港に到着した時分にはもう終わっていたが、観光客が持ち込んだにぎわいに刺激されたか、空気中に活気がみなぎっているようだった。揃いも揃って、頭がすっからかんの浮かれポンチのあほばかりだな、とマスは思った。斯《か》く言う自分も、何を隠そう、あほの一員にほかならなかった。

これだけ長いこと経ってから、今さらおめおめ帰郷しようというのだ、あほ以外のなんだというのか？　こんなことは馬鹿げている、とマスにもわかっていた。わざわざ帰郷する意味がなかった。マスの本当の故郷は、カリフォルニア州のアルタディーナなのだから。その地で父親となり、妻をふたり迎え（もちろん同時にではないが）、孫息子の子守をしてきたのだ。カリフォルニアは開放的で自由な土地だ。紫に煙る山々と塩辛くて茶色く濁った水が打ち寄せる海岸があって、干からびたヤシの木と薄紫の花をつけるジャカランダの木があって……飼い主から逃げだした緑のオウムが安住の地を見つけ、群れを成し、朝っぱらから電線にとまってあらんかぎりの声で鳴き騒ぐ。天の底が抜けたような土砂降りの夜ともなると、コヨーテが市内の通りをほっつき歩く。個人の住宅の庭のプールでヒグマが水浴びを愉しみ、山のなかのハイキングコースをクーガーが闊歩《かっぽ》する。それがカリフォルニアだった。どんなことでも起こりうる魔法の土地、それがカリフォルニアであり、マスの故郷なのだ。

　それでも、レールのうえをがたんごとんと音を立てて進む列車に揺られるうちに、窓から見えるこの場所もまた故郷なのだと実感した。優雅な曲線を描く日本家屋の屋根、丘の斜面を彩る木々の葉の色――あれは〝ミドリ〟ではなく〝アオ〟という。英語で言えばグリーンではなくブルーということになるのだが、日本語の〝アオ〟には青みがかった緑も含まれる。そう、日本では空の色を指すことばで木々の葉の色まで表現してしまえるのである。

　ちなみに、日本には〝シブミ〟という考え方もある。なにもない空間を尊重することで、人生というキャンバスにも敢えて小さな余白を残しておいて、そこに予期していなかった物事が染み込んでくるのに任せるのである。それに日本庭園の回遊路に現れる曲線。歩きながらさりげなく歩く方向を変えることで、それまでとはちがった世界が見えてくる。そうした事柄のひとつひとつが腹に落ちるのは、頭と気持ちがいかに拒絶しようとも、身体は日本もまた故郷だと感じている、ということだった。

マスは降りる準備をした。次の駅で降りることになっていた。ショウコという姪っ子が駅まで迎えにきているのかどうか、うっかり確認しそびれていた。セアの携帯電話でショウコと話をしているうちに、ものの弾みというやつでつい、そちらに立ち寄ってみようかと思っている、と言ってしまったのだが、そのときのショウコの歓びようときたら。マスはいささか面食らった。ショウコとはもちろん一面識もないし、マスが広島を離れたとき、ショウコの母親はようやく十歳になるかならないか。チズコと結婚したときに広島市内で開いた披露宴にはひょっとすると出席していたかもしれないが、正直言って記憶になかった。

目的地の駅は、いわゆる〝なんにもない〟ところだった——昔も今も。駅員もたったひとりしかいなかった。その駅長兼駅員は、改札口に詰めていた。ようやく二十歳《はたち》を越えたばかり、といった風貌だった。年季の入った駅舎もだいぶくたびれていて、眠ったような雰囲気は、広島駅の垢《あか》ぬけた賑やかさとは比ぶべくもなかった。その駅で下車した乗客はマス以外に誰もいなかった。駅を出るまえに用を足しておくことにした。トイレとは名ばかりの、狭苦しくて、くさくて、小汚いあなぐらのような場所だった。あの駅長兼駅員が掃除をサボっているものと思われた。

待合室にも誰もいなかった。駅舎のそとに顔を突き出して、人の姿を探した。駅のまえは一面の野っ原と畑か……と思いきや、家屋が密集して小さな街並みができあがっていた。その昔に住んでいた家までの道は、たぶんひとりでも見つけられそうな気がしたが、この炎天下、細い路地の迷路を延々と歩きまわるのは、あまり歓迎できなかった。どうしたものか、決めあぐねていたところに、白い小型車が近づいてきて駅舎のすぐ横で停まった。運転席にはマリと同じぐらいの年頃の女が坐っていた。その人がにっこりと笑みを浮かべて手を振ってきたので、そちらに向かった。間近で見ると、その人はびっくりするぐらいマスのいちばん年下《した》の妹に似ていた。顔立ちだけではなく、表情までそっくりだった。

「まあ、ごめんなさい。お待たせしてしもうて」運転席の開けてあった窓から、その人が言った。「さあさあ、どうぞ。乗りんさいな。戸外《そと》は暑うてかなわんけん」

マスは車に乗り込んだ。手土産の〝カキヨウカン〟を抱えて。広島名物の柿羊羹は豆を甘く煮てこしらえた餡《あん》に、細かく切った柿を加え、長方形に固めた菓子で、呉行きの列車に乗るまえに広島駅で買い求めたものだった。チズコからは、日本人としての礼儀作法がまるでなっていない、と年がら年中お小言を頂戴していたが、そんなマスにも、今回こうして生家を訪ねるにあたって手ぶらではまずい、という程度の心得はあるのだ。

ショウコの車はコンパクトで、大人がふたりも乗ればそれだけでいっぱいだったが、古い街並みの狭い通りを運転するには最適だった。マスは姪っ子をまじまじと見つめずにはいられなかった。初対面の相手なのに、懐かしいのだ。話すときの口調や声音には、マスの母親を思い出させるものがあった。

車が坂道をのぼりはじめると、マスはダッシュボードに身を乗り出して、フロントガラス越しに眼を凝らした。どの家にも見覚えがあった。この界隈は爆心地から離れていたこともあって、被災を免れたのだ。ジョウジ・ハネダと彼の姉のアケミの生家があった。ハネダ姉弟もまたマスと同じ、アメリカ生まれの日系人で、ふたりがそばにいたからこそ、マスも第二次世界大戦という困難な時期をなんとか乗り越えることができたのだった。ハネダ家は父親がアメリカに居残ったこともあり、アライ家以上に眼をつけられ、親米家庭ということで頻繁に憲兵の訪問を受けていたのである。

ショウコは向かいの家の敷地に少し乗り入れてから、ステアリングを切り返し、差しかけ屋根のついた駐車スペースにバックで車を入れた。ショウコの運転している小型車一台でいっぱいになってしまう、ミニチュアサイズの車庫だった。「ほいたら、行きましょうか。屋内《なか》はエアコンもついてますけえ」

手土産を入れた紙袋の持ち手をぎゅっと握り締めて、マスはそろそろと車のドアを開けた。玄関まで延びている小道の敷石を踏んだとたん、さっと鳥肌が立った。身体に染み込んでいた記憶が呼び覚まされた。

最初にカエルの石像の出迎えを受けた。続いて、松の木が待っていた。青々とした松葉を細心の注意を払って刈り込み、プードル犬のようなポンポン型に仕立ててあった。松殿《どの》、おはよう――松の木に向かって、マスは心のなかで挨拶をした。これは、その昔、マスが物心ついたときから植わっていた松の木にちがいない。「ってことは、おまえさんはおれより年寄りってことだな」と思わず声に出して語りかけていた。

「あら、何かおっしゃいました?」とショウコが言った。伯父《おじ》の発言に興味をそそられたものと思われた。

「うむ、あちこち手入れが行き届いている」マスは日本語に切り替えて言った。

母屋の引き戸も窓枠も木でできていて、以前からのものをそのまま使っているようだった。マスは思わず眼を瞠《みは》った。この地方の夏の暑さと湿気を考えれば、白カビや黒カビの発生を防ぐにはたいへんな労力が要るはずである。ショウコにつづいてマスも玄関で靴を脱いであがり、細い廊下を進んだ。廊下の窓越しに庭が見えた。

庭を造るときに、どうしてこんな造作にしたのか、マスも訊いたことがなかった。どこからどう見ても、一般家庭の庭の造作ではないのである。稲作を生業《なりわい》にしていたマスの父親は、なぜそんなふうに思うに至ったのか、その理由は皆目見当もつかなかったが、この世に自分が存在した証《あか》しを残す必要を感じたらしい。庭にも何本か松が植わっていた。丸くこんもりと刈り込まれた枝が連なって、緑の雲がたなびいているように見えた。生垣もこんもりと丸く剪定《せんてい》されていて、なんだかマッシュルームカットにされた子どもが並んでいるようだった。庭には池もあった。昔は金魚や鯉が泳いでいたが、今は水が抜いてあった。池は維持していくのにお金がかかるので――水を抜いてしまった理由を、ショウコはそんなふうに説明した。そして木の引き戸を開けて、伝統的な畳敷きの日本間にマスを通した。

母屋のそのあたりの様子は、眼をつむっていてもわかった。いちばん手前の小部屋には、天井に届くほど大きな仏壇が設《しつら》えてあった。金箔《きんぱく》張りで豪華な装飾が施されていて、まんなかにしなやかで優雅な立ち姿の仏像が祀《まつ》ってあった。マスには、仏教徒の信仰の対象がさまざまな大きさのさまざまな姿で表現される理由まではわからなかった。あるものはずんぐりむっくりで愛嬌《あいきょう》のある姿をとり、あるものはどっしりとして穏やかな威厳に満ちた姿をしているが、この仏壇に祀ってある仏像はほっそりとしていてたおやかで……女らしいと言ったら罰《ばち》が当たるだろうか？　仏壇のまえを通りすぎたとき、一瞬、抹香の強い香りが鼻孔をかすめた。

仏壇のある小部屋の奥に、窓のある長方形の部屋が続いていた。広さは畳六枚分、つまりは六畳ほどだろうか。襖《ふすま》のうえ、天井から数十センチのところには、畳敷きの日本間につきものの、欄間《らんま》という透かし彫りの飾り板が嵌《は》め込まれている。仏壇のある小部屋との境の欄間には、マスの両親のモノクロ写真が額に入れて掛かっていた。母親は穏やかな表情を浮かべていたが、父親のほうは厳《いか》めしく近寄りがたい顔をしていた。

アライ家は日本からアメリカに渡ったあと、もう一度日本に戻ることになり、家族の誰もがたいへんな思いを味わい、根なし草の心細さを味わった。養っていかなくてはならない口があまりにも多く、乗り越えていかなくてはならない悲しみもあまりにも多かった。すぐ上の兄とマスとのあいだには、もうひとり、生まれてすぐに死んでしまった子がいたことはマスも知っていた。そんなこともあって、物心つくかつかないころから、自分は望まれて生まれてきたわけではない、という一種の疎外感を感じていたのかもしれなかった。子を亡くした悲しみを抱いたままの母は、希望ではなく不安の衣をまとい、その陰に身を隠し、知らず知らずのうちに次の子どもとのあいだに隔たりが生じてしまったのだろう。

　だからこそ、ジョウジのような友だちの存在が何よりもありがたかった。もちろん、ハルオの存在も。友だちは家族とはちがって、自分で選ぶことができる。いや、それを言うなら、たいていの場合、友だちのほうがマスを選んでくれたのだ。いいやつのなかでも飛びきりいいやつが、優しいやつのなかでも飛びきり優しいやつが、どうして自分みたいなひねくれ者と友だちになりたいと思ったりしたのか、マスにはさっぱりわからなかった。ことわざに謂《い》う、正反対同士は惹きあう、をマスは身をもって知っていた。いずれにしても、こと友だちに関しては、どういうわけか、いつも勝ちであがれるようにできていた気がする。

「さあ、こちらにどうぞ」ショウコはふかふかの座椅子を持ってきてマスに勧めた。楽に坐れるように、との配慮だろう。マスはありがたくそのことばに甘え、座卓について坐った。

いったん席を立っていたショウコが、果物を盛った皿を運んできた。二種類のメロン——果肉がオレンジ色のものと緑色のものを切ったのと、大きな粒のぶどうがまるごとひと房。この手の高級フルーツは、買うとなったら眼の玉が飛び出すぐらい高価である。マスにもその程度の知識、というか常識はあった。ということは、遠来の客をもてなすために、ショウコはひと財産はたいたということだった。

「ああ、これを」マスは手土産代わりに持参した菓子をショウコに差し出した。カリフォルニアから持ってきたのではなく、広島駅で買ったものだということに、いくばくかの後ろめたさを感じながら。

「まあ、そがぁに気ぃ遣わんでええのに……」

それからショウコは改めて夫の不在を詫びた。平和記念式典に参列するため広島市内に出かけてまだ帰ってきていないのだそうだ。ショウコたち夫婦は、夫が六十歳で定年退職するまでは広島市内に住んでいたとのこと。日本ではそんな若い年齢で正社員を強制的に退職させるのか？　それはマスに言わせれば、驚くべきことだった。六十といえば、マスの場合、ようやく庭師として一人前の仕事ができるようになったころではないか。

ショウコと夫は、ショウコの母親が亡くなったあと、呉市の郊外にあるこの家に移ってきた、ということだった。ほかには誰もいなかったのだ、この家を維持していける者が。

「母が亡《の》うなるまえに、伯父さんと会えんかったんが、ほんまに残念で」

マスは返事の代わりにひと声低くうなった。姪っ子が何を言わんとしているのか、じつはよくわからなかったのである。

「折にふれて伯父さんの話をしとったからね」

それでますますわけがわからなくなった。ショウコの母親は末っ子だったから、足手まといになるという理由で万年ちび助のみそっかす扱いだった。マス自身、ティーンエイジャーになってからは、ショウコの母親とはふた言以上の会話をした記憶がなかった。

「母はいつも言っとりました、伯父さんはすごい人なんだって。みんなに先駆けて道を切り拓《ひら》いた先駆者なんだって」

と言うよりも、勝手にふらふら出ていって戻ってこなかった一家の面汚《つらよご》しの鼻摘《はなつま》みだろ、とマスは胸のうちでつぶやいた。

「たったひとりで船に乗ってアメリカに渡ったんが、十八か十九んときでしょう？　いやあ、想像もつかんわ、うちには」ショウコはそう言うと、手を伸ばしてぶどうを一粒つまみ、丁寧に皮を剝いてから口にぽいっと放り込んだ。「そっからロスに移って、家を持って、結婚して、子どもを育てて……」

おれの人生のあれこれを、この子はどうしてそこまで詳しく知っているんだ？　マスには解せなかった。広島を離れて以来、家族とは音信不通も同然だったのに。

ショウコは座卓のまんなかに置いてあった小さなアルバムを手元に引き寄せ、表紙を繰った。「チズコさんが写真を送ってきてくれとったんです、手紙を添えて。その写真を母がアルバムにしたんよ。見てつかあさい」

　最初のページには、マスがアメリカ行きの船に乗って旅立つ日に、家族で撮った写真が貼ってあった。この家の庭で撮った写真だった。このときはマスも、兄たち同様、写真撮影用のスーツを着込んでいた。弟はこのとき十二歳ぐらいか。姉はもう嫁いでいて家を出ていたから、姉妹のなかで写っているのはショウコの母親だけだった。花柄らしき模様のついたワンピースを着ている。その日のことをマスは、興奮と期待で胸躍らせ、未来への第一歩を踏み出した日として記憶していた。母親は写真を撮るまえにしばらく泣いていたのかもしれない、眼がうるんでいるように見えた。当時のマスには、家族と離れ離れになるという意識はこれっぽっちもなかった。頭のなかにあったのは、カリフォルニアのこと、彼《か》の地で会うことになっている遠縁の誰彼のことだけだった。その後、チズコと結婚するために束《つか》の間の帰国を果たすまで、両親とも兄弟姉妹とも長らく会えなくなるのだとあのときわかっていたら、マスの思いもひたすら未知の未来を追いかけるばかりでなく、この家の庭にもしばしとどまっていたのではないか。

　マスはアルバムのページを一枚、また一枚とめくった。ワトソンヴィルにいた時分の、まだ若いマスの写真が何枚かあった。髪をジェイムズ・ディーン風のオールバックにしている写真のしたに、誰かが、おそらくは妹が、ひらがなで〝おにいさん〟と書いていた。その

〝おにいさん〟という添え書きは、アルバムのページをめくるたびに見つかった――おにいさん、おにいさん。誰からもそんなふうに呼ばれた記憶はなかったが、アルバムに書き入れられたそのことばから声が聞こえてくるようだった。

アルバムにはほかの写真も貼ってあった。チズコと結婚したときの写真も。マスは貸衣装のタキシードを着込み、チズコのほうは日本の伝統に則《のっと》って花嫁の着るキモノ姿で、白粉《おしろい》をはたいたせいでやけに白い顔に写っていた。それからカリフォルニアのアルタディーナで撮った写真の数々。赤ん坊のころのマリ、おそらくティーンエイジャーのころだと思われる、歯列矯正具をつけているマリ、ハイスクールを卒業するときの角帽にガウン姿の写真もあった。背景に写っているのは、マクナリー通りのわが家だった。隣家のスズカケの木の落ち葉が芝生一面に散って、まるで赤茶色の絨毯《じゅうたん》を敷き詰めてあるように見える。そんな過去の一場面、一場面を連ねた記録は、一九八〇年代の半ばあたりまで続いていた。

「ほかの伯父さんや伯母さんたちも、マサオ伯父さんのことを自慢しとったんよ。両親がアメリカに戻るのを諦めたもんで、ほかの兄弟姉妹《きょうだい》は誰も向こうに行こうとさえ思わんかったそうです。当時はまだ差別がひどかったし。けど、伯父さんだけはチャンスに賭けた。たったひとりでアメリカに戻って、そして、ひとかどの人物になった」

そこで、マスとしてはどうしても口を挟まないわけにはいかなくなった。「いや、それはちがう。おれはどこにでもいる平凡な男だ」

「そがいに謙遜せんでください。原爆が落ちたときもそうじゃったゆうて聞きました。あのとき、家族んなかで市内におったのは伯父さんだけじゃったんじゃろ？　みんな覚悟してたそうです、マサオは死んでしもうたにちがいないて。ほかにもいろいろ聞きました。けど、伯父さんが生きて帰ってきても、母は驚かんかったって言うてました。マサオ伯父さんは〝ウンガイイ〟からって」

座卓に置いたアルバムをまえに、マスはあっけに取られていた。なんだか信じられなかった。〝ウンガイイ〟？　幸運に恵まれている、このおれが？　どこをどう叩けば、そんな論法になるのか。

その一方で、幸運に恵まれていない、という論法も成り立たないような気もしていた。

イノ島までの帰路、マスはいささか呆然《ぼうぜん》としていた。八十六年生きてきて、そのあいだずっと自分はいわゆる一匹狼《いっぴきおおかみ》だと思っていたが……どうやらそれほど孤独ではなかったらしい。わかったばかりのその事実とどう折り合いをつけ、どう肚に収めればいいものやら、よくわからなかった。

今や現代の広島にもだいぶ慣れてきて、広島駅の構内もそれほど思い悩まずに歩けるようになっていた。宇品港のフェリーの発着所までタクシーに乗るため、マスは駅の階段を降りてタクシー乗り場の列に並んだ。

「今日も暑いのぉ、お客さん」白い手袋をしたタクシーの運転手が運転席から声をかけてきた。

ビニールのカヴァーがかかった後部座席に乗り込みながら、マスは黙ってうなずいた。

「今日は観光でみえたお客さんが多くてね、大忙しじゃわ。それに今夜は元安川《もとやすがわ》で〝トウロウナガシ〟があるけえね、若い人たちがえっと集まるじゃろう。お祭りみたいなもんですよ、今じゃ。平和を祈るとか亡くなった人を慰霊するとかは、もうどっかいってしもうたね」紙でできた色とりどりの灯籠が川面を次々に流れていく光景は、マスもNHKのニュースで見たことがあった。ニュースでは、元安川の灯籠流しは厳かな雰囲気のなか、慰霊と平和祈念のために行われるもの、という紹介のされ方だった。それが庶民の感覚でじょじょに変わり、新たな意味がつけくわえられようとしている、ということなのだろう。マスにはそんなふうに思えた。

「うちの子どもらや孫らには、まえの晩に行ったらええ言《ゆ》うとるんです。静かじゃけえ、ゆっくりと亡くなった人をしのぶこともできるじゃろ。いや、まあ、そういう気持ちがあるならってことやけど」

列車とタクシーとフェリーを乗り継いで、ようやく〈千羽鶴子どもの家〉のトシユキの住まいまで戻り着いたときには、さすがのマスもうへとへとだった。玄関は施錠されていなかったので、ドアを開けてなかに入った。誰もいない家は熱がこもって蒸し暑く、キッチンにはかすかにコーヒーのにおいが残っていた。

テーブルに茶色い粉の入った、ファスナーつきのビニール袋が置いてあった。茶色い粉の正体は、袋に貼りつけてある〈ハローキティ〉の付箋に書いてあった――〝遺灰：アライさん用〟。マスは袋を手に取り、にやりとした。

セアにはとんだ手間と労力をかけさせてしまった。それを無駄にするのは許されざることである。

なんともありがたいことに、養護老人ホームの受付に詰めていたのはタツオではなく、いつぞやの若い男の職員、マコトだった。マスに気づいてひょっこり頭をさげたところを見ると、養殖牡蠣の作業小屋での大立ち回りの一件はまだ耳にしていないようだった。

マスはアヤコの部屋に直行した。アヤコは車椅子に坐って窓のほうを向いていた。マスが声をかけるまえに、アヤコのほうが先に口を開いた。「あの道をあなたが歩いてくるのが見えました」

「ええと、ムカイさん」マスは日本語で謝罪のことばを述べた――「このたびのことは、まことに申し訳なかった」

「ええ、そうね。そのとおりですよ」アヤコは両手で車輪をつかんで車椅子の向きを変えた。独力で車椅子の向きを変えられたところを見ると、腕の力はまだそれなりに残っているようだったが、マスのほうに向けられた眼はどう見ても病人の眼だった。白眼の部分が黄色っぽくなり、黒眼の表面が膜でもかかったようにうっすら白濁していた。なんだか眼球が溶けだしているようにも見えた。

「わたしもどうやら、もう長くはなさそうです」とアヤコは言った。その意味するところはお互いわかっている。もう長くはない、というのはアヤコの寿命のことで、要するに死期が迫っている、ということである。

「ハルオを連れてきた。これ、あんたの弟の遺灰だ」灰の詰まったビニール袋を両手に載せて恭しく差し出しながら、マスはその恰好で可能なかぎり、できるだけ深々と頭をさげた。

驚いたことに、アヤコは袋を文字どおりかっさらった。まるで砂金でも詰まっているかのように。

「やっぱり、思ったとおりだった。あなた、ずうっと隠してたのね。わたしを苦しめようとしてなかなか渡してくれなかったんでしょ」アヤコは両手で袋をぎゅうぎゅう締めあげていた。そのまま握りつぶしてしまいそうな勢いで。

あきらかに様子がへんだった。マスはアヤコの精神状態を危ぶんだ。

「弟とは懇意にしていた、そうよね？」

マスはうなずいた。おれの無二の親友だ、ということばは声には出さなかった。

「ハルオの連れあいから聞きました、あなたはハルオと兄弟同然だったって。遺灰を届けるのに安心して預けられるのは、あなたしかいなかったって」

と言うか、正確には、たまたま身体が空いていて日本まで行ける人間がおれしかいなかった、だな、とマスは胸のうちで訂正を加えた。

「あなたにひとつ訊きたいことがあります。あなたから見て弟はどんな人間でした？」

なんたる愚問。「いいやつだった」

アヤコはだしぬけに甲高い声で笑いだした。コットンの部屋着に唾が飛ぶほどの勢いで。

「あら、まあ、兄弟同然だった人のことを言い表すのにもっとほかに言いようはないの？」

それが皮肉だということは、マスにもぴんときた。なんだか雲行きがあやしくなってきていた。

「だったら、わたしのほうからハルオ・ムカイについて話をさせていただきます。わたしの弟は筋金入りの怠け者でお気楽でおめでたい人で、自分がどれほど見苦しい容貌かということにも頓着しなかった。顔にあんな、並みの神経の持ち主だったら正視できないような傷があるのに。あの傷痕だし、片眼もないし、ハルオには誰もが同情しますよ。だから、指一本動かさなくてよかったんです、弟は。困っていれば誰かがさっと現れて必要なことは全部やってくれますからね。それじゃ、当のハルオは何をしたかって？　ただただ愉しいことだけを追い求めたのよ。なけなしの財産を残らずギャンブルに注ぎ込んで、とうとうすってんてん。そんな人間のことを〝いいやつ〟とはまちがっても言いません」

ハルオがギャンブル依存症だったことはマスもよく知っていた。日本で覚えたギャンブルの味を、アメリカに渡ってからも忘れられなかったのだ。そんな弱さから最初の結婚生活は破綻して離婚に至ったが、その後カウンセリングに通ってみごと克服している。

「兄たちが不祥事に巻き込まれてとばっちりを喰ったとき、誰がその尻拭いをしたと思います？　いいえ、まさか、そんなことハルオにできるわけありません。そもそも、そのときにはもう日本から逃げだしてましたよ。妹たちだって、自分たちで結婚相手を見つけてきたと思いますか？　とんでもない、このわたしが全部お膳立てを整えたんです。それが〝ネエサン〟の役目だから、ということで。誰にも頼れないから、わたしは自分の頭で考え、ありとあらゆる知恵を絞りに絞って、家族を貧しさのどん底から引っ張りあげ、ムカイの家を再興したんです。それからようやく大学に進学することができた。博士号を取得して教授になったのだって家族を養うためだったのよ」アヤコは膝に載せていた灰の入った袋に、皺だらけの両手を重ねた。「それなのに、今ではこんなふうにここに置いてきぼりにされている。こんなちっぽけな、誰も寄りつかないような島で、残された日々を過ごさなくちゃならないんです」

そこでアヤコは咳をした。初めは咳というより、咽喉《のど》の奥でひとつ小さくむせただけだったが、すぐにごほごほという激しい咳に変わった。咳き込むたびにアヤコの肩が大きく揺れた。

「おいおい、大丈夫か？　誰か呼んでこよう」

「いいえ、けっこう。大丈夫ですから」とアヤコはあくまでも言い張った。そのことばを強調するために両腕を振りながら。「それより、バスルームに連れていってちょうだい」

　マスは思わずしかめっ面になった。年配のご婦人を〝ベンジョ〟に連れていく役目は、今のこの状況で断じて引き受けたくないことのうちの最たるものである。

「ほら、ぐずぐずしてないで、早く！」アヤコは語気鋭く命じた。これもまた〝シカタガナイ〟事案だった。今回の旅のあいだに経験することになったもろもろの出来事に比べれば、そう、こんなことは屁でもない。マスは自分自身にそう言い聞かせた。

　そして車椅子を押して、アヤコを個室付属のバスルームに連れていった。トイレの便器は普通の便器よりも便座が低いもので、まわりの壁に手すりが取りつけられていた。マスは何をどうすればいいものやら、まるでわからなかった。恥ずかしさを通り越して、当惑のあまり、なすすべもなくその場にただ立ち尽くすしかなかった。ところがアヤコは車椅子から立ちあがろうともしないのだ。

「いいですか、これからすることを、ちゃんと覚えていてください。その眼でしかと見届けて、ハルオの連れあいや子どもたちや孫たちに知らせてちょうだい。日本に帰ってきたハルオが、ここでどんな最期を遂げたかを」そう言うと、アヤコは両手の指先を鉤爪《かぎづめ》のようにぐいと曲げてビニールに突き立て、袋を裂いて、イノ島の貝殻でこしらえた遺灰もどきを残らず便器に空け、水を流した。

そうして怒りをぶちまけたことで、アヤコは満足したようだった。両手についていた灰を払い落とすと、自分で車椅子を操作して洗面所から居室に戻り、先ほどと同じく窓際まで進んだ。そして振り返りもしないでこう言ったのである。

「もういいわ、出ていってくれて」

マスはうなずいた。むしろ望むところだった。


アヤコの個室から廊下に出たところで、マスは膝ががくがくしていることに気づいた。あのハルオが、優しくて底抜けに人がよくて、まさに人畜無害の見本のようなハルオが、姉のアヤコからはうまいこと人を利用するだけの救いようのない人間だと思われていたとは。アヤコが知っていると思っている、アヤコの心のなかで歪《ゆが》められたハルオは、アメリカで人生の盛りを迎え、歳を重ね、やがて老いていったあのハルオとは別人なのだ。

おぼつかない足取りでカフェテリアに向かい、自動販売機で今回はアイスコーヒーを買った。カフェインと砂糖が刺激になって、がたのきかけた心臓がもう少し元気に鼓動するようになることを期待して。カフェテリアにはほかに誰もいなかった。マスはひとり腰をおろして、刺激物を体内に取り込む作業に着手した。

缶入りのコーヒーを半分ほど飲んだところで、こんなときに誰よりもいちばん会いたくない人たちがカフェテリアに入ってくるのが見えた。キセキ・コンドウとその母親、遺灰盗人こと〝コンドウさんとこのオバアサン〟が。キセキはマスが見かけるときはいつも、何かしらで頭を覆っているものと決まっていたが、今日はスカーフも頬かむりもしていないし、帽子もかぶっていなかった。それで髪をショートカットにしていることがわかった。短く切り揃えた髪は真っ白で、なんだか翼をたたんだシラサギの背中のようだった。〝コンドウさんとこのオバアサン〟は歩行器を使わずに、娘の軽く曲げた肘のところにつかまり、摺《す》り足でそろそろと歩いていた。

マスが逃走の構えに入ったとき、キセキ・コンドウのほうから声をかけてきた。「おや、アライさん、ご一緒してもええかしら？」

マスは、これにはかなり驚いた。そう、控えめに言っても。なんせ、マスはキセキの義弟を捕まえて集会所の物置部屋に閉じ込めるのに手を貸した人物である。それなのに……。

〝コンドウさんとこのオバアサン〟がテーブルのいちばん端の席に腰かけるのを介助してから、娘のキセキはいったんその場を離れ、温かい緑茶が湯気を立てているカップを三つ、トレイに載せて運んできた。

三人はそのまましばらく何も言わず、それぞれの席でそれぞれのカップから緑茶をちびちびと飲んだ。〝コンドウさんとこのオバアサン〟は、マスとも娘とも眼を合わせようとはしなかった。それよりも窓に当たる陽光を観察しているほうがよほど興味深いようだった。

「今朝、義弟のブンペイに会《お》うたんよ」とキセキがぽつりと言った。

「ほう」と言ったきり、マスはことばに窮した。ゴウハタは拘束を解かれたのか、はたまたまだあのまま集会所の物置部屋に閉じ込められているのか？

「うちのいるまえで、認めましたよ」とキセキは言った。「ほいで、約束したんです、明日、警察に自首する、自分のしたことを何もかも正直に話すゆうて」

「ふむ、そうか」

「地区長がおらんようになると困るけえ、当分は〈千羽鶴〉のトシユキさんが引き受けてくれそうじゃ。それと看守役も。ブンペイもとりあえず今は自分ん家《ち》に戻ってきとるけど、トシユキさんが脇にぴったりへばりついとるんです。じゃけ、なんや下宿人を置いとるみたいで」キセキの陽灼けした、なめし革のような顔に刻まれた皺は、どれも深かった。いつ顔をあわせてもしかめっ面をしているように見えるのは、眉間の縦皺のせいだった。

「義弟も、あそこまですることぁなかったんよ。あがいに若い子を相手に。けど、ブンペイは正気なくしてしもうとって、冷静な判断ができんようになっとったんやね。家のため、家族のため、それしか頭になかったんやね。それであんなことを……。あれは孫娘のためやったんよ。それから、うちやうちの妹のためでもあったんよ」

マスに言わせれば、そんなことは言い訳にならなかった。たとえ家族のためだろうと、ゴウハタのしたことは赦《ゆる》されないことである。

「ブンペイだって、手荒な真似をするつもりなんぞなかったんよ。脅すゆうか、釘ぃ刺しとこうとしただけなんよ、誰にもなんにもしゃべるなて。じゃけど、あの子はブンペイの話を聞こうともせんかった。もう小突きまわされとうない、そう言ったんじゃて、あの子。ああせいこうせい命令ばかりされるのは、もううんざりじゃて」

「だからゴウハタはあの子を殴ったのか、あの歩行用の杖で」

キセキは眼を大きく見開いた。「どうして知っとられるん？　見とったんですか？」

マスは首を横に振った。じつはスズキ刑事が再度イノ島にやって来た時点で、死因について警察の見方が変わったということではないか、と思ったのである。警察もあれは事故による水死ではないと判断したのだろう、と。その後、ゴウハタが暗くなってから人目を避けてこっそりと養殖牡蠣の作業小屋でソラと会っていたと聞くに及んで、そこで口論になったことを確信した。ゴウハタは長年、剣道の稽古を重ねてきたと言っていた。剣道の達人であれば相手の隙を一瞬で見て取ったはずである。そして、すかさず、そこを突いた。長年の稽古で身についた一種の条件反射として。

「だが、おたくのためというのは、どういうことなんだね？　それと妹さんのためというのは？」そこの理屈のつながりが、マスにはまだ呑み込めていなかった。

「アライさんがブンペイのことをどう思うとるかはわからんけど、本当は善良で心根の優しい人なんです。コンドウの家の過去を知っとったのに、うちの妹のヨウコと結婚したんじゃからね。そこまでできる男は、当時はほとんどおらんかったんよ。ヨウコが原因不明の病気で寝たきりになると、今度は原爆がもとでそがいな病気になったんとちがうか、ゆうて噂になった。そんなときに妹夫婦のとこの孫娘の結婚話が持ちあがったんです。そりゃ、大事《おおごと》じゃ。プレッシャーゆうのをひしひし感じて、みんな追い詰められた気ぃになって。コンドウの家は原爆にやられとるけえ、なんて噂は根絶やしにせにゃいけんって、家じゅうの者《もん》が思い詰めてしもうた」

以前の日本では、婚姻関係を結ぶまえに、調査員を雇って、相手の家のことを親類縁者にいたるまで詳しく調べあげたものだった。特にマスの若い時分には、当たり前のように行われていたことだった。それがいまだに行われていると聞かされると、マスはただもう驚くしかなかった。

「ほら、お母ちゃん、飲んで」キセキは持ち手のない日本式の湯飲みというカップを、母親のひび割れた唇にそっと押しあてた。〝コンドウさんとこのオバアサン〟は、ひと口、ふた口と音を立てて緑茶をすすり、しばらくするとこくんとうなずいて、もう充分だと意思表示をした。

「わたしもいっぺん、結婚が決まりかけたことがあったんよ」手を伸ばして、緑茶を垂らした母親の胸元を拭いながら、キセキ・コンドウは言った。「もう遠い昔のことやけど。ブンペイさんが仲立ちしてくれて。だけど、いちばんうえの姉のことが噂になってしもうたもんでね」

その人の遺骨は、どことも知れない秘密の場所に長いことずっと隠されていたのだ。

「いちばんうえの姉は、生まれつき障害があったんです、重い障害が。原爆のせいです。そんな子がどのぐらい生きられるか、なんて誰にもわかりゃせん、ちがいますか？」

「どんな亡くなり方を？」とマスは訊いた。訊かないわけにはいかなかった。マスなりにある程度のことは察しがついているつもりだったが、それでも答えが聞きたかった。それが真実だろうと、嘘だろうと。

キセキの表情がいつものしかめっ面に変わった。それ以上は話すつもりはないようだった。母親が何やらもごもごとつぶやきはじめると、キセキは腰をあげ、母親も立ちあがらせた。

「ほんじゃ、わたしらはこれで。義弟のブンペイは悪い人間じゃないてわかってもらいとうて。そんだけお伝えできればええんです」

マスは頭をさげた。それは、まあ、見解の相違というやつだろう。ゴウハタの行動が、たとえ家族を思う善意から出たものであったとしても、それを以《もっ》てして少年ひとりの生命を奪った事実を帳消しにはできない。

マスはゲストルームに引きあげた。口のなかでアイスコーヒーの甘みと緑茶の苦みがぶつかりあって喧嘩をしていた。スーツケースのファスナー付きのポケットに入れた帰路の航空券がなくなっていないことを確認してから、布団を敷いて寝転がり、帰国便として翌日の深夜発の便を予約していたのは、われながらなかなか気が利いていたわい、と声に出さずにつぶやいた。今度こそまちがいなく、帰国の途に就く潮時だった。

そのとき、引き戸を叩く音がした。引き戸を開けると、タツオが立っていた。前置きも挨拶も抜きで、タツオはいきなり言った。「アライさんが探しとられるんは、これじゃないかと思うて」タツオが差し出したのは、ビニール袋に入れて園芸用の緑の紐で口を縛った、ハルオの遺灰だった。

「いったいどこに……?」

「今日は八月六日じゃけ、ここの施設の慰霊碑を掃除しよう思うて行ってみたら、ふたつ並んでる石碑のあいだにこの袋が押し込んであっての。土やら埃《ほこり》やらがうっすら積もっておったけえ、ずうっとそこに置いてあったんじゃ思うわ」

マスはあっけにとられ、ことばも出なかった。〝コンドウさんとこのオバアサン〟には、袋の中身がなんだかわかったにちがいない。そして、最もふさわしい場所に安置したことになる。

「慰霊碑の土台んとこに、遺骨をおさめておく室《むろ》みたいなんがあるんです。そこに入れることもできますよ、ご希望とあらば」

マスは首を横に振った。ハルオの遺灰をどこに置いていくべきか、これといった場所は思いつかなかったが、少なくともここではないことだけは確かだった。「ところで、レイさんの様子は?」

「ソーシャルワーカーが訪ねてきて面談しとりました。これからあの人が立ち直っていくには、しっかりした支えが必要じゃ。そういうときは人の力を借りたほうがええ。明日にはここを出てくゆうことになっとります」

マスは返事代わりにひと声うなった。レイがこの先、独りぼっちになることはなさそうだった。マスとしてもそれは大いに歓迎すべき知らせだった。

「わしも知らんかったんです、ゴウハタさんのしたことだとは。ああ、あの男の子んことです。どういうことになるかわかっとったら、あの金を作業小屋に置いてったりなんぞせんかった」

タツオのそのことばに嘘はなかった。マスにはそれがよくわかった。タツオは一本気の堅《かた》物《ぶつ》である。白黒はっきりした世界に馴染むタイプだ。だが、あいにく、現実の世界はもっと曖昧にできている。単純に白黒つくことなど、めったにないのだ。「あんたには迷惑のかけ通しだった。申し訳ない」とマスは言った。「あのとき牡蠣の作業小屋でしたことも、申し訳なく思っている。あんたはただ言われたことをしただけだ。今ではそれもわかっている」

タツオのことを一瞬とはいえ〝オニ〟だと思ったことも、気が咎《とが》めていた。実際は何くれとなく気を配り、世話をやいてくれた、いわば守護天使だったというのに。

「わしも申し訳なく思とります、あのときアライさんに言ったことじゃ」とタツオは言った。マスのことを〝バカ〟なアメリカ人と呼んだことだった。

「おれは〝バカ〟なんだ。たまにね」

〝たまにね〟とマスが付けくわえたところで、どちらからともなく声をあげて笑いだした。

正しくは、〝たいていいつも〟なのだが、その程度の脚色は大目に見てもらえるのではないかと思われた。そう、友だち同士のあいだでなら。

第十一章

養護老人ホームでマスが滞在しているゲストルームの引き戸を開けると、マス宛ての贈り物が置いてあった。そいつは青緑色で、なんとマスの愛車のフォードのトラックによく似た色で、なんの問題もなく軽やかに動く四つの車輪《キャスター》がついていた。新品のスーツケース。贈り主はセアだった。

贈り物には手書きのメッセージがついていた。小文字のiのうえの点が全部ハートになっていた。便箋一枚にここまでたっぷり心《ハート》がこもった手紙は、マスも貰ったことがなかった。セアの前途に幸多かれと祈らずにはいられなかった。実際、セアは大した娘だった。初めてやってきた国で、それも日本のような閉鎖的な国で、孤軍奮闘しているのである、あの若い身空で。それをあっぱれと言わずしてなんと言う？

おんぼろスーツケースに詰めてあった荷物を、残らず取りだした。タツオの好意で、養護老人ホームの洗濯機を使わせてもらって、衣類はすべて洗濯ずみだった。ひと晩ハンガーにかけておいたので――若干ごわごわしてはいるものの――気持ちよく乾いていた。洗い立ての衣類を、マスは真新しいスーツケースに詰めた。単純な作業だったが、それで身も心もしゃんとした。

　荷造りのすんだスーツケースを部屋に置いたまま、マスはカフェテリアに出向いて自分で〝オカユ〟をボウルによそった。それから、この島に滞在しているうちにどうやら自分の判断能力がおかしくなりはじめているようだ、と気づいた。なぜなら、その糊《のり》状になった白米もそれなりにまずくはないと感じたからである。半分ほどたいらげたところに、先だって顔見知りになったカフェテリアの女性スタッフがやってきて、自分のために持ってきている昆布の佃煮を提供してくれた。容器の蓋をひねって開けてから、どうぞというようにマスのまえに差し出した。

「あたしら、相談して取り決めをしたんです」不織布のマスクをかけたまま、カフェテリアの女性スタッフは言った。「餌はあたしが持ってくるから、それをやりに毎日ここに顔を出すって」

「ほう？」とマスはとりあえず言った。唐突な宣言に面食らいながら。

「こないだのあの男の子じゃ。あのケンタくんゆう子と、そう決めたんです。今朝、猫を探しに来とったから。餌を入れるのに、漬物の空き容器まで持ってきとってね。だから、猫にやれそうな食べ残しやペットフードをあたしが用意しとくことになりました」

「それは〝ドウモアリガトウ〟だ」感謝の気持ちを込めて、マスは二度続けて頭をさげた。

　マスが乗る予定の帰国便が関西国際空港を飛び立つのは、深夜過ぎだった。レイとは同じ便のフェリーに乗って宇品まで同行する約束になっていた。ということは、新幹線で空港に向かうまで、広島で何時間か〝ブラブラ〟する余裕があるということだった。

緑茶を飲んでいると、カフェテリアのスタッフが〝オカユ〟のお代わりを届けてくれた。ふと顔をあげたとき、向かいの席に〝コンドウさんとこのオバアサン〟が坐っていることに気づいた。

「〝ムスメ〟も今は寝とるんよ」〝コンドウさんとこのオバアサン〟は、そう言って粥をスプーンですくった。日本語で〝ムスメ〟といえば、血のつながった女の子どもを指すことばだが、マスにはなんとなく、〝オバアサン〟の言っているのはキセキやヨウコのことではないような気がした。

マスは箸で昆布の佃煮を何枚かつまんで口に入れ、よく噛んでから呑み込んだ。見ると、〝オバアサン〟はスプーンで粥を食べるのに難儀していた。何度か失敗したすえに、ようやくひと匙《さじ》分の粥を口に入れることができた。

昼間の光のなかで見る〝コンドウさんとこのオバアサン〟は、新たに寿命の賃貸契約が延長されたように見えた。垂れさがった瞼のしたの細い隙間から、確かに眼玉がのぞいているのまで確認できた。今なら訊いたことに答えてくれるだろうか？

「〝ムスメサン〟はどうしとるんかね？」マスは旧知の友人と語らっているような口調で尋ねた。

「ああ、〝ムスメ〟ね。ありゃ特別じゃけえ、のう？」

「うんうん、そうじゃね」とマスは言った。〝オバアサン〟の言っていることはさっぱりわけがわからなかったが、ともかく話を続けてほしかった。

「産湯をつかわせるゆうて連れてかれて、それっきりじゃった。いつまで待っても戻ってこんかった」告げ口をする口調で、〝コンドウさんとこのオバアサン〟は言った。うまく口に運べなかった粥が唇の端についていた。「けど、あとでちゃんと見つけたんよ。見つけて隠したんよ。もう二度と連れていかれんように」

「産湯をつかわせたのは？」

「うちの人よ」と〝オバアサン〟は言った。「なんでもかんでも、うちの人に任せとったらええの。全部やってくれよるけえ」

障害を抱えて生まれてきた子どもの生命を、家族の誰かが終わらせたのだ。マスがたった今、聞かされたことに基づけば、それは子どもの父親だったのではないかと思われた。なんと悲しく、なんとむごい。あだやおろそかに下せる決断ではない。自分だったらどうするだろうか、とマスは自問した。脳に障害を負って生まれてきたわが子が、痛みを訴え、もだえ苦しんでいたとしたら？　マスは窓のそとに眼を向けた。慰霊の仏像の横に、折り鶴を連ねた輪が幾重にもかけてあるのが見えた。

「泣かんでもええよ」と〝コンドウさんとこのオバアサン〟は言った。「今じゃあの子もぐっすり眠っとるけえ」

新品のスーツケースを転がしながら、マスは養護老人ホームの廊下を進んだ。玄関ロビーでレイが待っていた。今日は初めて会ったときのような、肩先あたりで切り揃えたヘアスタイルに戻っていた。洗髪してドライヤーをかけたばかりのようだった。以前からほっそりしていた身体がさらにほっそりとしていた。両眼のしたにくまができていた。それでもマスに気づくと、すぐに口元がほころんだ。

「支度はできてるか？」とマスは言った。

「うん、できとる」という答えが返ってきた。

レイの荷物はバッグ代わりのレジ袋がひとつ。ふたり揃って玄関の自動ドアのマットを踏むと、しゅっと音を立ててガラスのドアが開き、戸外《そと》の蒸し暑さとツクツクツクという蝉の合唱が一気に流れ込んできた。マスは先日、立てかけたときのまま放置されていたレイの日傘をつかんだ。

フェリーの発着所にはちょうどいいタイミングで到着した。フェリーはすでに桟橋に横づけになっていて、丸々とした太鼓腹の船長が乗船料を徴収していた。

フェリーに乗船しながら、マスはふとイノ島を懐かしく思うときがくるのだろうか、と考えた。今回広島を訪れたことで、マスの人生航路は一変した。人生と言うよりは余生か——

あと何年か、何ヶ月か、あるいは何週間か、ことによったらほんの何日かなのかもしれないが、ともかくこれからに大きな変化をもたらした。これまでの出来事のひとつひとつについて、知人のひとりひとりについて――マスと同じ〝キベイニセイ（帰米二世）〟のジョウジとアケミ・ハネダやリキ・キムラについて、それにもちろんハルオについても――改めて考えさせられた旅でもあった。そして、血のつながった兄弟姉妹たちと大人になってから一緒に過ごす機会がなかったことを、今になって初めて残念に思っている。八十六にもなって、自分のことも家族のこともいかにわかっていなかったか、思い知らされている。

それからレイ・タニのことを考えた。レイは今、息子が死んだ場所を離れようとしているが、数十分ののちに到着する場所は息子が生きて暮らしていた街だ。レイにとってどちらの場所のほうが少しでも楽に受け入れられるだろう？　せめてもの救いは、広島に戻っても以前と同じあのアパートメントでひとり孤独に暮らすわけではないことだった。レイは広島市郊外の従姉の家に向かうことになっていた。いなかの空気や野の花が沈んだ気持ちを多少なりとも軽くしてくれるかもしれなかった。

ふたりはデッキの座席に坐った。塩辛い波飛沫が顔にかかった。

「広島を離れようとは思わないか？」とマスは尋ねた。

「ううん、うちは広島しか知らんけえ。みんながみんな、広島を離れて成功するわけじゃないんよ」

「おれもその口だ」とマスは言った。

「アライさんは娘さんを立派に育てあげたじゃろ？　ふたりめの奥さんも見つけたし。うちも七十になったら、ふたりめのだんなさんを見つけんとな」

レイがジョークを言っている。そのことにマスは何より励まされた。おまけに年齢を重ねることも口にしている。それは今のレイにとって最大限、前向きな目標設定だと言えた。

フェリーは広島の市《まち》に向けて速度をあげはじめた。ふたりはこんもりとした緑のイノ島がだんだん遠ざかり、小さくなっていくのを眺めた。やがて島はただの緑の小さな三角形になり、空と海のあいだに溶け込んで見えなくなった。

宇品の港に着く間際になって、レイはマスのほうに向きなおって言った。「そうじゃった、うち、ソーシャルワーカーの人と話をしたんよ。でな、その人からも、アライさんが言うとったカウンセリングを勧められたん」ほかの乗客の耳を気にしているのか、レイはそこで声を落とした。「広島市内で開業しとるカウンセラーを教えてもろうた。行ってみようかなって思うとる」

マスは思わず大きな声で笑いだしそうになった。ハルオのやつ、うまいことやりおって。今やほんのあれっぽっちの遺灰になってマスのスーツケースのなかにひっそりと収まっているというのに、まんまと人を操縦しおった。ハルオは生前、マスにもしきりとカウンセリングを勧めていた。マスの抱えている問題を一度ぜひ専門家に打ち明けてみてはどうか、と顔を合わせるたびにやいのやいのとうるさかった。当のマスはその助言を右の耳から左の耳にただ聞き流していただけだったが、どういうめぐりあわせか、今回こうして今は亡き親友の助言の伝達者にさせられてしまった、というわけだった。

フェリーが船着場に接岸すると、突堤にレイと同じぐらいの年恰好の女が、バッグの長い持ち手を両手でぎゅっと握り締めながら待っているのが見えた。その人のまわりを、男の子と女の子が走りまわっていた。遠慮も隔てもなくはしゃぐその姿から、三人は家族であることが見て取れた。

突堤に立っていた女が、レイに気づいて手を振った。レイも片手を挙げ、こくんと小さくうなずいた。あの人がレイの言っていた従姉で、一緒にいるふたりは彼女の子どもにちがいない。あのふたりはレイに、なくしてしまったものを思い出させる存在になるのだろうか？いや、それよりも、行き場を失っている愛情の一時預け先になるのではないかと思われた。

感傷的になるのも、ひとの眼があるところで別れの挨拶をするのもマスの流儀ではなかったので、〝サヨナラ〟はフェリーのデッキで言うことにした。「身体を大事にな」マスは座席から立ちあがってお辞儀をした。

「これからも連絡するけぇ。アライさんもたまには連絡して」とレイは言った。眼が涙で光っていた。

ふうむ、とマスはひと声うなった。「そうしよう」と答えたが、そうはならないだろうと思っていた。レイから連絡が来ることは、たぶんもうないだろう。

タクシーを待つ行列に並び、マスの順番になったとき、やってきたタクシーの運転手は、驚いたことに昨日タクシーに乗ったときの運転手だった。

運転手のほうもマスのことを昨日乗せた客だと気づいたようだった。「おや、あのときの」と言うと、黒塗りのタクシーから急いで降りてきて、マスのスーツケースをトランクに積み込んだ。

マスが広島県警察本部に行ってほしいと伝えると、運転手は一瞬、いぶかしげな顔をしたものの、すぐにもとの表情に戻った。さすがはプロの運転手だった。

「昨日も今日も、暑くてかなわんのう、お客さん」大通りを進みながら、運転手は言った。ここ二日間は、たいそう忙しかったとのことだった。ありとあらゆる国から大勢の〝ガイジン〟さんがやってきていたのだ。平和記念公園と原爆ドームには、この四十八時間で百回はお客さんを運んだ、と運転手は言った。元安川で灯籠流しが始まると、案の定、たいへんな人出で、旅行者がメッセージを書き込んだ灯籠を流すのに、なんと一時間も待たなくてはならなかったそうだ。

「〝ガイジン〟さん、みなさんえらく感動しとられました」と運転手はマスに言った。〝サダコ〟のことを話題にする人も多かったらしい。〝サダコ〟は佐々木禎子のことで、被爆直後は無事だったものの十年後に後遺症で亡くなった少女だった。病が篤《あつ》くなり、病床を離れられなくなってからも、禎子は薬を包んであった赤い紙で鶴を折りつづけ、長命をかなえると言われている千羽を折りあげることを目標にした。その目標は禎子にはかなえられなかったが、禎子の友人たちがあとを引き継いだ。その素朴で優しい行いが、やがて世界じゅうの人たちが数えきれないほどたくさんの折り鶴を折ることにつながっていったのである。

禎子をモデルに建てられた、両腕を広げて大きな折り鶴を掲げている女の子の像は、マスも写真や映像で見ていた。骨組みが剝き出しになっている原爆ドームや、爆風を受けながら奇跡的に残った建物も。それらはどれも、マスが広島を離れたあとで、保存されたり建造されたりしたものだった。そしてこれからの時代の人たちのためのものだった。ほんの一瞬で世界がどれだけ激変するかを経験したことのない世代に向けたものだった。今でも巨大な津波や激しい地震が人々の暮らす街を破壊することはあるが、それはあくまでも母なる自然の手で引き起こされることだ。破壊の原動力が人間にあるとき、それを自然現象と同じ文脈で語ることはできない。なぜなら、それは善なる理由と悪《あ》しき理由の双方から出発し、数字を弾《はじ》き出し、計画されたものだからだ。だが、その力が放たれたとき、それは誰に及ぶのか？すべての人間である——上層のなかでも最上層の者から、下層のなかの最下層の者まで、みじんの容赦もなく。さらに怖ろしいのは、その破壊の力が病気をもたらし、人間の身体を、頭脳を、そして精神をむしばみ、場合によっては先々の世代までをもむしばみかねないことである。

タクシーは京橋川沿いを進んだ。川辺を利用したオープンテラス・スタイルのカフェやレストランが色とりどりのパラソルを並べていた。数分後、セアの勤務先の老人介護施設からもそれほど遠くない、居住用の建物が多く建ち並ぶ地区に入り、しばらくして運転手はとある建物のまえで車を停めた。広島県警察本部は金属板を並べたような外観の建物で、窓がたくさん並んでいたが、どれも曇りガラスが嵌《はま》っているのか、はたまた汚れているのか、屋内《なか》の様子はのぞけなかった。

「着きましたよ、お客さん」とタクシーの運転手は言った。

県警本部の受付でマスは、スズキ刑事に面会を求めた。マス・アライなる人物が訪ねてきたことがスズキ刑事に伝えられたのち、マスは新品のスーツケースごと小さな会議室のようなところに通された。そこで待つこと数分、四方の壁が迫ってくるような気がして息が詰まり、胸が苦しくなってきた。それ以上はもう我慢できなくなってそとに出ようとしたとき、会議室のドアが開いて、あのハリネズミのような頭のスズキ刑事が現れた。

「どうも、アライさん」

マスはいきなり本題に入った。「今日、帰国する。広島を離れるときは知らせるようにと言われたから、知らせに来た」

「そりゃ、どうもわざわざ。知らせてくださって感謝します」

ふたりはしばらくのあいだ、黙って互いを見つめあった。

「ほかにも、まだ何か？」と刑事は言った。

これには拍子抜けすると同時に、なんだか馬鹿を見た気分になった。広島を離れるときには必ず報告しろ、と言ったのはどこのどなたさんでしたかね？　とマスは声に出さずにつぶやいた。

それから首を横に振った。果たすべき勤めはこれにて果たしたわけなので、退散することにした。ロビーに向かいはじめたところで、スズキ刑事が言った。「今日、ゴウハタさんが出頭してきよることになっとります」

そんな話をされるとは、意外だった。マスは話の続きを待ったが、刑事の話はそこで終わりだった。ゴウハタはおそらく、自らの手でソラを死に至らしめたことまで自供することになるだろう。トシユキ・イケダに付き添われてくるのだろうか？

「事の顛末《てんまつ》はイケダさんから聞きました。アライさんが事件解決の鍵になったっちゅうことも」

不織布のマスクをした二人連れの若者がロビーに入ってきて、受付に向かうのが見えた。

「残念ですよ、アライさん、もうちぃと若けりゃなあ」マスが建物を出ようとしたとき、スズキ刑事は言った。「県警の刑事に採用まちがいなしですよ」

新品のスーツケースには、頑丈で頼りになる車輪《キャスター》がついている。マスはスーツケースの持ち手に体重を預けながら歩いた。〝県警の刑事に採用まちがいなしですよ〟——スズキ刑事のひと言がずしんと腹に響いた。もちろんジョークに決まっているが、うっすらながら敬意がこもっていたような気がした。

いつの間にか雲が出ていて、ぎらぎらした陽射しをしばしやわらげていた。じきに降りだしそうな雲行きだった。迷っている暇はあまりなかった。

県警本部を出たあと、数ブロック先の縮景園に向かった。何日かまえにも訪れた場所だった。庭園の入口の脇で、年配者の集団が待機していた。ご婦人連中は陽除け用のボンネットを、殿方のほうはお揃いの白いゴルフキャップをかぶっていた。園内を案内してまわるボランティア・ガイドの人たちだった。マスも声をかけられたが、もちろんお断り申しあげた。目的の場所がどこにあるか、だいたいのところはわかっていた。

園内に入り、奥の京橋川のほうに向かった。原爆犠牲者の慰霊碑があるほうに。その近くで、あるものを見かけた記憶があったのだ。当たりをつけていたとおりの場所で、それが見つかった。

小さな御堂《みどう》に祀られた一体の仏像。御堂の前面には金網が張ってあって、なかの仏像はよく見えなかったが、日本語と英語で書いてある案内板の解説によれば、この木の仏像は二百年まえにこのあたりが洪水にみまわれたとき、その難を逃れたのだという。この仏像とさらにもう二体の仏像が京橋川を流れ流れてこの庭園に流れ着き、園内の特別に設えられた祭壇に三体揃って祀られた。時代はくだって、広島に原爆が投下されたとき、二体の大きな仏像は焼失したが、この高さ六十センチほどの小さな仏像は残ったのである。

マスは御堂の金網に顔をくっつけて、なかをのぞき込んだ。仏像の両眼の膨らみや鼻の形がはっきりとわかった。唇を半開きにしているところは、なんだかこんな状況になってしまったことに文句を言っているようにも見えた。

「大したもんだよ、洪水もあのピカドンも生き延びたんだもんな」とマスは仏像に賛辞を贈った。

ここ以外になかった。これ以上の場所はないと思えた。マスは真新しいスーツケースを開けて遺灰の入ったビニール袋を取り出した。袋の口を縛っていた園芸用の紐をほどき、ハルオの遺灰を少しだけ御堂のまわりに撒《ま》いた。そうしておけば、仏像を目当てにやってきた人たちが、ハルオの気配を感じることもあるかもしれない。それから京橋川の川岸に出た。庭園との境のフェンスは、高さが一メートルぐらいしかなかった。

一陣の風が巻き起こり、松の枝葉を揺らして吹き抜けていった。

しばらく頭《こうべ》を垂れたあと、マスは口を開けたビニール袋を川に向かって高く掲げた。遅ればせながら、ハルオを自由にするために。

謝辞

本書の執筆に際してのリサーチは、ロサンゼルスの〈オーロラ基金〉のご協力で可能になったものです。また本書のイノ島のモデルとした島、歴史的意味の深い似島《にのしま》の風土を知り、理解するうえでは、広島市在住のわたしの何人かの親戚にも力を借りました。

〈プロスペクト・パーク・ブック〉社とその創業者にして社主でもあるコリーン・ダン・ベイツには、庭師マス・アライ事件簿シリーズをこの最終作までずっと出版しつづけてくれたことに心から感謝しています。エイミー・イノウエ、ドリー・ベイリー、ケイトリン・エク、ジーン・バレット、シェリー・キャンザー、マージェリー・L・シュウォルツ、みなさんのおかげで、こうしてこの『ヒロシマ・ボーイ』を、望みうるかぎり最高の特別待遇で世に送り出すことができました。長年にわたってこのシリーズを支え、本書の登場人物のネーミングにも知恵を貸してくれた読者のみなさん、キャリー・モリタ、クリス・メイスン、エミリー・マクエニス、シンシア・ヒューズ、パット・シオノ、キャシー・クマガイ、キャスリン・マツモトにも感謝の最敬礼を。そして、忘れてはならない、わたしの創作〝チーム〟の面々、なかでも〈ガーシュ〉でわたしの代理人を務めてくれているアリソン・コーエンとわが夫であり旅の最高の道連れでもあるウェス・フクチに、特大の感謝を。

解説

穂井田直美

まず、著者の名前のことから始めたい。

本書『ヒロシマ・ボーイ』の著者名を見て、「あれっ？」と思われた方がけっこういらっしゃるのではないだろうか。平原直美——この名前は、小学館文庫から『ガサガサ・ガール』や『スネークスキン三味線』が翻訳出版されている作家、ナオミ・ヒラハラを漢字で表記したものである。今回、日本でこの作品が出版されるにあたって、彼女はそのことを希望したそうで、それは、日系三世としての出自に対する彼女のこだわりの一つのような気がしている。

『ヒロシマ・ボーイ』は、日系二世の老庭師、マス・アライが関西国際空港に降りたったところから始まる。彼が日本の土を踏んだのは五十年ぶりのことだった。

すでに、マスを主人公とするシリーズの『ガサガサ・ガール』や『スネークスキン三味線』を読まれた方々ならば、彼が日本を舞台にして活躍する作品を読んでみたいと思われたことはなかっただろうか。私もその一人だった。

他に適任者がいなかったために、仕方なく、親友ハルオ・ムカイの遺灰を日本に住むハルオの姉のもとに届けることになったマス・アライは、なんと、使い古しのビニール袋に遺灰を入れ、それをはき古した靴下に詰め、キャスターが壊れてガタガタになったスーツケースにしのばせて国際線に乗り、空港の税関の前に立ったのである。いかにも彼らしい、思わず苦笑いしてしまう出だしである。

大阪からは、すっかり変わってしまった半世紀ぶりの日本の様子に浦島よろしくまごつきながら、〈みどりの窓口〉で切符を求め、待望の新幹線に乗り、駅弁に舌つづみし、マスは広島駅で降り、ハルオの姉が暮らしている養護老人ホームを訪問するために、広島の宇品《うじな》港からイノ島に向かったのだった。

大して混んでないフェリーの船室では少年達のグループが悪ふざけをして騒いでいたが、彼の目をひいたのは、彼らとは離れてポツンと座っていた一人の少年だった。それは、少年が着ていた〝San Francisco〟のロゴが入った赤いTシャツが、終戦後、アメリカに戻って間もない頃に過ごしたサンフランシスコを思い出させてくれたからだった。

しかし、翌朝、彼は海に浮かんでいた少年の遺体を発見し、否応なく事件に巻き込まれてしまう。が、それだけではすまなかった。はるばる運んできたハルオの遺灰が、彼の泊まっている老人ホームのゲストルームからこつぜんと消えてしまったのだった。

マス・アライ・シリーズは、七作目にあたる本書で完結となる。最後の作品として、作者の平原直美は、マスの人格に多大な影響を与えた広島の地に立たせ、このシリーズで書き足りなかったことを、すべて盛り込みたかったに違いない。

意にそぐわないことに直面し、不満や怒りを感じても相手を説得することなく、内心は文句タラタラでもそれを口に出さず、〝メンドクサイ〟と心の中でぼやきながら、目の前のやっかいごとを淡々と片付けていく。それが、長い間に身につけてきた彼の生き方だった。

アメリカで生まれ、第二次世界大戦をはさんで三歳から十八歳までを呉《くれ》で暮らしていたマス・アライは、一九四五年八月六日の朝、広島駅で被爆してしまう。原書の"Hiroshima Boy"というタイトルは、日系人のヒバクシャというマスの出自を大きく反映しているのではないだろうか。

このシリーズは、ジャンルとしては、日常的な生活の中で事件に巻き込まれてしまった主人公を軽妙なタッチで描くコージー・ミステリに属しているが、犯人探しの面白さだけにとどまらず、日系人社会に深く根ざしている深刻な問題にも光を当てメスを入れているのが大きな特色であり、小説としての素晴らしさである。

日系三世の作者は、このシリーズによって、彼女の出自でもある日系アメリカ人のアイデンティティを広く伝えようとしている。例えば私は、日系人社会独得な生活習慣の底にあるもの、同年代の女性としてはかなり活発すぎるのではと感じられるマスの一人娘マリの行動や考え方、そして、戦争中は日本で暮らした後にアメリカに戻ったマスを通して、どっちつかずな不安定さを感じながら暮らしている〝キベイニセイ〟と呼ばれている人々が抱えている複雑な思いの一端に触れることが出来たのだった。

そして作者は、シリーズをしめくくる作品として、主人公をヒロシマと対峙させ、シリーズを通してのテーマの一つ、被爆者の思いについて、ひとつの救いのかたちを示している。

それは理想ではないのかもしれないが、本書の終わりでマスが縮景園《しゅっけいえん》でとった行動を、読者は、穏やかな気持ちで受け止めてくださるのではないだろうか。

戦争という重い歴史を挟んで、日本で暮らしていたときには、敵国生まれということで、マス・アライは非常につらい体験をしたはずだし、アメリカに戻っても、どことなく落ち着かない居心地の悪さを常に感じていたに違いない。しかし、そんなもろもろのことは昇華させて今を生きるべきだということを、作者はこの作品で示しているように思える。

原子爆弾が投下されて今年で七十六年になる。「七十五年は草木も生えぬ」と言われた一面の焼野原から、百万人を超える大都市へと発展した今の広島市は、緑豊かな木々に包まれた原爆ドームや平和記念公園を中心に整備され、表面的には、あの日の悲惨さを生々しく物語る痕跡は見出だせないかもしれない。しかし少し目をこらせば、人々が明るく行き交う賑やかな巷の片隅には、当時の惨状を伝えるモニュメントや犠牲となった人々の慰霊碑がひっそりとたっていることに気づくことができ、それらからも当時のことが静かに伝わってくるはずである。

マス・アライが訪れたイノ島は、広島湾に浮かぶ似島《にのしま》がモデルだが、当時、その島に設置された野戦病院には一万人あまりの負傷者が収容され、そのうち約七割の方々が亡くなられたと言われている。私は、これまで実際にこの島を訪れたことはないが、『ヒロシマ・ボーイ』を読んで、島で暮らす人々はどんな思いを胸に秘めて暮らしているのかを感じるために、似島を訪れたいという強い思いに駆られている。

広島で生まれ育った私は、機会があれば、平原直美さんとおしゃべりしながら、広島を、できれば似島も歩いてみたいと夢みている。

最後に、作者の今後について少し書かせていただきたい。

ロサンゼルスの大手日系新聞〈羅府新報《ラフ・シンポー》〉の記者兼編集者だった平原直美は、ノンフィクションも数多く出版しているが、中心は、やはりミステリを軸としたフィクションである。二〇〇四年に"Summer of the Big Bachi"によってマス・アライ・シリーズを開始し、小説作家としてデビューした彼女は、『スネークスキン三味線』が二〇〇七年のアメリカ探偵作家クラブ賞ペーパーバック賞を受賞、「庭師マス・アライ事件簿」が代表的なシリーズ作品として高く評価されているが、前述したように、二〇一八年に本書でシリーズを完結させている。

その間に、ＬＡＰＤ（ロサンゼルス市警察）の自転車に乗ったアジア系女性警察官を主人公にした作品を二作出し、二〇一九年には、"Iced in Paradise"という作品で、シアトルからハワイ州のカウワイ島にＵターンして家業のアイスクリーム屋を手伝っている女性を主人公にしたシリーズもスタートさせ、精力的な活動を続けている。

が、これからの注目作は、今年出版された歴史ミステリ"Clark and Division"だろう。一九四四年、日系アメリカ人への迫害が露骨になってきた時代、カリフォルニア州のマンザナー強制収容所を出て家族と共にシカゴに移ったヒロインが、自殺とされた姉の死の真相を明らかにしていく意欲作である。これまであまり伝えられていない、日系人にとって厳しくつらかった時代に一条の光を当ててくれる作品として、多くの日本人にも読むことが出来ればと、願っている。

（ほいだ・なおみ／書評家）

囁き男

アレックス・ノース　菅原美保／訳

愛する妻を喪い、７歳の息子ジェイクと取り残されたトム。新天地で二人の生活をやり直そうと引っ越した村には、20年前に起きた連続児童誘拐殺人事件の犯人の影が…。数世代にわたる父子の宿命と葛藤を描く傑作サスペンス。

―――本書のプロフィール―――

本書は、二〇一八年にアメリカで刊行された『HIROSHIMA BOY』を本邦初訳したものです。

小学館文庫

ヒロシマ・ボーイ

著者　平原直美《ひらはらなおみ》

訳者　芹澤　恵《せりざわめぐみ》

二〇二一年八月十一日　　初版第一刷発行

発行人　飯田昌宏

発行所　株式会社　小学館

〒一〇一-八〇〇一

東京都千代田区一ツ橋二-三-一

電話　編集〇三-三二三〇-五七二〇

販売〇三-五二八一-三五五五

印刷所――――凸版印刷株式会社

この文庫の詳しい内容はインターネットで24時間ご覧になれます。

小学館公式ホームページ　https://www.shogakukan.co.jp

ISBN978-4-09-406728-6